KB250123

내 마음을 위한

작은 변화 52

내 마음을 위한 작은변화 52

브렛 블루멘탈 지음 | 이승아 옮김

경성라인

헌정사

나의 행복 바이러스이고,

나에게 행복을 주는 만큼

자신의 삶도 행복으로 가득하기를 바라는 마음으로

알렉산더에게 바친다.

contents

머리말　9

제1부. 프로그램　13

어떻게 구성되어 있는가　14

제2부. 52주간의 습관　21

WEEK **1.** 감정을 글로 표현해라　22

WEEK **2.** 음악을 틀어라　27

WEEK **3.** 크게 입을 벌려 웃어라　35

WEEK **4.** 목표를 설정해라　41

WEEK **5.** 목록을 작성해라　48

WEEK **6.** 한 번에 한 가지 일에 전념해라　55

WEEK **7.** 남과 비교하지 마라　61

WEEK **8.** 명상을 해라　68

WEEK **9.** 선택을 두려워하지 마라　75

WEEK 10. 녹차를 마셔라 | 80

WEEK 11. 타인의 장점을 발견해라 | 85

WEEK 12. 책 읽는 즐거움을 만끽해라 | 90

WEEK 13. 휴식 시간을 가져라 | 95

WEEK 14. 내면의 비판적 목소리를 잠재워라 | 102

WEEK 15. 컴포트 존을 벗어나라 | 109

WEEK 16. 몸을 움직여라 | 114

WEEK 17. 감사의 기도를 해라 | 121

WEEK 18. 가치 있는 경험을 해라 | 127

WEEK 19. 고요함을 추구해라 | 133

WEEK 20. 의견을 말해라 | 138

WEEK 21. 시간제한을 두고 일을 해라 | 143

WEEK 22. 충분한 영양을 섭취해라 | 148

WEEK 23. 마음을 열어라 | 155

WEEK 24. 숙면을 취해라 | 160

WEEK 25. 타임아웃을 가져라 | 169

WEEK 26. 평생 학습해라 | 173

WEEK 27. 스크린 타임을 최소화해라 | 180

WEEK 28. 자신에게 충분히 보상해라 | 187

WEEK 29. 새로운 경험에 마음을 열어라 | 193

WEEK 30. 마사지를 받아라 | 198

WEEK 31. 자신에 대해 확신을 가져라 | 206

WEEK 32. 창의적인 것을 즐겨라 | 212

WEEK **33.** 뇌를 활성화시키는 과일과 채소를 먹어라 | 219

WEEK **34.** 야외로 나가라 | 227

WEEK **35.** 잡담을 멀리해라 | 236

WEEK **36.** 도움을 청해라 | 241

WEEK **37.** 여행을 떠나라 | 250

WEEK **38.** 아로마 테라피를 즐겨라 | 258

WEEK **39.** 두려움을 직시해라 | 265

WEEK **40.** 스트레스를 완화시켜 주는 방법을 연구해라 | 271

WEEK **41.** 신체적 접촉을 자주 해라 | 278

WEEK **42.** 직접 내 손으로 작업해라 | 281

WEEK **43.** 누군가의 멘토가 되어라 | 285

WEEK **44.** 잡동사니를 제거해라 | 292

WEEK **45.** 진정한 친구를 가져라 | 299

WEEK **46.** 해야 할 것들에 대한 시간표를 짜라 | 309

WEEK **47.** 놀이 시간은 매일 넣도록 해라 | 314

WEEK **48.** 목적을 설정해 놓아라 | 320

WEEK **49.** 부정적인 과거를 떨쳐버려라 | 325

WEEK **50.** 뇌를 훈련시켜라 | 331

WEEK **51.** 뇌를 해치는 음식을 피해라 | 338

WEEK **52.** 관용을 베풀어라 | 343

제3부. 도구와 자료들 | 351

작은 것부터 변화하는 것이 효과적이다. 이는 이 책을 읽은 독자들과 다른 많은 사람들을 직접 보고 확인할 수 있었다. 이들은 '모든 것을 한 번에 변화'시키려 하지 않고, 작은 것부터 차근차근 장기적으로 변화시키는 방법을 택했다. 작은 것부터 변화하는 것은 현실적이면서도 부담은 적고 성취감은 더 많이 느낄 수 있다. 당신이 어떤 변화를 원하든 다음의 3가지는 동일하게 적용된다.

첫째, 작은 변화들이 모여 큰 변화를 이룬다.

둘째, 양자 중에서 하나를 선택하는 것이나 극단적인 방법은 좋지 않다.

셋째, 어떻게든 작은 변화들을 이루고 나면 성공에 대한 욕구가 생긴다.

나는 『내 마음을 위한 작은 변화 52』에서 52주 동안 매주 실행에 옮길 수 있는 작은 변화들에 관해 설명했다. 이 책을 읽은 독자들이 52주, 즉 1년이 지난 후 더욱 행복하고 건강한 삶을 누렸으면 하는 바람이었다. 나는 이 책에서 웰빙을 위한 요소를 크게 4가지로 구분해서 서술했다. 바로 식단과 영양, 건강과 질병예방, 정신건강, 그리고 친환경 생활이다. 책을 쓰기 위해 52가지의 작은 변화들에 관해 조사하면서, 나는 위의 4가지 영역 각각에 해당하는 작은 변화들이 무수히 많다는 사실을 깨달았다.

변화에 관한 새로운 주제를 생각하면서 정신건강이 특히 매력적으로 다가왔다. 대부분의 사람들은 건강한 정신을 유지하는 것을 건강한 신체를 유지하는 것보다 어려워한다. 실제로 건강한 신체를 위해 식단과 영양을 이해하고 식이요법을 유지하는 것은 매우 간단하다. 건강한 음식을 먹거나 먹지 않거나, 운동을 하거나 하지 않거나의 문제이기 때문이다. 그리고 신체 건강이 좋지 않은 경우는 그 증상도 명백하다. 체중이 늘고 에너지가 없으며 일상적인 업무도 감당하기 힘들고 기분도 엉망이다.

반면에 정신건강은 신체 건강에 비해 모호한 부분이 많다. 먼저, 사람들은 정신건강에 관해서는 숲을 보려 하지 않는다. 그 대신 오로지 단 한 가지, 행복에만 집착한다. 정신이 건강한 사람이 행복하고 성취감을 느끼는 것은 당연하다. 그런데 여기에 덧붙여, 정신이 건강하다는 것은 스트레스를 적절히 관리하고, 삶을 긍정적으로 바라보며, 집중력을 발휘하여 성과를 내고, 기억력이 좋다는 것을 의미한다. 한 마디로 말하면 마음이 행복하고 건강해야 삶의 모든 면이 건강해진다.

『내 마음을 위한 작은 변화 52』는 1년 동안 실행할 작은 변화들을 다루는데, 특히 정신건강을 유지하는 데 도움이 되는 변화에 집중한다. 그리고 최상의 정신건강을 달성하는 데 중요한 분야를 포괄적으로 다룬다. 즉 스트레스 관리, 집중력 및 생산성 향상, 기억력 감퇴 및 노화예방, 그리고 전반적인 행복과 성취를 포함한다.

앞으로 52주간 이 책을 읽으면서, 책에 서술되어 있는 변화가 재미있고 상대적으로 달성하기 쉽다는 사실을 깨달았으면 한다. 그리고 무엇보다 변화의 과정을 즐기기를 희망한다. 그렇다면 이 책의 궁극적 목표는 무엇일까? 이 책을 읽은 독자들이 1년 후에는 스트레스를 적절히 관리하고, 좋은 성과를 내고, 기억력이 향상되고, 질병 및 노화를 예방하고, 지금보다 더욱 행복하고 성취감을 느끼는 것이다.

A GOAL
WITHOUT
A PLAN
IS JUST
WISH

제1부

프로그램

어떻게 구성되어 있는가

『내 마음을 위한 작은 변화 52』 프로그램은, 작은 변화들을 이루어냄으로써 궁극적으로 행복하고 건강한 마음이라는 큰 변화를 달성하는 것을 목표로 한다. 이를 위해 어떤 속임수를 사용하는 것은 절대 아니다. 그저 명료하고 손쉬운 방법으로 더 큰 행복에 도달할 수 있도록 돕는 것뿐이다.

방법은 간단하다. 매주 1개씩 작은 변화를 총 52주 동안 달성하면 된다. 그렇게 1년 동안 이행하고 나면 스트레스는 줄어들고, 생산성은 향상되며, 기억력이 좋아진다. 또한 병에 걸리지 않고, 노화는 멈추며, 성취감은 커질 것이다. 이 책은 1년이라는 기간 동안 변화를 천천히 흡수하고 변화가 장기적으로 지속되도록 기획됐다.

각 변화마다 그것의 중요성을 설명하고, 변화를 성공적으로 실행할 수 있도록 조언과 권고사항을 담은 '변화에 이르는 길'을 제시한다. 매주 성공적으로 변화를 달성하고 나면 다음 주의 변화로 이동하고 싶은 동기가 생길 것이다. 이렇게 1년 이내에 52가지의 변화를 완성하면 된다.

마지막으로 52주 동안의 변화를 돕기 위해서 제3장에 도구와 계획표 등 활용할 수 있는 다양한 자료를 첨부했다. 아무쪼록 제3장을 적극 활용해서 프로그램을 성공적으로 마무리할 수 있기를 희망한다.

통합적 구성

『내 마음을 위한 작은 변화 52』프로그램은 통합적으로 구성되어 있다. 각 장이 한 주에 해당하는데, 도입부를 보면 그 주에 달성해야 할 변화가 앞에서 설명했던 4가지 영역 중 어디에 해당하는지 아이콘을 통해 알 수 있다. 그리고 52주 동안 모든 분야를 다룰 수 있도록 변화를 순차적으로 서술하는 대신에 조직적으로 구성했다. 이는 변화 프로그램에 지속적으로 참여하고, 흥미를 가지며, 동기를 부여하고, 포괄적인 진전을 이루는 데 도움이 될 것이다. 영역별 아이콘은 다음과 같다.

 스트레스 관리

 집중력과 생산성

 기억력과 노화 방지

 행복과 성취

변화를 13개씩 완성하고 나면 처음부터 그 시점까지 달성한 변화들을 점검할 수 있는 목록이 있다. 어느 정도 진전을 이루었는지 확인하고 그동안의 변화가 삶에 통합되었는지 반드시 확인해야 한다.

+ + +

52주 후의 삶

일단 52주 동안의 프로그램을 마무리하면, 스트레스 감소, 집중력 및 기억력 향상, 행복 및 성취감 상승을 이루게 될 것이다.

하지만 52개의 변화 모두를 계속해서 유지하기란 쉽지 않다. 변화 내용이 버겁게 느껴지거나 시간상 유지하기 힘든 시기가 올 것이다. 이 또한 삶의 일부분이기 때문에 좌절할 필요는 없다. 삶이란 끊임없이 균형을 맞추는 것으로 이를 위한 희생이 필요하다. 당신이 현재 정신건강을 위해서 최선을 다하고 있지 않다면 다음을 기억하기 바란다.

"내일은 내일의 태양이 뜬다."

매일 동기부여를 하고 결의를 다져야 한다. 결국 가장 중요한 것은 책에 서술한 변화를 삶에 통합하는 것이다.

『내 마음을 위한 작은 변화 52』 내용을 가끔씩 들여다보기 바란다. 이 책에는 정신건강을 향상시킬 수 있는 방법이 담겨 있기 때문에 최상의 정신건강을 유지하는 데 도움이 될 것이다. 이 프로그램을 연간 프로젝트로 삼는 것도 좋은 방법이다.

+ + +

각자의 길을 가야 한다

『내 마음을 위한 작은 변화 52』는 모든 사람들이 1년 동안 확실한 진전을 이룰 수 있게 고안되었지만, 궁극적으로는 개인의 여정이다. 따라서 각자가 자신에게 가장 효과적인 방법으로 프로그램을 이용하길 바란다. 그리고 각각의 작은 변화를 흡수하는 데 최소 일주일은 투자한 뒤 새로운 변화로 옮겨가길 바란다. 단, 특정 변화가 너무 쉽거나 혹은 이미 삶에서 실천하고 있는 내용이라면, 다른 변화로 넘어가도 무방하다. 그리고 이 책을 처음부터 순서대로 볼 필요는 없다. 자유롭게 원하는 부분부터 봐도 좋다. 하지만 다음의 2가지는 강조하고 싶다.

첫째, 변화가 지속될 수 있을 정도의 충분한 시간을 투자해라.

둘째, 시간을 얼마나 투자하든 52가지의 모든 변화가 삶에 흡수될 수 있도록 노력해라. 왜냐하면 52가지의 변화는 함께 작용할 때 효과적이기 때문이다.

+ + +

행복하고 건강한 마음이 주는 혜택

정신건강을 최상의 상태로 유지하기 위해서 생활방식을 바꾸는 것은 여러 가지 면에서 이득이 된다. 매주 변화를 달성하면서 기대할 수 있는 혜택은 다음과 같다.

+ 삶의 질. 스트레스, 불안, 걱정이 줄어들기 때문에 삶을 최대한 즐길 수 있다.

+ 스트레스 대처 능력. 삶의 도전을 받아들이고 생산적이고 효과적인 방법으로 대처할 수 있게 된다. 새로운 일을 시작하고 리스크를 감수하는 것이 편안해진다.

+ 관계. 사랑하는 사람과 더욱 깊고 의미 있는 관계를 맺을 수 있기 때문에 관계 자체에 대한 만족이 커진다.

+ 지적 성장. 지적으로 자극을 받고, 창의력이 향상되며, 새로운 지식을 배울 의지가 생긴다.

+ 생산성. 현재 수행하고 있는 업무에 대한 주의 집중력이 향상되어 직장에서 그리고 사생활에서의 생산성이 함께 향상된다.

+ 견해. 행복하고 긍정적인 시각으로 삶을 바라본다.

+ 젊은 마음. 마음과 정신이 젊어지고, 기억력이 좋아지며, 노화로 인한 정신력 감소 및 정신 질환을 예방할 수 있다.

+ 자존감. 행복하고 정신적으로 건강하면 자신감과 자존감도 함께 향상된다.

제2부

52주 동안의 변화

감정을 글로 표현해라

가장 다행인 점은 나의 모든 생각과 감정을 글로 표현할 수 있다는
것이다. 그렇지 않으면 나는 질식사할지도 모른다.

– 안네 프랑크 –

가장 먼저 그리고 가장 쉽게 실행할 수 있는 변화가 일기를 쓰는 것이
다. 일기를 쓰면 다른 사람의 간섭 또는 판단이 개입되지 않은 상황에서,
내면의 감정을 자유롭게 그리고 공개적으로 표현할 수 있다. 일기를 쓰면
서 내면 깊숙한 곳에 자리 잡은 생각을 들여다 볼 수 있기 때문에, 현재 처
해 있는 상황과 현실을 충분히 생각하고 이를 보다 깊고 의미 있는 수준
에서 살펴볼 수 있다.

알아두기

일기는 서기 2세기 전으로 거슬러 올라가는데, 당시 로마 제국의 제16대 황제
인 마르쿠스 아우렐리우스가 『명상록』을 작성했다.

일기는 어려운 상황을 해결하는 데 도움을 준다. 일기를 쓰면서 상황을 분명하게 파악하고 그 상황에 대한 자신의 반응과 생각을 찬찬히 되돌아보면, 문제를 해결할 방법이 떠오른다. 그리고 다른 사람을 오해하거나 다른 사람과 의견이 충돌하는 경우에 일기를 쓰면, 상대방의 생각을 되짚어 보면서 그 사람이 느꼈을 감정이나 생각에 마음을 열게 된다.

문제를 해결하겠다는 분명한 목적을 가지고 상황을 판단하기 때문에, 체계적인 사고를 통해 상황을 차분하고 이성적으로 평가할 수 있다. 또한 일기를 쓸 때에는 생각의 흐름이 자유롭기 때문에, 창의력과 직관을 담당하는 우뇌가 자극되어 혁신적인 해결책을 발견할 수도 있다.

일기를 꾸준히 쓰면 자의식이 향상되고, 설령 고통스러운 감정이라 할지라도 자신의 감정을 충분히 느낄 수 있다. 자신의 감정과 생각에 깊이 연결될수록 성장과 발전을 이룰 수 있다.

일기는 꿈, 열정, 두려움의 대상 그리고 변화가 필요한 것이 무엇인지 일깨워준다. 그리고 있는 그대로의 내 모습을 받아들일 수 있는데, 이는 자존감을 높이고 대인관계, 자신이 처한 상황과 니즈를 분명하게 파악하는 데 도움이 된다. 여기서 더 나아가 감정을 글로 표현하면 경험에서 교훈을 얻을 수 있고 긍정적이고 건설적인 정신 상태를 유지할 수 있다.

감정의 폭로: 비약물성 항우울제

2008년 외래환자를 대상으로 실시한 심리요법에서 감정을 글로 표현한 환자들의 경우 감정과 상관없는 내용을 적은 환자들보다 불안과 우울증 증상이 현저히 감소했고, 치료도 훨씬 효과적이었다.

마지막으로 일기를 쓰면 스트레스를 적절히 관리할 수 있고 행복도 커진
다. 감정을 글로 적으면 내면에 꽁꽁 숨겨뒀던 감정이 밖으로 나오기 때문
에, 마음이 평온해지고 부정적인 생각에서 벗어날 수 있다. 그리고 좋은 일
이 생긴 날 일기를 쓰면 그날 느낀 긍정적인 감정을 충분히 만끽할 수 있다.

+ + +

변화에 이르는 길
일기를 써라

종이에(혹은 컴퓨터에) 일기를 쓰는 것은 가슴 깊은 곳에 숨겨진 생각, 감
정, 인생관 그리고 경험에 다가가는 일종의 치료방법이다. 일기가 주는 혜
택을 충분히 누리려면 다음을 기억하자.

목표를 설정해라. 처음에는 다소 강제적으로 느껴질 수 있지만, 얼마 지
나지 않아서 일기를 쓰는 것이 자연스럽고 쉬운 일이 될 것이다. 지금까지
일기를 한 번도 써 본적이 없다면, '하루에 10분 또는 이틀에 한 번' 식으로
일기 쓰는 시간을 정해라. 이렇게 하면 꾸준히 일기를 쓰는 습관을 기를 수
있다. 규칙적으로 일기를 쓰다 보면 감정, 느낌 그리고 생각이 자유롭게 흐
르게 되어, 처음 목표로 정했던 시간보다 훨씬 오랫동안 일기를 쓰게 될 것
이다.

써지는 대로 두어라. 일기를 쓰는 방법에 옳고 그름은 없다. 일기는 온전히 자신의 세계, 감정, 경험 및 생각에 대해 쓰는 것이다. 그러니 펜이 쓰는 대로 그냥 내버려 두어라. 무슨 내용을 쓸 것인지에 관해서도 너무 깊게 생각할 필요 없다. 따라야 할 규칙이 있는 것도 아니다. 맞춤법, 문법 또는 심지어 길이조차 신경 쓸 필요 없다.

주제를 정해라. 무슨 내용을 써야 할지 도무지 떠오르지 않는다면, 바로 그 순간 느끼는 감정에 대해 쓰는 것으로 시작해라. 그날 또는 그 주를 위한 주제를 정하는 것도 괜찮다. 대인관계, 업무, 꿈, 그리고 두려움에 관해 생각해 보아라. 당신의 내면에서 잠자고 있는 어린아이를 깨우는 것도 하나의 방법인데, 아이들은 감정과 생각을 자유롭게 표현하기 때문이다. 현재 처해 있는 상황이나 지금까지 겪었던 경험에 대한 질문을 던지는 것도 좋다.

일기를 비공개로 유지해라. 당신이 10대 때 또는 그보다 더 어릴 때 썼던 일기를 부모님, 형제자매, 친구 또는 다른 사람들이 몰래 훔쳐본 경험이 있다면, 일기 쓰는 것을 주저할 수도 있다. 끔찍한 경험이었겠지만 마음을 열고 일기 쓰는 습관을 다시 들이려고 노력해라. 다양한 방법으로 일기를 비공개로 유지할 수 있을 뿐만 아니라 이제 성인이기 때문에 어릴 때는 사용할 수 없었던 방법도 쓸 수 있다. 디지털 기기로 일기를 쓰는 것이 편하다면 컴퓨터에 파일을 저장한 뒤 비밀번호로 잠금을 걸어두면 된다. 종이에 쓰는 경우에는 일기를 금고에 넣어두거나 책상 서랍에 넣은 뒤 자물쇠로 잠가두어라.

다양한 매체를 활용해라. 당신이 창의적이거나 예술적으로 뛰어나다면 일기를 멀티미디어 형식으로 만들 수 있다. 비디오로 녹화하거나 목소리로 녹음을 할 수도 있고, 스케치를 하고 물감으로 색칠을 하는 등 좋아하는 예술 도구를 사용해 일기를 작성해라.

변화에 대해 써라. 『내 마음을 위한 작은 변화 52』를 읽으면서 앞으로 많은 변화를 경험할 것이다. 일기장을 하나 더 마련하거나 동일한 일기장에 따로 자리를 마련해서 변화하는 과정에서의 진전, 어려움 그리고 당신의 생각 및 감정을 적어 보아라. 제3부 도구와 자료들의 내용을 일기장에 옮기면 한 눈에 파악하는 데 도움이 된다.

음악을 틀어라

음악은 도덕률이다. 음악은 우주에 영혼을 부여하고 마음에 날개를
달아주며 상상의 나라로 데려간다. 아울러 삶과 모든 것에 매력과
유쾌함을 부여한다.

– 플라토 –

음악은 지구상에 인류가 탄생했을 때부터 존재했을지도 모른다. 인류
최초의 악기는 새의 뼈와 상아를 조각하여 만든 플루트로 4만~3만 5천 년
전으로 거슬러 올라간다. 그리고 조류와 해양 포유동물은 지구상에 나타난
이후로 멜로디를 사용해서 의사소통을 해왔다.

음악은 전 세계적으로 통용되는 만국공통어로 모두의 마음에 열정과 감
정을 불러일으킨다. 라디오에서 좋아하는 노래가 흘러나오면 우리는 기분
이 좋아진다. 위로하는 노래는 마음을 안정시키고 달래준다. 느리고 우울
한 멜로디를 들으면 깊은 사색에 빠지거나 슬픔에 잠긴다. 음악은 창의력
과 동기를 부여할 뿐만 아니라, 발로 박자를 맞추고 손뼉을 치거나 몸 전체

를 움직여 춤을 추는 등 몸을 움직이게 한다. 한마디로 음악은 우리를 완전히 바꾸어놓는다.

연구에 따르면 음악은 신생아(심지어 태어나기 전 엄마 뱃속에 있을 때에도)처럼 이른 시기부터 긍정적인 영향을 준다. 1980년 캘리포니아 헤이워드의 반 드 카르 박사는 부모가 태아에게 음악을 들려주면, 초기 언어 발달, 신체성장, 부모와의 유대관계 그리고 모유 수유의 성공 가능성이 크게 달라진다는 사실을 발견했다. 아이가 태어난 후에도 부모가 음악을 들려주면, 아이의 정서가 함양되고, 스트레스는 줄고, 정상적인 수면 패턴을 갖게 되며, 기억력, 뇌 기능 및 인지 기능이 향상된다. 심지어 음악은 집중력을 높이고 생산성과 효율성도 향상시킨다.

알아두기

혹등고래는 그들만의 음악을 작곡하는데, 인간과 동일한 음악적 요소(리듬, 어법, 구조)를 사용한다.

음악은 치매, 불안 그리고 다른 정신적 장애를 가진 환자를 치료하는 데 도움이 되고, 외과 수술을 받은 환자와 암 환자의 치료 및 회복에도 중요한 역할을 한다. 음악을 치료에 사용하면 심신을 안정시키고 암 환자의 통증을 억제하는 데 효과가 있는 것으로 밝혀졌다. 또한 음악은 삶의 질을 향상시킨다.

음악을 들으면 뇌에서 신경화학물질이 생성되기 때문에 정신건강에 직접적으로 영향을 준다. 예를 들면 멜라토닌은 수면 장애를 줄이고, 도파민은 뇌의 보상 및 쾌락 중추를 통제하는데 도움을 준다. 하지만 싫어하거나 마음을 심란하게 만드는 음악을 들으면 뇌에서'투쟁-도피 반응(fight-or-fight)'을 담당하는 소뇌의 편도체가 활성화되어 아드레날린이 분비된다.

음악을 삶의 일부분으로 적극적으로 받아들이면 정신건강에 이루 말할 수 없는 긍정적인 영향을 준다.『음악을 통한 스트레스와 고통 다스리기』의 공동 저자이자 버클리 음대 음악치료대학원장인 수잔 B. 핸서에 따르면 "뇌는 거의 모든 부분이 음악에 어떤 형태로든 반응을 한다. (뇌가) 이렇게 다차원적으로 음악에 반응한다는 사실은 꽤 놀라운데, 왜냐하면 이런 반응을 그것도 실시간으로 이끌어낼 수 있는 자극제는 거의 없기 때문이다. 결국 우리는 음악을 들으면서 변화한다."고 하였다.

+ + +

변화에 이르는 길
매일 시간을 내어 음악을 들어라

음악을 삶의 중요한 요소로 받아들여라. 음악을 들을 때 유용한 팁을 주자면 다음과 같다.

좋은 장비를 마련해라. 음악을 쉽고 편하게 감상할 수 있는 기기가 많다.

핸드폰, 아이팟 또는 MP3 플레이어
무거운 워크맨이나 CD 플레이어를 들고 다니던 시대는 잊어라. 집을 나설 때면 핸드폰, MP3 플레이어 또는 아이팟과 같은 전자 기기로 음악을 들어라.

헤드폰

성능이 뛰어난 헤드폰에 투자해라. 비행기, 기차, 공공장소 등 시끄럽고 소음이 큰 장소에서 헤드폰을 사용할 계획이라면 더더욱 좋은 헤드폰이 필요하다. 외부의 잡음을 차단해 주는 헤드폰을 사용하면 산만하고 덜 매력적인 소리는 차단하고 음악을 적절한(청력에 문제가 되지 않는) 데시벨로 들을 수 있다.

홈 사운드 시스템. 최상의 사운드를 감상하려면 최고의 스피커에 투자해야 한다. 최신형 스피커를 마련해서 가정에서 이미 보유하고 있는 전자 기기와 가능한 매끄럽고 사용하기 쉽게 연결해라.

재생 목록을 만들어라. 음악을 컴퓨터의 디지털 도서관에 추가해라. 어떤 어플리케이션을 사용하든 디지털 도서관은 당신의 기분에 맞는 재생 목록을 만들어 내는 중앙 창고 역할을 할 것이다. 재생 목록에 가장 좋아하는 노래를 담아 모바일 기기에 다운하고 이동하면서 들어라.

음악적 기호를 확대해라. 가장 좋아하는 음악 장르가 있더라도 다양한 장르를 시도해라. 음악은 장르별로 다른 정서적 반응과 경험을 이끌어낸다. 그리고 우리의 뇌는 익숙하지 않은 음악을 들을 때 이전과 다른 부분이 활성화된다. 예를 들어 힙합 또는 록 음악만 주구장창 듣는 사람은 하나의 감정 또는 정서적 반응만 이용한다. 하지만 재즈, 클래식 또는 오페라 등의 다양한 장르의 음악을 듣는다면, 훨씬 폭넓고 다양한 정서적 반응을 이끌어낼 수 있다. 따라서 음악 라이브러리를 꼬박꼬박 업데이트해서 다양하고 새로운 곡들로 구성해라.

음악을 삶에 통합해라. 집 내부에서 그리고 외부에서 활동할 때 음악을 틀어라.

요리. 요리를 할 때 클래식 기타 연주, 스윙 또는 재즈 등의 여린박 음악(upbeat tunes)을 들으면 요리가 훨씬 즐겁고 재미있어진다.

집안일. 댄스 음악을 들으면서 청소와 빨래 등의 집안일을 하면 재미있고 생산적으로 할 수 있다.

음악을 야외로 옮겨라. 옥외 마루에 방수처리가 된 스피커를 설치해서 정원을 가꾸고 바비큐 파티를 하거나 가족과 함께 야외에서 시간을 보낼 때 음악을 들어라.

운전. 운전을 할 때 라디오만 듣지 말고 MP3 플레이어 또는 핸드폰 어댑터를 연결해서 음악을 들어라. 위성 라디오를 구입해서 각자의 취향에 맞는 방송을 들을 수도 있다.

반려견과 산책 또는 출퇴근. 반려견을 산책시키거나 버스 또는 지하철로 출퇴근을 할 때 좋아하는 음악을 들으면 시간이 빨리 지나간다.

운동. 운동을 할 때 하이 에너지(high energy: 전자음악의 일종으로 1980년대에 나이트클럽 등에서 인기가 높았던 장르: 옮긴이) 음악을 들으면 몸의 에너지가 올라가면서 칼로리를 더 많이 태울 수 있다.

활동별 재생 목록의 예

운동	일렉트로닉 / 댄스 음악
휴식	칠(Chill) /라운지(Lounge) 음악
집중	영화 음악 / 클래식 음악
놀이	오늘의 Top 40 / 얼터너티브(Alternative)
창의적 활동	뉴 에이지(New Age) / 영화 음악
오락	재즈 / 라틴 / 클래식 음악
회상	80년대 팝송

TV 대체재. TV는 에너지를 소진시키지만 음악은 에너지를 충전할 뿐만 아니라 뇌를 자극한다. 따라서 밤에 TV를 보는 대신 음악을 들어라. 신곡을 검색하고 새로운 재생 목록을 만든 뒤 친구, 가족 또는 사랑하는 사람과 공유해라.

음악 치료. 핸서 박사는 『음악을 통한 스트레스와 고통 다스리기』에서 음악이 정서에 미치는 영향에 대해 설명한다. 제3부의 '음악 및 감정 평가서'를 통해 음악 장르별로 정서와 심리에 어떤 영향을 주는지 평가해 보아라. 평가 결과를 바탕으로 활동별로 이끌어내고 싶은 정서적 반응에 맞는 재생 목록을 만들어라.

자신을 표현하는 노래를 찾아라. 영화의 배경음악은 영화 내용을 관객들에게 효과적으로 전달하는 역할을 한다. 스타워즈, 미션임파서블, 그리고 제임스 본드의 영화음악이 대표적이다. 당신의 내면 깊은 곳의 감정을 건드리는 음악을 선택해서 '내 인생의 영화음악'을 만들어라. 당신만의 분위기를 만들어 내는 주제가를 선택해라. 강인함을 느끼고 싶은가? 영감을 받고 싶은가? 섹시함? 신비스러움? 그것도 아니면 영리하다고 느끼고 싶은가? 당신이 느끼고 싶은 감정을 이끌어내는 노래를 선택해라. 그리고 자극을 받고 싶거나 동기를 부여할 필요가 있을 때 그 노래를 들어라.

작곡을 해라. 연구에 따르면 음악을 그저 듣는 것보다 직접 작곡을 할 때 얻을 수 있는 혜택이 훨씬 많다. 핸서 박사는 "작곡에 적극적으로 참여하면 뇌의 더 많은 부분이 활성화되고 몸도 많이 움직이는 등의 강력한 경험을 하게 된다. 특히 새로운 곡을 즉흥적으로 만들거나 멜로디에 화음을 더할 때 더 큰 효과를 볼 수 있다."고 설명한다. 노래를 불러서 작곡을 하든 악기를 연주해서 작곡을 하든 작곡을 위한 도구를 마련했다면, 매일 또는 매주 규칙적으로 연습을 해라. 만약 음악연주가 처음이라면, 동네 음악학원이나 학교에서 음악수업을 듣거나 샤워하면서 노래를 부르거나 친구와 노래방에서 신나는 저녁시간을 보낼 수 있다.

 친구 또는 가족을 초대하면서 가장 좋아하는 앨범 또는 다른 사람들이 모르는 노래를 가져 오도록 요청해라. 그리고 어떤 노래를 갖고 왔는지, 그 노래를 좋아하는 이유는 무엇인지 그리고 노래를 들으면 어떤 느낌이 드는지에 관해 공유하는 시간을 가져라. 파티를 열 때마다 주제를 정하면 다양한 음악장르를 다룰 수 있고 손님들의 음악적 취향을 확대할 수 있다.

크게 입을 벌려 웃어라

웃어라. 웃음은 돈이 들지 않는 치료제다.

– 더글러스 호튼 –

우리는 스트레스를 받거나 모든 일이 어긋난다고 느낄 때면 웃을 수 있다는 사실과 웃음이 주는 혜택을 잊고는 한다. 과도한 업무에 시달리거나, 인간관계에서 어려움이 있거나, 비극적인 상황을 겪었을 수도 있고, 아니면 그저 일진이 좋지 않았을 수도 있다. 당신이 어떤 상황에 처해 있든 웃는 것이 쉽지 않은 날이 있다. 하지만 아무리 힘든 상황이라고 하더라도 웃음은 그 자체로 충분한 가치가 있다.

"웃으면 복이 온다."라는 속담은 스트레스를 받거나 슬픈 상황에서는 진부하게 들리고 사실상 거의 불가능해 보인다. 하지만 연구에 따르면 단순히 미소를 짓는 것만으로도 신체적 및 정신적 건강과 심지어 외모에까지 긍정적인 영향을 줄 수 있다.

먼저, 미소는 심장박동 수를 낮추고 스트레스를 줄인다. 캔자스 대학의 타라 크래프트와 사라 프레스만은 실험 참가자들에게 스트레스가 쌓이는 업무를 하면서 미소를 짓게 했다. 그 결과 억지로 만들어 낸 부자연스러운 미소라고 하더라도, 미소를 지음으로써 피실험자들의 스트레스가 줄어들고 심장박동 수가 낮아졌다.

또한 미소는 기분에도 영향을 준다. 미소를 지으면 엔도르핀이 생성되는데, 이 엔도르핀은 척추를 타고 아래로 이동하면서 우리 몸 구석구석에 기분 좋은 메시지를 보낸다. 엔도르핀과 같은 화학 신경전달물질은 정신적 불안과 육체적 고통을 완화하는데 도움이 된다.

'안면 피드백 반응이론'에 따르면 미소 짓는 것만으로도 기분이 좋아지고 정서도 함양된다. 이때 억지미소라도 효과가 있다. 많이 웃으면 웃을수록 당신은 긍정적이고 행복해진다. 이와 같은 맥락으로 얼굴을 찡그리는 등의 부정적 표정을 줄일수록 부정적인 감정이나 슬픔은 줄어든다.

웰일스 카디프 대학의 마이클 루이스 박사는 실험 참가자들의 얼굴에 보톡스를 주입하고 얼굴 근육을 찡그리도록 했다. 보톡스를 맞아서 얼굴을 찡그리기 힘들었던 사람들이 부정적인 기분을 훨씬 적게 느끼는 것으로 드러났다.

스트레스가 줄고 기분이 좋아지는 것에 덧붙여, 당신의 미소는 주변 사람들도 미소 짓게 만든다. 이렇게 미소는 전염되어 모두를 행복하게 한다. 또한 미소는 대인관계에서도 이점이 있는데, 사람들은 당신이 미소를 지을 때 한층 더 매력적으로 느끼고 쉽게 다가오기 때문이다. 그리고 노화의 관점에서 보았을 때, 미소로 생기는 주름은 외모를 긍정적으로 바꾼다.

한마디로 말해 미소는 총체적인 자연 '치료제'다. 미소는 기분을 좋게 하고 외모를 매력적으로 바꾸며 멋지게 나이 들게 한다.

+ + +

변화에 이르는 길
매일 그리고 가능한 많이 웃어라.

우리를 미소 짓게 하는 요인은 다양하다. 하지만 평소에 잘 웃지 않는 사람이거나 해야 할 일이 많아서 하루 종일 스트레스를 받을 때는 웃기 위한 노력이 필요하다.

웃음이 나올 때까지 가식적으로라도 웃어라. 웃고 싶지 않은 상황에서도 억지 미소를 지어라. 처음에는 가식적이라고 느껴지겠지만, 앞에서 이미 설명했듯이 가짜 웃음도 육체적으로 그리고 정신적으로 혜택을 준다. 게다가 미소 짓는 연습을 할수록 자연적으로 미소를 짓게 될 것이다.

아이들 그리고 반려동물과 함께 시간을 보내라. 어린아이들 그리고 반려동물과 함께 시간을 보내면 자연적으로 미소를 짓게 된다. 장난치며 노는 모습, 거리낌 없는 행동, 그리고 왕성한 호기심은 함께 있는 사람에게 즐거움과 재미를 준다. 부모로서 또는 반려동물 주인으로서 가능한 많은 시간을 이들과 함께 보내라. 만약 아이가 없거나 반려동물도 기르지 않는다면 함께 시간을 보낼 수 있는 다른 방법을 모색해봐라. 예를 들어 친구를 대신해 아이들 또는 애완동물을 돌봐 주거나 학교, 동물 보호소 혹은 동물 병원에서 봉사활동을 할 수도 있다.

TV 프로그램 진행자가 되어라. 아침 프로나 예능 프로의 앵커와 진행자들을 자세히 살펴보면, 얼굴에서 미소가 떠나지 않는다는 사실을 알 수 있다. 자신을 TV 프로그램 진행자라고 상상하고 이야기를 할 때(물론 특별히 나쁜 소식이 아닌 경우) 항상 미소를 지어라.

단서를 사용해라. 웃음을 띠게 하는 물건을 전략적으로 배치해라. 예를 들어 자녀나 손자녀의 사진을 둔다든지, 포스트잇에 긍정적 메시지를 써서 눈에 잘 띄는 곳에 여기저기 붙여 두고, 컴퓨터에 경쾌한 알람을 설정한다든지, 영감을 주는 좋은 말들을 메일로 수신할 수 있다. 미소를 띠게 만드는 가장 효과적인 방법을 선택해라. 사회행동과학 분야 전문가이자 로키스 대학의 교수인 데이비드 솔리 박사는 인간은 기쁨 또는 평화를 주는 것에 대해 '정신 파일'을 생성한다고 주장한다. 좋은 시간을 보냈던 장소, 좋아하는 취미활동, 또는 개인이 거둔 성공이 여기에 해당된다. 이런 경험을 상기시키는 물건을 집과 직장 여기저기에 두면 가능한 많이 웃을 수 있다.

부정적인 생각을 긍정적인 생각으로 재구성해라. 부정적인 생각이 들 때는 미소를 지으면서 상황을 긍정적인 방향으로 재구성해 보아라. 예를 들어 출근길에 버스를 놓쳤다고 하자. 이때 웃으면서 새로운 친구를 만나거나, 오랜 기간 만나지 못했던 친구를 우연히 만나거나, 또는 바쁜 하루가 시작되기 전 조금의 여유를 더 즐길 수 있는 기회라고 생각해라.

기분을 완벽하게 전환해 주는 것을 찾아라. 스트레스를 받거나 기분이 우울하다면 재미있고 편하게 즐길 수 있는 유쾌한 일들을 찾아라. 인터넷이나 책에서 '오늘의 유머' 코너를 찾아보아라. 유투브나 다른 웹사이트에서 웃기는 비디오를 찾아 볼 수도 있다. 아니면 자신이 즐거워하는 모습을 찍은 사진을 보는 것도 좋다.

모르는 사람에게 미소 지어라. 생전 처음 보는 사람에게 미소를 짓는 것은 이상하게 느껴질 수 있다. 하지만 낯선 사람에게 먼저 미소를 지으면 자신감이 생기고 행복해질 뿐만 아니라 상대방에게도 미소가 그대로 전염된다. 처음에는 어색하겠지만 시작이 어렵지 그 다음부터는 쉬워질 것이다.

'진짜 미소'를 지어라. 미소에는 2가지 종류가 있다. 먼저, 자연스럽게 터지는 진짜 미소이다. 진짜 미소는 웃을 때 눈가의 근육이 수축된다. 다른 하나는 인위적으로 만들어 낸 미소다. 대부분의 사람들은 진짜 웃음과 가짜 웃음을 구별할 수 있다. 그러므로 당신이 가장 자연스러운 미소를 지을 수 있도록 활짝 웃는 연습을 해라. 백옥같이 하얀 이를 드러내고 미소를 지을 때, 사람들은 여러분이 진심으로 웃고 있다고 생각한다. 무표정한 얼굴로 거울 앞에 서서 거울에 비친 자신의 모습과 분위기가 어떤지 기록해라. 그런 다음 누군가 당신의 사진을 찍고 있다고 상상하면서 미소를 지어라. 도움이 필요하다면 "김치~."라고 말해도 된다. 그런 뒤에 다시 당신이 풍기는 분위기와 전체 모습을 기록해라. 마지막으로 할 수 있는 최대한 활짝 미소를 짓는데, 이때 눈가에 잔주름이 가능한 한 많이 생기도록 하는 것이 좋다. 이번에도 분위기를 기억하고, 미소가 커지면서 외모가 얼마나 더 매력적으로 바뀌는지 기록해라. 얼굴 표정이 달라지면 외모도 바뀐다는 사실을 깨닫고 나면 앞으로 더 큰 미소를 짓게 될 것이다.

소리 내어 웃는 웃음으로 단계를 높여라. 미소도 나름의 장점이 있지만 소리 내어 웃는 웃음은 미소보다 한 단계 높은 형태이다. 소리 내어 웃으면 불안과 두려움이 사라지면서 기분이 좋아지고 외모도 매력적으로 바뀐다. 그리고 어려운 일과 실망스러운 상황을 잘 헤쳐 나갈 수 있다. 또한 소리 내어 웃으면 분노, 억울함, 걱정과 같은 부정적인 감정을 떨쳐 내고 긍정적인 감정에 집중할 수 있다.

+ + +

목표를 설정해라

행복한 삶을 원한다면 사람이나 물건에 집착하는 대신에
목표 지향적인 삶을 살아라.

— 알버트 아인슈타인 —

나이와 상관없이 목표를 설정하는 것은 아주 유용하다. 목표를 설정하고 이를 추구하면 삶에 의미와 목적이 생기고 행복해지며 의사 결정과 우선순위를 정하는 데 명확한 기준이 생긴다.

크든 작든 목표를 설정하면 독립적인 사고를 할 수 있다. 그런데 목표 설정으로부터 진정한 의미의 혜택을 보려면, 반드시 자신이 진심으로 원하는 목표여야 한다. 메릴랜드 대학 경영대학원의 리더십과 동기부여 분야의 명예교수인 에드윈 로크 박사의 말에 따르면 "다른 사람의 목표를 따라서 자신의 목표를 세운 사람은 결코 행복해질 수 없다. 이런 경우 자신의 삶을 더 이상 통제할 수 없게 된다."고 하였다. 그러나 자신의 가치, 흥미, 그리고 삶에서 진정으로 원하는 것을 바탕으로 목표를 설정하면, 독립적으로 자유롭게 생각할 수 있을 뿐만 아니라 자신이 원하는 사람이 될 수 있다. 즉 자신이 이룬 성공 또는 실패에 대한 책임감이 커지는 것이다.

목표를 설정하면 자존감이 향상되고 이는 행복한 삶으로 이어진다. 점점 더 많은 목표를 달성할수록, 목표를 세우고 그 목표를 달성할 수 있는 역량이 자신에게 있음을 증명하는 것이 된다. 따라서 자신감이 생기고 자신에 대한 신뢰도 커진다. 더욱이 그동안 달성한 목표를 바탕으로 자신의 강점을 파악하고 나면 한층 더 편안한 마음으로 새로운 목표를 설정할 수 있다. 이렇게 자신감이 생기면 부정적인 생각, 의심 그리고 두려움을 일제히 떨쳐낼 수 있고 긍정적인 관점과 '할 수 있다.'는 태도가 생긴다.

또한 목표 설정은 노화를 예방하는 효과도 있다. 나이가 들어 자녀가 둥지를 떠나고 은퇴 시점이 다가오면 대부분의 사람들이 삶에서 목적의식을 잃는다. 목표를 세우면 목적의식을 유지하면서 '컴포트 존(comfort zone—15주차 내용 참고: 옮긴이)'에서 벗어날 수 있다.

목표는 '최고의 나'가 되도록 격려하고, 도전의식을 일으키며, 새로운 기술을 익히고, 새로운 생각과 의견을 갖도록 도와준다. 그리고 배움의 자세를 유지하는 가장 자연스러운 방법이기도 하다. '성장 마음가짐'을 가진 사람은 스스로에게 끊임없이 동기를 부여하고, 삶과 미래에 대해 흥분하며, 활발하고 개방적이고 유연한 사고를 유지한다. 이런 마음가짐은 노화를 방지하고 기억력을 유지하는 데 중요하다.

마지막으로 목표를 설정하면 노력의 우선순위를 정할 수 있다. 설정한 목표를 달성하려면 활동, 생각 그리고 에너지를 온전히 목표에 집중해야 한다.

변화에 이르는 길
목표를 향해 돌진해라.

곤경에 빠져 허우적대거나 삶이 어느 방향으로 흘러가는지 확신이 들지 않을 때 목표를 세우면 다시 정상 궤도로 돌아올 수 있다. 당신에게 영감을 불어넣고 더 큰 행복을 가져다 줄 의미 있는 목표를 세우는 방법은 다음과 같다.

자신이 진정으로 원하는 목표를 세워라. 목표를 세울 때 다른 사람의 신념이나 가치를 반영해서는 안 된다. 예를 들어 의사가 되기를 원하는 부모님의 기대에 부응하고자 의대 진학을 목표로 세운다면, 이는 자신의 목표가 아닌 부모님의 목표를 설정하는 것이다. 대신에 자신이 진정으로 원하는 일과 가치를 바탕으로 목표를 설정해라.

큰 목표와 작은 목표를 함께 세워라. 거창한 목표만 세우면 목표에 압도당하는 안타까운 상황이 발생할 수 있는데, 큰 목표는 작은 목표에 비해 달성하기까지 시간과 에너지가 더 많이 필요하기 때문이다. 따라서 큰 목표를 달성하고 관리하기 쉬운 작은 목표(52가지의 작은 변화를 생각해 보아라.)로 나누어라. 각각의 작은 목표를 달성할 때마다 성취감을 느끼고 궁극적으로 달성해야 할 큰 목표를 향해 계속 전진하고 싶은 동기가 부여될 것이다. 작은 성공의 경험이 반복되면 성취감과 행복은 커진다. 당신이 원하는 것이 친구와 더 많은 시간을 보내는 것일 수 있다. 또는 좋아하는 취미 생활에 더 많은 시간을 할애하고 싶을 수도 있다. 그게 아니라면 명상 또는 요가 수련 시간을 늘리고 싶을 수도 있다. 언뜻 보기에는 별것 아닌 것 같아도 이 모든 목표에 나름의 의미와 가치가 있다. 살다 보면 작은 것에서 가장 큰 기쁨을 느끼는 날이 있다!

목표를 SMARTE하게 설정해라. 전문가들은 목표는 스마트하게 해야 한다고 조언한다. 즉 목표는 구체적이고, 측정가능하며, 실천적이고, 관련이 있어야 한다. 그리고 마지막으로 시간제한이 있어야 한다. 필자는 여기에 정서적 유대를 추가해서 SMARTE한 목표를 세웠으면 한다. 일단 목표를 설정하고 나면 자신이 진정으로 원하는 목표라는데 한 치의 의심도 없어야 한다. 제3부의 'SMARTE 목표 계획표'를 참고해서 당신만의 SMARTE한 목표를 설정해 보아라.

목표를 기록해라. 목표의 크기와 상관없이 진척 과정, 어려운 문제 그리고 난제를 어떻게 극복했는지에 관해 기록하면 목표를 끝까지 밀고 나가는 데 도움이 된다. 기록을 하면 성공과 업적에 대한 책임감이 생긴다. 그리고 목표를 좀 더 진지하게 받아들이게 된다. 목표를 기록하지 않고 그저 생각만 하면, 목표를 가볍게 여기거나 심지어 목표가 무엇인지 잊어버리는 어이없는 일도 발생한다.

자세히 살펴보기

SMARTE한 목표를 설정하면 목표를 달성할 확률도 높아진다.

구체적인(S). 구체적인 분명한 목표를 설정해라.

+ 무엇을 이루고 싶은가?

+ 목표는 왜 중요한가?

+ 목표를 달성하는 데 누구의 도움이 필요한가?

+ 목표를 어디에서 달성할 것인가?

+ 목표 달성에 어떤 단계를 밟아야 하는가?

측정 가능한(M). 목표는 진척 상황을 평가하고 올바른 방향으로 가고 있는지 확인할 수 있다.

실천적인(A). 목표는 행동으로 옮길 수 있어야 한다.

+ 목표를 달성하기 위해 취할 수 있는 행동이 있는가?

+ 목표를 달성할 만한 힘을 가지고 있는가?

관련 있는(R). 목표는 자신의 정체성 및 가치와 관련 있어야 한다.

+ 목표가 나에게 의미가 있는가?

+ 나의 니즈와 가치에 부합하는가?

시간제한이 있는(T). 목표를 달성하는 데 걸리는 시간을 설정해야 책임감을 가지고 목표를 향해 전진할 수 있다.

+ 목표를 언제 달성하고 싶은가?
+ 며칠, 몇 주, 몇 달, 1년 동안 무엇을 달성할 수 있는가?

정서를 불러일으키는(E). 목표 달성을 위해 지속적으로 돌진할 정도의 강력한 열정을 불러일으켜야 한다.
+ 목표가 나를 흥분시키는가?
+ 목표 달성을 위한 동기가 부여되는가?
+ 목표를 이룰 때까지 높은 수준의 동기를 계속 유지할 수 있는가?

알아두기

도미니칸 대학 게인 매튜스 박사가 실시한 연구에 따르면 목표를 글로 적고 진척 과정을 기록했던 사람들이 목표를 그저 머릿속으로만 생각했던 사람들에 비해 평균적으로 목표 달성 확률이 33%나 높았다.

스스로 책임지게 해라. 다른 사람과 목표를 공유하면 목표에 대한 책임감이 커진다. 예를 들어 당신이 체중을 줄이고 싶은데 친구 또는 가족도 다이어트를 하고 싶어 한다고 가정하자. 이 경우 목표를 함께 세우면 도움이 된다. 다이어트를 포기하고 싶을 때마다 서로 정신적으로 의지가 되고 동기를 부여해 줄 수 있다. 이때 목표 달성에 자신만큼 열정적이고 헌신할 준비가 되어 있는 사람을 선택해야 한다.

시간을 만들어라. 목표를 달성하기 위해 시간을 짜내는 것은 성공을 위한 필수요건이다. 필요한 시간을 만들어야 원하는 목표를 원하는 시기에 달성할 수 있다. 이때 시간을 현실적으로 설정하는 것이 중요하다.

자신에게 보상해라. 성공적으로 목표를 완수하면 그동안 했던 일들을 인정하고 노력에 대해 스스로에게 보상해 주어라.

다양화해라. 목표를 설정할 때 다양한 각도에서 접근해라. 직업에서의 성공과 같은 단 하나의 범위에 국한하는 것은 좋지 않다. 삶의 많은 범위를 목표에 포함할수록 다재다능하고 뛰어난 사람이 될 것이다. 대인관계에서, 개인적 흥미와 관련해서, 그리고 가정에서 또는 정신적, 지식적, 신체적으로 다양한 측면에서 목표를 세워라. 힌트를 주자면 목표 매트릭스를 만들고 여기에 인생에서 다루고 싶은 다양한 분야를 적어라. 하나의 목표를 달성하고 나면 매트릭스에서 다른 차원으로 옮겨가면 된다.

목록을 작성해라

많은 일을 처리하는 비결은 매일 '할 일 목록'을 작성한 뒤
눈에 잘 띄는 곳에 두고 그날의 행동 지침으로 사용하는 것이다.

– 장 드 라 퐁텐 –

이번 주의 변화는 매우 간단해 보이지만 그 효과는 엄청나다. 하루, 한 달 그리고 일 년 동안 달성하고 싶은(혹은 달성해야 하는) 일의 목록을 작성하면 스트레스는 줄고, 생산성은 증가하며, 심지어 행복도 커진다.

끝없이 이어지는 일들을 하나도 빠짐없이 기억하고 처리하는 것은 벅찬 일이다. 그런데 해야 할 일을 적어 두면 깜빡 잊고 넘어가는 가능성을 사전에 차단하기 때문에 그 만큼 스트레스가 줄어든다. 『행복 방법론: 원하는 삶을 살기 위한 과학적 방법』의 저자인 소냐 류보머스키 교수는 뇌의 작업 기억이 한 번에 기억할 수 있는 내용은 7~9개 정도라고 한다. 따라서 해야 할 일을 적어 두면 그만큼 뇌에 생각할 수 있는 공간이 생기기 때문에 업무를 분석하고 일의 우선순위를 정하는 등 다른 일에 몰두할 수 있다.

목록을 작성하면 해야 할 일에 대한 큰 그림을 그릴 수 있기 때문에 체계 없이 산적해 있는 일도 체계화하고 구조화 할 수 있다. 그리고 일의 우선순위를 정하는 것이 용이해져서 멀티태스킹을 피하고(6주차에서 멀티태스킹이 생산성에 얼마나 해가 되는지 알게 된다.) 한 가지 일에 집중할 수 있기 때문에 생산성과 효율성이 높아진다. 또한 업무별로 마감일을 써 놓으면 가장 시급하게 처리해야 할 일이 무엇인지 인지할 수 있다.

목록에서 마무리한 일을 X 표시 또는 체크 표시할 때 우리는 엄청난 성취감으로 보상받는다. 자신이 일을 능숙하게 처리하고 성공할 만한 능력이 있다고 느낄 때 자신감과 자존감이 향상되고 궁극적으로 행복해진다.

✦✦✦

변화에 이르는 길
할 일 목록을 작성해라.

할 일 목록은 기억력의 외장 하드 드라이브 역할을 하기 때문에, 목록을 작성하면 일에 집중할 수 있다. 그리고 감당할 수 없을 것 같던 일도 처리할 수 있게 된다. 하지만 목록이 효과적으로 사용되지 않는다면 그 자체로 큰 부담이 되어 스트레스만 가중시키는 결과를 초래한다. 그러므로 목록을 작성할 때 다음의 기본 규칙을 기억해라.

형식을 선택해라. 종이에 적는 것이 편하다면 노트 또는 일기장에 목록을 작성하는 것이 가장 쉽다. 반면에 전자 기기를 사용하는 것이 더 마음에 들고 편리하다면 핸드폰이나 다른 모바일 기기를 사용해서 목록을 작성하면 된다. 그런데 전자 기기를 사용하면 종이에 쓰는 것보다 몇 가지 이점이 있다. 달력과 동기화하고 알람을 설정할 수 있으며 목록을 업데이트하고 수정하는 것도 어렵지 않다. 또한 핸드폰이나 이메일 계정과 동기화할 수 있는 온라인 도구나 목록작성을 도와주는 어플리케이션도 활용할 수 있다. 아무리 전자 기기를 사용하는 것이 좋다고 해도 전자 기기를 사용함으로써 일이 더 복잡해져서는 안 된다. 따라서 자신의 성격에 맞고 일을 하는데 가장 효과적인 형식을 선택하는 것이 바람직하다.

간단하고 관리하기 쉽게 작성해라. 목록을 복잡하게 작성할수록 끝까지 고수하기 쉽지 않고 감당하기도 어렵다. 빼곡하게 작성된 목록은 스트레스를 유발하고 일을 마무리하려는 의지를 꺾을 수 있다. 이와 비슷한 맥락에서 해야 할 일이 지나치게 많으면 감당할 수도 처리할 수도 없다고 느끼게된다. 큰일을 한 번에 다 해결하려고 하지 말고 작은 일들로 쪼개어서 목록을 간단하게 유지해라. 각각의 작은 일을 진행하다 보면 더 큰일을 마무리하려는 동기가 계속 유지될 것이다.

마감일 별로 구성해라. 목록을 작성할 때 장기적인 일과 단기적인 일을 구별해서 작성해라. 마감 기간이 다른 일들을 하나의 목록에 작성하면 혼란만 가중되고 어수선해진다. 이는 일을 성공적으로 마무리하는 데 방해만된다. 그날 그날 처리해야 할 일과 시간을 두고 처리해야 할 일을 구별해서 각각의 섹션에 작성해라. 『끝도 없는 일 깔끔하게 해치우기』의 저자 데이비드 알렌의 말을 빌리면, "매일 해야 할 일을 적는 목록에 그날 꼭 하지 않아도 되는 일이 포함되어 있으면 그날 반드시 해야 하는 일의 중요성이 희석된다."고 하였다. 데이비드 알렌은 기억해야 하는 일을 모두 적은 뒤에 파일 형태로 만드는 것이 효과적이라고 말한다.

그는 업무 목록을 작성할 때 오늘 그리고 가까운 미래에 해야 할 일에 관한 목록을 작성하라고 설명한다. 그리고 다음 달과 앞으로 12개월 동안 해야 할 일을 적은 메모를 보관하는 "43폴더⟨tickler file: 총 43개(한 달의 31일과 1년의 12달을 합친 수)의 종이 수납공간을 가진 파일로 해당 일자 혹은 해당 월에 해야 할 일을 적은 노트와 그 일과 관련된 서류를 보관하는 폴더: 옮긴이⟩를 만들 것을 제안한다. 한마디로 요약하면 데이비드는 매일, 매주 그리고 장기적으로 해야 할 일을 적은 '미래파일'을 구분하여 목록을 만들라는 것이다. 그리고 미래 파일을 매주 또는 격주로 열어 보면서 해야 할 일이 무엇인지 확인한 뒤에 당장 처리해야 할 목록으로 옮길 필요가 있는지 점검하라고 한다.

구체적으로 작성해라. '품목 목록(쇼핑 목록, 하객 목록 및 꾸려야 할 짐 목록 등.)'은 항목을 잊어버릴지도 모른다는 걱정을 덜기 위해 작성한다. 품목 목록은 할 일 목록과 별개로 작성해야 한다. 그리고 목록 내용은 구체적일수록 좋다. 예를 들어 '가족 휴가에 대해 생각해 볼 것'은 너무 광범위한 반면 '가족 휴가를 위한 장소 물색'은 구체적인 결과나 결정을 요구한다. 이와 비슷하게 '집을 사기 위해 노력할 것'은 중요한 일이지만 구체적이지는 않다. 그러나 '집 마련 통장에 600만 원 저축하기'는 구체적인 행동과 결과가 필요하다.

 개인적인 용무는 업무와 구별해서 목록을 만들어라. 그래야 일에 집중할 수 있다. 예를 들어 중요한 업무의 마감일에 맞춰서 해야 할 일 목록을 작성했다고 하자. 그런데 그 목록에 '동물 병원에 예약전화하기'라는 내용이 포함되어 있다면 주의를 다른 곳으로 돌려 업무에 집중하는데 방해가 될 것이다.

 목록을 매일 점검하고 긴급성 또는 업무 중요도에 따라 A, B 또는 C로 순위를 매겨라. 이때 A는 가장 시급하고 중요한 사안이고 B는 그 다음으로 처리해야 할 일이며 마지막으로 C는 필요하다면 조금 미루어도 되는 일을 의미한다. 중요도 순서에 따라 매일 업무를 마무리해라.

 마무리되지 않고 목록에 계속해서 남아 있는 일이 있다면 원인은 미루는 버릇이다. 일을 미루는 이유는 다음의 3가지 중에 하나다.

첫째, 할 필요가 없거나 그다지 중요하지 않은 일인 경우, 둘째, 매우 어려운 일인 경우,

마지막으로 중요하기는 하지만 관심과 흥미가 없는 일이라서 일을 하지 않고 그에 대한 대가를 치루겠다고 마음먹은 경우이다.

일을 미루는 이유가 첫 번째에 해당한다면 애초에 그 일을 목록에 적지 말았어야 했다. 두 번째가 이유라면 도움을 청하거나 다른 사람에게 일을 인계하거나 그 일을 처리할 방법에 대해 조언을 구하면 된다. 마지막으로 세 번째가 원인이라면 견딜 만한 일로 만들 수 있는 사람의 도움을 요청해

라. 또는 그 일을 가장 먼저 처리하는 것도 방법이다. 하기 싫은 일을 먼저 마무리했기 때문에 이제는 좀 더 재미있는 일로 넘어갈 수 있고, 이는 성취감을 높인다.

평가하고 보상해라. 하루가 끝날 때쯤 그날 처리해야 할 일을 얼마나 마무리했는지 목록을 점검해라. 끝내지 못한 일은 그 다음 날의 할 일 목록을 작성할 때 목록 제일 위에 적어라. 처리하기 어렵거나 시간이 많이 필요한 일을 마무리했다면 성취감을 마음껏 즐겨도 좋다. 휴식을 취하거나 신나는 일을 통해 스스로에게 보상을 해주어라.

목록에 적으면 안 되는 것들

일을 하다 보면 휴식이 필요하지만 생산적인 휴식과 일을 미루는 것에는 분명한 차이가 있다. 의미 없이 낭비되는 시간이 있다면 목록에 있지 않은 일을 하는 데 보내는 시간을 따져 보아라. 개인적인 통화, 인터넷 검색, SNS 활동, TV 시청, 불필요한 회의에 얼마나 많은 시간을 쏟는지 적어 보아라. 그리고 그 시간 중에서 생산적인 휴식을 위해 어느 정도를 포기할 수 있는지 결정해라. 그런 뒤 휴식 시간을 잘게 나눠서 스케줄에 포함시켜라. 이렇게 하면 언제부터 언제까지 휴식을 취할 것인지가 명확하게 정해져서 낭비되는 시간이 줄어든다.

현실적이고 유연하며 너그러워져라. 아무리 계획을 완벽하게 세워도 예상하지 못한 일로 계획이 어긋나는 날이 있다. 몇 시간 동안 전화에 붙들리거나, 계획에 없던 회의에 참석하고, 아이가 아파서 학교로 데리러 가거나, 타이어에 펑크가 나서 일을 처리하지 못하는 등의 여러 상황이 발생한다. 이런 일은 예측할 수 없기 때문에 융통성이 필요하다. 그리고 그날의 해야 할 일을 모두 처리하지 못했더라도 자신을 용서해야 한다. 우선순위에 따라 일을 처리하면 모든 일을 끝내지 못하더라도 적어도 그날의 가장 중요한 일은 완수할 수 있다. 그리고 기억해라.

"내일은 내일의 태양이 뜬다!"

+ + +

한 번에 한 가지 일에 전념해라

내가 배운 한 가지 교훈이 있다면 그 무엇도 '전념(專念)'을
대신할 수 없다는 것이다.

– 다이앤 소여 –

우리는 멀티태스킹의 시대에 살고 있다. 동료에게 이메일을 보내면서 동시에 SNS를 체크하고, 온라인 채팅을 하며, 통화를 한다. TV를 보면서 빨래를 개는 것과 같은 멀티태스킹은 별로 문제가 되지 않는다. 하지만 집중을 해야 하고, 안전이 담보되어야 하거나, 마감일을 맞춰야 하는 등의 상황에서는 하나의 일에 온전히 집중하는 것이 최고이다.

멀티태스킹은 효율적으로 일을 처리하는 것처럼 보이지만 실제로는 비생산적이고 스트레스 지수를 높이며, 기억력과 행복에 부정적인 영향을 준다.

대부분의 멀티태스커들은 자신이 멀티태스킹에 능숙하다고 생각한다. 하지만 연구에 따르면 한 번에 한 가지 일에 집중할 때 생산성이 훨씬 높다. 2010년 유타 대학의 제임스 왓슨 교수는 멀티태스킹에 관한 실험을 진행하면서 피실험자들에게 한 번에 두 가지 일을 하도록 요청했다. 실험 참가자들 중 2.5%만이 업무 성과에 아무런 영향을 받지 않은 반면 무려 97.5%가 부정적인 영향을 받았다. 게다가 습관적인 멀티태스킹은 장기적으로 영향을 주는 것으로 드러났다. 스탠포드 대학의 연구에 따르면 한 번에 과도하게 많은 일을 하는 멀티태스커는 필요한 정보 선별, 조직적 사고 및 업무 전환 능력이 전반적으로 낮았다. 그리고 공부를 할 때 멀티태스킹을 하면 주의가 산만해져서 학습 능력이 떨어지는 것으로 나타났다.

멀티태스킹은 스트레스를 높여 기억력에도 부정적인 영향을 준다. 우리의 뇌는 지속적으로 자극을 받으면 스트레스를 받아 아드레날린을 분비하는데, 이는 새로운 기억을 형성하는 세포를 파괴한다. 결국 과도한 스트레스를 주는 멀티태스킹을 지속하면 단기기억 상실을 겪을 수 있다.

멀티태스킹이 이렇게 부정적인 영향을 주는데도 왜 우리는 멀티태스킹을 못 해서 안달일까? 멀티태스킹으로 자극이 증가하면 도파민 분비도 활발해지는데, 이는 일시적으로 행복감을 높여준다. 하지만 멀티태스킹은 장기적으로는 행복에 부정적 영향을 준다.

우리는 최선의 노력을 다하여 업무를 성공적으로 마무리했을 때 가장 큰 기쁨을 만끽한다. 하지만 멀티태스킹은 양을 위해 질을 희생하기 때문에 피로는 피로대로 쌓이고 결과는 실망스럽다. 멀티태스킹으로 정보 처리에 과부하가 걸리면 일의 우선순위를 정하는 것은 물론 결정을 내리는 것도 어려워진다. 이는 결국 행복에 부정적 영향을 준다.

✦ ✦ ✦

변화에 이르는 길
한 번에 하나의 일에만 집중해라.

한 번에 한 가지의 일을 하는 것은 생산성과 집중력을 높이고 스트레스를 줄이는 데 유용하다.

집중하는 시간을 조금씩 늘려라. 한 번에 하나의 일에 집중하는 것이 어렵다면 시간을 가지고 천천히 시도해라. 첫째 날 20분 동안 일에 집중하고 5분 동안 쉬는 것으로 시작해라. 둘째 날은 집중하는 시간을 30분으로 늘려라. 그 다음날은 40분으로 늘려라. 이렇게 조금씩 집중하는 시간을 늘리면 나중에는 1~2시간 동안 집중해서 일을 할 수 있다.

생각의 흐름을 관찰해라. 집중을 해야 하는데 다른 생각이 든다면, 생각의 고삐를 죄고 진행하는 업무로 생각의 방향을 전환해라. 예를 들어 당신이 고객에게 이메일을 쓰고 있는데, "화상회의 준비를 해야 하는데" 또는 "페이스북에 올린 글에 '좋아요'를 클릭한 사람이 있을까?"라는 다른 생각이 든다면, 잠시 생각을 멈추고 이메일을 쓰는 데 집중하려고 노력해라. 그래도 끝끝내 다른 생각을 떨칠 수가 없다면 '진행 중인 일 목록'을 만들어서 그 순간 떠오르는 일을 빠르게 적어 놓아라. 이는 생각을 정리하고 현재의 일에 집중하도록 돕는다.

생체 리듬을 활용해라. 아침에 집중이 잘되는 사람이 있는 반면에 오후에 집중력이 높은 사람이 있다. 집중력이 가장 높은 시간이 언제인지 그리고 가장 집중이 안 되는 시간이 언제인지를 파악해라. 그런 뒤 가장 집중이 잘되는 시간에 중요한 일을 계획하고, 집중이 안 되고 생산성이 낮은 시간에는 덜 중요한 일을 처리해라. 예를 들어 오후 3시에 다른 생각에 쉽게 빠진다면 그 시간에는 전화 통화를 하고 서류 정리 및 주변 정리를 해라. 만약 집에 있다면 빨래나 청소 등 집중력이 크게 필요하지 않은 일을 하면 된다.

최적의 환경을 만들어라. 반드시 집중을 해서 마무리해야 하는 일이라면 그 일을 위한 공간을 따로 만들어라. 그리고 그 공간에는 집중을 방해하는 전화, 컴퓨터(업무상 필요한 경우는 제외하고), TV, 게임, 또는 다른 전자 기기 등을 두지 않는 것이 좋다. 왜냐하면 일을 하다가 곁길로 샐 수 있기 때문이다. 편안한 공간이어야 하지만 너무 안락해서 긴장이 풀어지거나 무기력해져서는 안 된다. 조명은 너무 밝지도 그렇다고 어둡지도 않아야 하고, 온도 역시 너무 춥거나 덥지 않게 유지하고, 소음은 적절한 수준이어야 한다.

환경을 바꾸어라. 하루 종일 그것도 매일 똑같은 환경에서 일을 하면 집중력이 떨어지는 사람이 있다. 이런 경우에는 환경을 바꾸면 업무에 집중하는 데 도움이 된다. 따라서 집중이 잘되는 장소 몇 곳을 마련해 두는 것도 좋다.

잡동사니를 최소화해라. 주변에 업무와 관련 없는 서류, 메모 등 필요 없는 물건은 치우는 것이 좋다. 일에만 오로지 집중할 수 있도록 장소를 정리해라.

운전할 때 멀티태스킹은 피해라. 자동차 전화(car phone) 또는 핸즈프리 등을 이용해 통화하는 것은 한 손에 핸드폰을 직접 들고 전화를 하는 것보다는 안전하다. 그렇다고 해도 운전을 할 때에는 전화 통화는 최대한 피하는 것이 좋다. 그리고 운전을 하면서 문자를 보내는 행위는 절대 하지 말아야 한다.

컴퓨터 시간을 줄여라. 요즘에는 업무와 관련된 장소라면 어디에서든 컴퓨터를 쉽게 사용할 수 있다. 그런데 안타깝게도 컴퓨터는 멀티태스킹을 조장한다. 컴퓨터로 일을 할 때 다음을 유념해라.

인터넷 브라우저. 업무상 인터넷을 사용해야 한다면 창을 여러 개 열어 놓지 않는 것이 좋다. 창은 하나만 열고 그 창에서 하나의 탭만 사용해라.

어플리케이션. 컴퓨터 화면에 그때그때 필요한 프로그램 및 어플리케이션만 놔두고 그 외의 잡동사니들은 보이지 않도록 해라. 그리고 불필요한 문서와 어플리케이션은 닫아 두어야 집중력이 분산되지 않는다.

알림 설정. 컴퓨터에서 나는 소리와 알림은 집중력을 떨어뜨린다. '딩'이라는 소리가 울릴 때마다 집중력은 방해를 받는다. 그러므로 컴퓨터의 소리와 불필요한 알림은 꺼두는 것이 좋다.

이메일과 SNS를 위한 시간을 따로 마련해라. SNS와 이메일을 하다 보면 어느새 시간이 훌쩍 지나가기 일쑤다. 따라서 SNS나 이메일을 확인하는 시간을 정해 두는 것이 좋다. 예를 들어 업무상 이메일로 자주 의사소통을 하는 경우가 아니라면 30분씩 하루에 2번(오전 10시~10시 30분 그리고 오후 3시~3시30분) 이메일을 열어 보고 답을 하는 것이 좋다. SNS의 경우에는 오전 8시에 10분 정도 SNS를 업데이트하고 오후에 다시 확인하는 식으로 시간을 정해라.

+ + +

남과 비교하지 마라

"아라비스, 나는 지금 그녀의 이야기가 아니라 바로 너의 이야기를 하고 있는 거란다. 우리 모두 다름 아닌 자신의 이야기를 듣는단다.

– C.S. **루이스**, 『말과 소년』 중에서 –

우리는 어릴 때부터 자신을 남과 비교한다. 같은 반 친구, 형제 및 자매, 팀원 그리고 친구와 비교한다. 그런데 나이가 들면 비교 대상은 더 늘어난다. 이웃, 동료 그리고 감히 말하자면 연예인과도 비교한다. 학교 성적, 외모, 소득, 자녀, 가족, 소유물, 우리가 느끼는 행복에 이르기까지 이 중에서 무엇을 비교하든 비교를 하고 나면 공허하고 현실에 대한 불만만 쌓인다.

남과 비교하는 것이 도움이 되는 경우도 있다. 비교함으로써 새로운 목표를 세우거나 더 나은 사람이 되겠다고 결심하기 때문이다. 하지만 대부분의 경우 비교는 즐거움을 빼앗고 스트레스를 높이며 행동을 엇나가게 한다. 그리고 자아 존중감을 깎아먹고 자신이 성취한 일의 가치를 퇴색시키며 관계를 망치기도 한다. 비교는 분노와 질투를 유발하고 가장 친한 친구 또는 가족 간에도 불건전한 경쟁을 유발한다. '뱁새가 황새 따라가다 가랑이 찢어진다'는 속담처럼 비교는 감당할 수 없을 정도의 과도한 지출을 하게 만들어 재정적으로 타격을 주기도 한다.

우리가 남과 비교하는 이유는 자신을 충분히 괜찮은 사람이라고 생각하지 않기 때문이다. 이런 생각과 감정은 언제나 더 많은 것을 원하고, 그것을 찾아다니고, 그러다 보면 절대 현실에 만족하지 못하는, 결코 끝나지 않는 사이클을 야기한다. 그리고 '이만하면 나는 잘살고 있다.'는 것을 확인하기 위해 남과 비교하는 사람은 진실하고 진정한 의미의 삶을 살지 못한다. 왜냐하면 다른 사람이 말하는 대로 느끼고, 원하고, 살아가는 것과 다르지 않기 때문이다. 이와는 대조적으로 자신의 의지에 따라 사는 사람은 남과 비교할 필요가 없다. 왜냐하면 이들은 자신의 가치와 자신이 처한 환경에 부합하는 최선의 삶이 무엇인지 알기 때문이다.

변화에 이르는 길
남과 비교하지 마라.

　남과 끊임없이 비교하는 버릇이 있다면 이번 주의 변화는 특히 어려울 수 있다. 하지만 스스로 깨닫고 조금만 노력한다면 충분히 해낼 수 있다. 비교를 그만두면 행복은 커지고, 자부심은 높아지며, 인간관계는 좋아지고, 스트레스는 낮아지는 등의 여러 장점이 있다. 이를 몸소 느끼다 보면 비교하는 습관을 완전히 버리거나 이전보다 훨씬 적게 하게 될 것이다.

　인식해라. 비교하는 습관이 뼛속 깊이 박혀 있는 사람은 자신이 비교한다는 사실을 인식조차 못 할 수 있다. '내가 이렇다면 얼마나 좋을까?', '나도 이런 것을 가지고 있다면…….', 또는 '내 배우자도 이런 사람이라면 좋을 텐데…….' 등의 남과 비교하는 생각에 대한 경계를 늦추지 않을 때 비로소 자신의 습관을 인식할 수 있다. 비교를 하다 보면 자신이 미워지고 자아존중감이 낮아진다.

　인정하고 이해해라. 당신이 습관적으로 남과 비교한다는 사실을 깨달으면 일단 생각을 멈추고 비교한다는 사실부터 인정해라. 남과 비교한다고 해서 자신을 비난해서는 안 된다. 오히려 비교를 한다는 사실을 받아들이고 "남과 비교를 하는 이유가 뭐지?"라고 자문해 보아라. 비교를 하면 기분이 어떤지 그리고 자신에게 어떤 영향을 주는지 생각해 보아라. 비교를 하고 나면 슬퍼지는가? 아니면 질투 또는 부러움을 느끼는가? 자신에 대해 또는 자신이 처한 상황에 대해 나쁜 생각이 드는가? 다른 사람을 원망하게 되는가?

생각의 초점을 다시 맞춰라. 우리가 남과 비교하는 이유는 자신이 열등하다고 생각하기 때문이다. 당신의 삶에서 좋은 부분에 집중함으로써 부정적인 생각을 긍정적으로 바꾸어라. '나에게 ~이 있었으면……' 또는 '내가 ~라면 좋을 텐데……'라고 생각하는 대신에 당신이 감사하는 것에 생각을 집중해라. '더 많이' 가졌다고 반드시 행복한 것은 아니라는 사실을 기억해라. 그리고 당신에게 행복과 기쁨을 선사하는 것들을 적어 보아라. 부족한 것에 집중하는 대신에 가진 것을 세어 보고 그것에 감사해라.

선택의 기준은 자신이다. 비교를 하다 보면 정작 필요하지 않거나 좋아하지 않는 것인데도 갖고 싶은 경우가 생긴다. 남에게 보여주기 위해 자신이 원하는 것이라고 착각하는 것이다. 그런데 인생에서 선택을 할 때는 당신이 진심으로 원하는 것을 선택해야 한다. 예를 들어 몸무게를 약 5kg 감량하고 싶다면 다른 사람들의 생각을 의식해서가 아니라 진심으로 원해서 다이어트를 해야 한다. 차를 바꾸고 싶다면 이웃 또는 친한 친구가 그 차를 가지고 있기 때문에 공감대를 형성하고 싶어서가 아니라, 자신이 진심으로 그 차를 좋아하고 원해서 사야 할 것이다. 선택을 할 때는 다른 사람들을 감탄시키려는 목적이 아니라 스스로 만족하는 것인지 따져야 한다.

자존감을 높이고 자신을 인정해라. 남과 비교하는 주된 이유는 자신의 모습을 있는 그대로 받아들이지 않기 때문이다. 자신을 사랑하고 인정할수록 마음은 편안해지고 삶에 대한 만족은 커진다.

자신의 가치를 깨달아라. 자신의 가치를 깨닫고 자신에게 진정으로 중요한 것이 무엇인지 알고 나면 남과 비교하지 않게 된다. 가치는 당신이 하는 선택과 결정을 좌우하고 다른 사람이 소유한 물건이나 그들이 하는 일을 덜 의식하게 만든다. 자신에게 가장 중요한 것(가족, 돈, 감사, 행복, 진정성, 정직 등)이 무엇인지 생각해 보아라. 그리고 가장 중요한 가치 5가지를 적어 보아라.

자신의 특별함에 감사해라. 우리 모두는 유일무이한 존재이므로 축하받아야 마땅하다! 사람들이 모두 똑같다면 이 세상은 지루하기 짝이 없을 것이다. 남과 비교하고 싶어질 때면 자신만의 독특함이 스스로를 특별한 존재로 만든다는 사실을 기억해라. 한 발 더 나아가면 의도적으로 다른 사람들과는 다른 길을 선택할 수 있다. 일반적이지 않은 길을 택하면 다른 사람들과 다르다고 해서 또는 모두가 가진 것을 소유하지 않는다고 해도 하등 이상할 것이 없다. 남과 다른 길을 선택하는 것은 결국 비교 대상이 될 만한 싹을 잘라버리는 것이다.

자신의 강점을 파악해라. 자신이 부족한 것에 대해 부정적으로 느껴질 때면 당신만의 놀라운 자질에 대해 생각해라. 당신은 관대하고 상냥한 성격의 소유자일 수 있다. 지도력에 뛰어난 자질을 가지고 있을 수 있다. 아니면 가수로서의 소질이 있을지도 모른다. 특출나게 뛰어난 자신만의 자질을 떠올리면서 다른 사람들이 그 재능을 얼마나 부러워할지 생각해 보아라.

눈에 보이는 것이 다가 아니다. 남에게 최선을 다해 좋은 인상을 남기고 싶은 것은 인간의 본성이다. 겉으로는 완벽해 보일지라도 수면 아래에는 언제나 다른 것이 숨겨져 있다. 예를 들면 완벽한 결혼 생활을 유지하는 것 같은 커플도 부부만 있는 사적인 자리에서는 끊임없이 다툴 수 있다. 또는 멋진 집과 차를 소유하고 해외로 휴가를 떠나는 친구도 수면 아래를 들여다보면 불행하고 외로움에 몸부림칠지도 모른다. 타인에 대해서는 퍼즐의 작은 몇 조각만을 본다는 사실을 깨달아라.

비물질적인 것에 집중해라. 비교는 물질적인 것 또는 정량화할 수 있는 것에서 비롯된다. 예를 들면 차, 옷, 집, 소득 등이다. 하지만 삶을 풍요롭게 만드는 것은 가족, 건강, 친구, 경험 등의 정량화할 수 없는 것들이다. 당신이 소유하고 있거나 혹은 소유하지 못한 '물질'에 마음을 쓰는 대신에 비물질적인 것 그리고 삶이라는 여행을 즐기는 데 더 많은 시간을 할애해라.

상대방에 대한 비판을 자제해라. 타인과 비교하는 것은 유해하고 비생산적이다. 그런데 이에 못지않게 자신의 기분이 좋아지려고 다른 사람을 비판하거나 판단하는 것도 바람직하지 않다. 당신만의 특별함을 감사하는 만큼 상대방만의 독특한 특징을 높이 사려고 노력해라.

비교를 유발하는 행동은 피해라. 비교를 유발하는 몇 가지 행동이 있다. 타블로이드판 신문을 읽거나 특정 TV 프로그램을 시청하다 보면 비교하는 마음이 저절로 생긴다. 남에 대해 '이러쿵저러쿵' 말하는 것도 전형적인 비교 행위이다. 이런 행동을 줄이고 당신의 긍정적인 자질을 이끌어낼 수 있는 의미 있는 활동에 집중해라.

질투를 다루어라. 다른 사람을 끊임없이 질투하거나 부러워한다면 그 이유가 무엇인지 분명히 파악해라. 표면적인 이유가 아닌 진짜 원인을 파악하기 위해 내면을 들여다보아라. 불안 때문인가? 직업과 연봉 때문인가? 아니면 삶에서 깊은 인간관계를 맺지 못해서인가? 상황에서 감정을 분리하도록 노력해라. 다른 사람의 장점을 객관적으로 평가하고 부러운 감정을 해소하려면 어떤 자질을 갖추어야 할지 생각해 보아라. 부러움의 대상을 경쟁 상대가 아니라 동기 유발의 원천 또는 롤 모델로 삼아라.

+ + +

명상을 해라

현재는 기쁨과 행복으로 가득 차 있다.
주의를 기울이면 알게 될 것이다.

– 틱낫한 –

'명상'이라는 단어는 저 멀리 떨어진 티베트 수도원에서 수도승이 "옴 ~."이라는 소리를 내며 참선하는 이미지를 떠오르게 한다. 하지만 명상을 하는 방법은 매우 간단하기 때문에 언제 어디에서든 그리고 누구나 할 수 있다. 명상은 수천 년 동안 행해져 왔으며 신체적 그리고 정신적 건강에 지대한 영향을 준다. 명상 중에는 마음의 고요, 평화 그리고 균형을 경험하는데, 이는 명상이 끝난 다음에도 오랫동안 지속된다.

'마음 챙김' 분야에 대한 연구가 활발히 진행되고 요가가 인기를 얻으면서 명상이 최근 몇십 년 사이 널리 퍼지게 되었다. 명상을 하면 산란한 마음이 비워져 머리가 맑아지고 집중력이 생긴다. 새로운 관점이 생겨나고, 긍정적으로 세상을 바라보며, 스트레스를 관리하고, 한층 깊어진 자의식을 달성할 수 있다.

또한 명상은 우리의 기억과 학습 과정에 긍정적인 영향을 준다. 명상이 습관처럼 몸에 밴 사람의 경우 학습 및 기억 관련 중추인 해마의 회백질 밀도가 증가하는 반면에, 불안과 스트레스를 관장하는 편도체의 회백질 밀도는 감소하는 것으로 드러났다. 결국 기억력과 학습 능력은 향상되고 스트레스는 해소되는 것이다. 명상은 마음을 가라앉히고 잡생각을 몰아내어 집중력을 높인다. 워싱턴 대학의 실험 결과에 따르면 명상 프로그램에 참여한 피실험자들은 업무 전환이 줄고 장시간 동안 업무에 집중할 수 있었다. 그리고 명상 프로그램에 참여하지 않은 사람들과 비교했을 때 업무 내용을 세세한 부분까지 더 정확하게 기억해냈다.

마지막으로 명상을 하면 현재에 집중하고, 비판하지 않으며, 상처, 부정적인 생각 및 경험을 극복할 수 있는 힘이 생긴다. 결국 긍정적인 시각을 갖게 되고 마음의 평화와 행복을 찾게 된다.

✚ ✚ ✚

변화에 이르는 길
하루 20분 명상하기

명상의 방법과 형태는 다양하다. 하지만 명상 수련이 처음이라면 간단한 방법부터 도전하는 것이 최선이다.

전념해라. 명상의 혜택을 진심으로 느끼고 싶다면 매일 수련하는 것이 중요하다. 명상이 처음이라면 '5분 명상법'으로 시작하는 것이 좋다. 그런 다음 '하루 20분 명상'을 목표로 몇 주 또는 몇 개월 동안 서서히 시간을 늘리면 된다.

장소를 선정해라. 명상을 할 수 있는 조용한 장소를 물색해라. 공원, 집의 조용한 방 또는 구석진 곳 혹은 해변이 될 수 있다. 명상을 하는 동안(이상적으로는 20분) 방해받지만 않는다면 장소는 어디든 상관없다. 하지만 가능하다면 소음이 거의 없는 장소를 선택하는 것이 좋다. 음악을 틀고 명상을 하고 싶다면 집중을 방해하는 가사가 있는 음악이나 비트가 무거운 음악은 피하고 부드러운 리듬의 음악을 선택해라.

시간을 선택해라. 하루 중 가장 집중이 잘되는 시간 또는 방해를 받지 않는 시간 그리고 온전히 명상에만 집중할 수 있는 시간을 선택해라. 이른 아침 또는 늦은 밤이 좋다. 그리고 명상을 시작할 때 끝나는 시간을 알 수 있도록 알람을 설정해라.

자세를 잡아라. 명상은 안락함이 핵심이다. 옷과 앉은 자세가 편안해야 한다. 몸을 옥죄거나 몸에 딱 맞는 옷 그리고 너무 덥거나 또는 몸을 충분히 따뜻하게 감싸주지 못하는 옷은 피하는 것이 좋다. 가부좌 자세로 앉아 양손은 무릎이나 허벅지 위에 두는 것이 일반적이다. 하지만 무엇보다도 편안한 자세로 허리를 곧추 세우고 머리는 의자나 소파의 머리 받침대가 아닌 목으로 단단히 지지하는 것이 중요하다. 이렇게 허리를 곧게 세운 자세는 졸음을 쫓는 데도 효과적이다. 바닥이나 딱딱한 의자에 방석을 깔고 그 위에 앉는 것도 명상할 때의 일반적인 자세다. 이때도 양손은 무릎 또는 허벅지 위에 내려놓는다. 마지막으로 눈은 지그시 감는다. 눈을 뜬 채로 명상을 할 수 있지만 눈을 감았을 때 더 쉽게 집중할 수 있다.

목적을 갖고 명상해라. 명상하려는 이유를 상기하면서 명상에 들어가라. 긴장과 스트레스를 해소하고 싶거나 화 또는 분노를 누그러뜨리거나 심란한 마음을 정화하고 싶을 수도 있다. 또는 단순히 현재에 집중 하고 싶을 수도 있다.

집중해라. 명상은 계속해서 정신을 집중하는 것이 핵심이다. 명상의 목표는 삶에 대한 생각이나 골치 아픈 문제를 잊는 것이다. 명상을 할 때 다음의 방법에 정신을 집중하면 도움이 된다.

호흡. 호흡에 집중하는 것이 가장 일반적이다. 호흡은 자연적인 기능으로 다른 노력이 필요하지 않기 때문에 신참자에게 특히 유용한 방법이다. 호흡은 가슴이 아닌 복부 깊숙한 곳에서 밖으로 뿜어져 나와야 한다.(횡격막이 위 아래로 움직이면서 발생.) 다시 말해 복부가 팽창하고 수축하는 동안 가슴이 위로 거의 움직이지 않아야 한다. 호흡을 하면서 감정에 집중하고 숨을 들이쉬고 내쉬는 소리를 들어보아라. 공기가 코로 들어가 목을 지나 폐에 도착하는 것을 느껴보아라. 숨을 내쉴 때는 공기가 숨을 들이쉴 때 지나갔던 곳을 역으로 이동한다는 사실을 염두에 두어라. 호흡에 집중하는 방법은 다음과 같다.

> ⋯ **숫자 5를 센다.** 숨을 들이쉬면서 천천히 숫자 5까지 세어 보아라. 1초 동안 숨을 참은 다음 숨을 내쉬면서 다시 천천히 5까지 센다. 명상이 끝나는 알람이 울릴 때까지 이 과정을 반복한다.
>
> ⋯ **호흡마다 숫자를 센다.** 각각의 들숨과 날숨에 숫자를 센다. 처음 숨을 들이마실 때 1을 센다. 그리고 숨을 내뱉을 때 2를 센다. 그 다음 들숨에 3을 그리고 날숨에 4를 센다. 10에 이를 때까지 계속 진행한다. 10에 도착하면 들숨에 다시 1부터 시작한다. 명상이 끝나는 알람이 울릴 때까지 이 과정을 계속 반복한다.

만트라. 조용히 만트라(마음에 평화와 고요함을 가져다주는 특정 단어 또는 문구)를 암송해라. 그리고 만트라를 암송하는 동안 깊은 호흡을 규칙적으로 반복한다. 명상을 하는 동안 만트라를 계속해서 암송한다.

유도 명상. 대부분의 운동선수는 시합을 준비하면서 유도 명상법을 사용한다. 유도 명상은 원하는 목표를 향해 생각을 집중하는 것이 핵심이다. 예를 들어 마라톤 선수의 경우 실제 경기에 임하기 전에 출발선에서 결승선까지의 경주 코스를 완주하는 자신의 모습을 상상해 본다.

대상. 눈을 뜬 채로 명상하는 것이 편하다면 명상 중에 자신에게 의미가 있는 기호 또는 대상에 집중을 하면 된다. 부처 상, 꽃, 정원, 해변 또는 십자가 등을 예로 들 수 있다. 사용할 만한 물건이 없다면 눈을 감고 상상력을 발휘해 머릿속으로 떠올리면 된다. 깊은 호흡을 반복하면서 그 대상에 정신을 집중해라.

신체. 정신을 몸의 구석구석에 집중하는 바디 스캔을 진행해라. 고통, 편안함, 긴장, 체온 또는 무감각 등 몸에서 느끼는 감각에 온 신경을 집중해라. 그리고 신체 기관을 돌아가면서 수축과 이완을 반복해 보아라. 예를 들면 손가락을 수축했다가 이완해 보고 그 다음 손, 팔, 어깨 등으로 옮겨가면서 수축 및 이완을 반복한다. 그리고 깊은 호흡과 함께 이 과정을 다시 반복한다.

정신이 산만해 지는 경우

명상을 하는 동안 생각이 다른 데로 팔릴 수 있다. 그런 경우 떠오르는 생각을 간단히 적어 두고 호흡, 만트라 또는 집중할 수 있는 대상에 다시 생각을 집중한다. 하지만 다른 생각이 든다고 해서 자신을 판단하거나 비난하지 마라. 명상 중에 집중력이 흩어지는 것은 일반적인 현상이기 때문이다. 명상을 하는 동안 마음을 열고 자신을 사랑해라.

명상 시간을 늘려라. 처음에는 5분 명상을 목표로 해라. 그리고 7일이 지난 뒤 10분으로 늘려라. 7~14일 동안 10분 명상을 무리 없이 지속했다면 그 다음에는 15분으로 늘려라. 14~21일까지 15분 명상을 유지할 수 있었다면 마지막으로 20분으로 늘리면 된다.

명상 테크닉을 익혀라. 이번 장에서 언급한 명상법은 매우 간단해서 초심자들이 사용하기에 유용하다. 명상은 다양한 형태로 수련할 수 있는데, 각각의 이점이 있고 사람들마다 매력적으로 느끼는 명상법도 다르다. 일반적으로 유명한 명상법으로는 초월 명상, 마음 챙김 명상, 쿤달리니, 기공, 그리고 태극권이 있다. 인터넷 검색을 통해 다양한 형태의 명상법을 찾아본 뒤 자신에게 가장 흥미로운 명상 수업을 진행하는 명상 센터에서 수련해라.

하루에 2번 명상을 해라. 매일 20분씩 명상을 하는 것이 가능해지면 명상 횟수를 하루에 2번으로 늘려라. 많은 전문가들은 '하루에 2번 20분 명상'이 이상적이라고 조언한다. 하지만 가장 중요한 것은 명상의 질이다. 20분 명상을 수행하는 동안 원하는 마음 챙김을 할 수 있도록 전념해야 한다.

수련원을 찾아라. 심도 있는 명상 수련을 원하는 사람들을 위해 많은 명상 수련원과 스파에서 일주일 또는 주말 동안 명상 수련을 진행한다. 일 년에 한 번쯤은 일상에서 벗어나 수련원에서 명상법을 배우고 수련의 깊이를 확대해 나가는 것도 고려해 보아라.

+ + +

선택을 두려워하지 마라

지금부터 20년 후에 당신은 한 일이 아니라
하지 않은 일에 의해 더 실망할 것이다.

— H. 잭슨 브라운 주니어 —

우리는 매일 선택의 순간에 직면한다. 하지만 간단한 결정을 내리는 것도 생각만큼 쉽지 않다. 선택을 망설이는 이유는 '잘못된' 결정을 할까 봐 두렵기 때문이다. 우리는 100% 확신으로 최상의 결과를 위한 선택을 해야 하고, 심지어 그것이 옳은 결정이어야 한다는 강박관념에 시달린다. 하지만 '옳은' 결정이란 없다. 단지 다른 선택안이 있을 뿐이다. 그리고 당신이 내린 결정이 어떤 방향으로 진행하기 위한 것이라면 그것만으로도 의미가 있다. 결국 '올바른' 결정을 내려야 한다는 생각에 고통을 받는 것은 시간 낭비이고 불안과 스트레스를 조장하며 심지어 행복과 기쁨을 훼손한다.

'옳고 그름'이라는 시각으로 선택을 판단한다면 당신은 뜻밖의 경험을 할 수 없게 된다. 결정을 유보하는 것이 최선인 것처럼 보여도 오히려 당신을 정체하게 만들 수 있다. 실제로 사람들은 잘못된 선택을 한 일에 대해 후회하는 것 못지않게 행동하지 않았음을 후회한다. 차라리 잘못됐다는 사실을 알고 결정을 내린 것이 아예 결정을 내리지 않은 것보다 낫다.

✦ ✦ ✦

변화에 이르는 길
의사결정자가 되어라.

크든 작든 의사 결정에 어려움을 겪는다면 다음을 시도해 보아라.

가치를 기준으로 우선순위를 정해라. 인생에 영향을 줄 수 있는 결정을 해야 한다면 당신에게 중요한 핵심 가치가 무엇인지 생각해 보아라. 다른 사람의 의견이 아닌 자신의 원칙을 바탕으로 우선순위를 정하면 자신에게 최선이 되는 방향으로 의사결정을 내릴 수 있다.

직관을 믿어라. 우유부단함은 자신감이 부족하고 자신의 의사결정 능력을 믿지 못할 때 발생한다. 당신의 직관을 믿고 합리적인 의사결정을 할 수 있다고 확신을 가져라. 당신에게 원하는 삶을 만들고 최선의 선택을 할 수 있는 역량이 있음을 깨달아라.

완벽이라는 개념은 버려라. 완벽한 결과를 찾다 보면 결정을 내리지 못하기 쉽다. 완벽한 결정, 옳거나 잘못된 결정, 또는 좋은 결정과 나쁜 결정은 없음을 기억해라. 그리고 완벽하지 않아도 대단할 수 있다는 사실을 받아들여라. 모든 선택이 나름의 의미가 있다. 하지만 선택을 아예 하지 않는 것은 어떤 의미도 없다. 결정을 내리면 방향성을 가지게 되고 자신에 대해 더 많이 배울 수 있다. 만약 원하는 결과가 나오지 않는다면 언제든 방향을 바꾸면 된다.

필요하면 도움을 받아라. 의사결정은 자신의 목표와 원하는바에 바탕을 두어야 하지만 당신을 잘 아는 사람에게 의견을 구하는 것도 도움이 된다. 잘 알지 못하는 분야에 대한 결정을 내리는 경우라면 조언은 더욱 필요하다. 예를 들어 당신이 스마트폰을 사려고 고민 중이라고 하자. 그런데 무엇을 사야 할지 도저히 모르겠다면, 스마트폰을 빠삭하게 파악하고 있는 친구 또는 친척에게 물어 보아라. 그들에게 어떤 종류의 스마트폰이 있는지 그리고 그중에서 당신에게 가장 적합한 스마트폰은 무엇인지 알기 쉽게 설명해 달라고 요청하면 된다.

알아두기

컬럼비아 대학 경영대학원 교수 쉬나 아이엔가와 스탠포드 대학 심리학과 교수 마크 레퍼가 공동으로 진행한 연구에서, 사람들은 일반적으로 선택안이 많은 것을 선호하지만 선택안이 한정되어 있을 때보다 선택을 하는데 10배나 어려워했다. 그리고 선택안이 한정된 경우 자신의 결정에 대해 훨씬 만족하는 것으로 드러났다.

선택안을 줄여라. 선택안이 너무 많으면 결정을 내리기 힘들다. 선택안이 너무 많다면 선택안을 줄여나가는 방식으로 상황을 장악해라. 예를 들어 점심으로 무슨 메뉴를 먹을지 결정하기 어렵다면 메뉴에서 특정 종류(샌드위치 중에서 먹을지, 샐러드인지 아니면 피자인지)로 한정한 다음 그중에서 하나를 선택해라. 아니면 전체 메뉴에서 2~3가지 음식으로 제한한 뒤에 선택하는 것도 방법이다.

시간을 제한해라. 선택을 하는 데 있어서 몇 시간, 며칠 심지어 몇 주 동안 질질 끌어서는 안 된다. 고민하는 시간을 적절하게 제한해서 그 이상 결정을 미루지 않도록 해라. 예를 들어 매트리스를 사려고 마트에 간다고 하자. 이때 어떤 매트리스를 살지 고민하는 시간을 그날 오후로 한정하면 선택을 하는 데 도움이 된다. 또는 밤에 약속이 있어서 외출 할 때 무엇을 입을지 결정할 때도 시간을 10분으로 제한해라.

기준을 정해라. 의사결정을 내리기 전에 어떤 기준 또는 전제조건을 바탕으로 할 것인지를 선택해라. 예를 들어 피트니스 센터를 알아본다고 하자. 이런 경우 피트니스 센터의 분위기와 운동 기구의 종류가 개설하는 수업이나 비용보다 중요하다. 선택안을 가장 중요한 우선순위와 비교해 보면 기준에 부합하지 않는 것들부터 먼저 제거해 나갈 수 있다.

그냥 단순해져라. 그날그날의 선택에 있어서 우유부단함을 없애려면 예측가능해지면 된다. 예를 들어 특정 제품 또는 브랜드가 마음에 든다면 해당 제품을 재구매하면 된다. 집 근처에 있는 카페의 메뉴가 너무 다양해서 매일 아침 무엇을 마실지 고민이라면, 하나의 음료를 선택한 뒤 매일 그것만 마시면 된다.

만일의 사태에 대비한 계획을 세워라. 나쁜 선택을 할까 봐 두렵다면 최악의 시나리오를 상상해 보아라. 그리고 그 일이 발생하면 어떤 행동을 취할지 결정해라. 우리는 긍정적인 시나리오보다는 부정적인 시나리오를, 그것도 비현실적인 수준으로 머릿속에 상상하는 경향이 있다. 하지만 최악의 시나리오는 드물게 발생한다. 만일의 사태에 대비해서 행동 계획을 짜놓으면 불확실한 상황으로 인한 스트레스가 줄고 자신이 내린 결정을 좀 더 편안하게 받아들일 수 있다.

실망감을 극복해라. 당신이 내린 결정이 최선이 아니라는 생각이 들거나 설령 결과가 실망스럽더라도 그런 감정에 압도당해서는 안 된다. 그럴수록 긍정적인 태도를 유지하고 앞으로 더 나은 의사결정을 하기 위한 배움의 기회로 삼아라. 다시 말해, 결과를 받아들이고 배움의 기회로 삼은 뒤 앞으로 나아가면 된다.

✦ ✦ ✦

녹차를 마셔라

차에는 인생에 대해 조용히 사색하도록 만드는 특별한 무엇이 있다.

– 린위탕 –

지난 수세기 동안 아시아인은 녹차를 즐겨 마셔왔다. 그런데 최근 들어 녹차는 서양 문명권에서도 인기를 얻고 있는데, 녹차가 마음, 신체 그리고 정신에 놀라울 만큼 큰 혜택을 주기 때문이다.

녹차는 다양한 식물 화학물질을 함유하고 있어서 강력한 항산화 작용을 한다. 또한 알츠하이머와 파킨슨병과 같은 퇴행성신경질환의 위험을 낮추는 데도 효과가 있다. 연구 결과에 따르면 녹차의 폴리페놀 성분인 에피갈로카테긴 갈레트는 학습과 기억에 중요한 역할을 하는 해마의 신경조직 형성을 촉진한다. 녹차의 탄닌 성분인 갈로탄닌은 뇌졸중으로 인한 뇌손상을 방지하는 데 도움이 된다.

70세 이상 일본인 1,000명을 대상으로 한 실험에서 녹차를 많이 마신 노인들은 인지 장애 발생률이 낮은 것으로 드러났다.

녹차는 스트레스를 완화하는 것으로도 유명하다. 일본에서 자국민을 대상으로 실시한 조사에서 녹차를 많이 마실수록 정신적 스트레스가 줄어드는 것으로 나타났다. 그리고 녹차의 폴리페놀 성분은 행복 호르몬인 도파민 분비를 늘린다. 실제로 우울증을 앓고 있는 환자에게 녹차를 마시게 하자 우울증이 완화된 사례가 있다.

집중력과 생산성을 높일 수 있는 물질을 찾는다면 녹차만한 것이 없다. 녹차에는 각성제인 카페인이 함유되어 있지만 커피 한 잔에 든 것보다 훨씬 낮은 수준이다. 결국 녹차를 자주 마신다고 해서 커피를 과도하게 마실 때처럼 손끝이 떨리고 가슴이 뛰는 증상은 나타나지 않는다. 녹차의 마법 같은 효능은 녹차에만 함유되어 있는 아미노산 L-테아닌 때문이다. L-테아닌은 심신을 안정시키고 정신력과 집중력을 향상시키는 것으로 알려져 있다. 녹차에는 카페인과 L-테아닌이 함께 포함되어 있기 때문에 뇌 기능을 향상시키는 데 특히 효과적이다.

+ + +

변화에 이르는 길
커피 대신 녹차를 마셔라.

녹차를 매일 마시는 것은 그리 어렵지 않다. 녹차를 마실 때 몇 가지 정보를 주자면 다음과 같다.

얼마나 마셔야 하나? 녹차가 건강상 이점이 많다고 하더라도 하루에 2~3잔 마시는 것이 이상적이다. 일본에서 진행된 연구에 따르면 녹차를 하루에 최소 2잔 마시는 사람들은 인지 기능 장애를 겪을 확률이 54% 낮았다.

커피를 녹차로 바꾸어라. 매일 커피를 마신다면 커피 한 잔을 녹차 한 잔으로 대체해라. 그런데 모닝커피를 포기하는 것은 너무 가혹하게 들릴 수 있다. 하지만 녹차의 경우 커피와 마찬가지로 카페인이 있지만 커피와 같은 손 떨림 증상은 야기하지 않는다는 사실을 기억해라. 그리고 녹차는 주의력과 집중력을 향상시키기 때문에 하루 업무를 시작하기 전에 마시기에 완벽한 음료이다.

커피보다 많이 마셔도 괜찮다. 일반적인 원두커피는 약 240ml당 95~200mg의 카페인을 포함한다. 하지만 동일한 양의 녹차에는 카페인이 24~40mg밖에 포함되어 있지 않다. 따라서 녹차는 커피보다 몇 잔을 더 마신다고 해도 카페인을 과도하게 섭취하지 않을까 걱정할 필요가 없다. 하지만 카페인에 예민하게 반응하는 사람이라면 오후 2시 이후에는 녹차를 자제해야 숙면을 취할 수 있다.

알아두기

콜로라도 스프링스에 위치한 콜로라도 대학교 데이비드 와이스 교수는 말차(가루 녹차)에는 일반적인 중국 전통 녹차에 비해 EGCG가 137배나 많이 함유되어 있다고 밝혔다. 그리고 최고의 가치를 평가받는 다른 녹차보다도 EGCG가 3배나 많다.

디카페인에 까다로워져라. 디카페인 녹차를 선호한다면 디카페인 차를 구입할 때 까다롭게 선택해라. 디카페인 차를 만드는 방법에는 2가지가 있는데, 에틸 아세테이트를 용매로 사용하는 방법과 이산화탄소를 용매로 사용하는 방법이 있다.

먼저, 에틸 아세테이트를 용매로 이용하는 경우 차 잎에서 몸에 이로운 물질이 함께 제거되고 잎에 용매가 남는다. 반면에 이산화탄소를 이용하는 방법은 이산화탄소와 물을 이용해 카페인을 제거하기 때문에, 차 잎의 폴리페놀과 카테킨 성분이 손실되지 않고 그대로 유지된다. 대부분의 제조업체는 어떤 공법을 이용해 카페인을 제거하는지 밝히지 않는다. 따라서 '자연적인 방법으로 디카페인 된 차'라는 문구를 써 놨다고 해서 에틸 아세테이트를 절대 사용하지 않았다는 의미는 아니다. 결국 가장 좋은 방법은 직접 디카페인 차를 만드는 것이다.

먼저, 약 45초 동안 차 잎을 물에 담근 뒤 그 물을 버린다. 그런 다음 뜨거운 물을 다시 부어서 차 잎을 한 번 더 물에 담가둔다. 처음 물에 담갔을 때 약 80% 카페인이 제거되기 때문에 2번의 과정을 거치면 카페인을 대부분 제거할 수 있다.

말차를 마셔라. 말차는 녹차 잎 전체를 곱게 빻은 가루 녹차이다. 일반적인 녹차가 잎에서 우러나온 물을 마시는 것이라면 말차는 차 잎 전체를 소화시킨다. 말차를 선호하는 사람들은 말차를 마시면 섬유질을 함께 섭취하기 때문에 건강에 훨씬 좋다고 주장한다. 말차를 마실 때는 말차에 뜨거운 물을 붓고 빠르게 휘저어 거품을 만든 뒤 거품이 가라앉기 전에 마시는 것이 전통적인 방법이다. 말차를 이용해 말차 라떼, 스무디, 그리고 홈메이

드 녹차 아이스크림도 만들 수 있다.

향신료, 허브 또는 화초를 첨가해라. 녹차의 맛이 입에 맞지 않을 수도 있다. 녹차의 기본 맛이 그다지 마음에 들지 않으면 향신료, 허브 또는 화초 등의 맛을 첨가해서 마셔 보아라. 가장 일반적으로 첨가하는 맛으로 재스민과 레몬글라스가 있다. 시나몬, 장미 꽃잎, 박하 또는 귤이나 오렌지 같은 감귤류 과일을 사용해 당신만의 맛을 만들어 보아라.

유기농 천연 벌꿀로 단 맛을 첨가해라. 녹차는 담백하게 마시는 것이 가장 좋지만 단 맛을 조금 첨가하고 싶다면 설탕 대신에 유기농 천연 벌꿀을 넣어라. 설탕은 건강에 이로운 점이 전혀 없지만 꿀은 항산화 효과가 탁월하다. 꿀은 공정 과정에서 항산화제와 다른 영양분이 없어지기 때문에 가공하지 않은 천연 벌꿀을 사용하는 것이 좋다. 그리고 유기농 꿀이라는 것은 꿀벌이 화학물질이나 살충제에 노출되지 않았음을 의미한다.

타인의 장점을 발견해라

사람들을 그들이 최고의 모습이 된 것처럼 대해라.
그리고 그들이 그러한 모습이 될 수 있도록 도와주어라.

– 요한 볼프강 폰 괴테 –

개인적으로 불쾌한 일이 있었거나, 뉴스에서 범죄에 관한 소식을 들었거나, 타블로이드 신문에서 극적인 사건들을 너무 많이 접한 것과 상관없이, 우리는 일단 상대방의 의도를 의심부터 하고 본다. 하지만 이런 생각은 안타깝게도 타인에 대한 태도뿐만 아니라 자신의 행복 그리고 자신을 바라보는 관점에도 영향을 준다. 타인의 장점을 발견하는 것은 어렵다. 하지만 이는 결국 자신에게 이득이 된다. 다시 말해 상대방의 장점을 많이 발견할수록 자신의 장점도 알게 되고, 이는 성공과 행복에 중요한 요소인 자부심과 자신감을 향상시킨다.

우리는 타인에 대해 부정적으로 생각하는 경향이 있다. 소위 말하는 '부적 편향'은 긍정적인 것보다 부정적인 경험이나 생각 그리고 정보에 더 많이 집중하고 무게를 둔다. 부적 편향은 타인의 장점보다는 단점을 더 잘 파악하고 최악의 상황을 가정하게 만든다. 그리고 타인의 장점을 알아보고 인정하기보다는 그 사람의 특이한 성격에 신경이 거슬린다. 우리는 자신의 긍정적 성격, 가장 좋은 특징, 그리고 충분한 잠재력을 타인이 알아주기를 바란다. 타인에 대해 비판적이고 그들의 행동이 눈에 거슬린다는 것은 타인을 신뢰하지 않고, 아량을 베풀지 않으며, 마음을 열지 않는다는 것을 의미한다. 결국 우리는 상대방에게 부정적인 감정을 표현하게 되는데, 그러면 그들 역시 우리를 긍정적으로 평가하지 않는다. 하지만 아이러니하게도 우리는 상대방이 자신의 실수나 실책 그리고 결점은 눈 감고 넘어가주기를 바란다.

당신의 기대는 상대방을 바꾸어놓는다

상대방에 대한 당신의 기대와 태도에 따라 그들이 스스로를 어떻게 생각하는지가 달라지며 앞으로 그들의 성공 가능성도 크게 달라진다. 초등학교 교사가 학생의 성적이 향상될 것이라고 기대했을 때 실제로 학생들의 성적이 향상되었다.

사람은 기본적으로 타인이 자신을 대하는 태도에 따라서 행동한다. 당신이 상대방에게서 최악을 기대한다면 그들은 이런 기대에 부응하는 행동을 할 것이다. 하지만 당신이 상대방을 긍정적으로 바라본다면 그들은 좀 더 긍정적으로 행동할 것이다. 우리가 부적 편향을 극복하고 타인의 좋은 점을 본다면 놀라운 일이 생긴다. 상대방이 당신으로부터 신뢰, 존경, 안전

성과 같은 긍정적인 감정을 받으면, 그 역시 당신에 대해서 똑같은 감정을 느끼게 될 것이고, 결국 둘의 사이는 훨씬 돈독해질 것이다. 그리고 서로에 대해 긍정적으로 생각할 때 각자의 내면에 숨겨져 있는 최고의 모습이 발현된다. 따라서 당신은 더욱 행복하고 자신만만하며 다정한 성격을 가지게 되어 이전보다 나은 사람이 될 것이다.

+ + +

변화에 이르는 길
타인의 장점에 집중해라.

상대방의 최고의 모습을 발견하려면 마음을 열어야 한다.

관대해져라. 우리 모두 나름의 장점이 있다. 자신의 장점뿐만 아니라 타인의 장점도 찾아보아라. 시간을 갖고 사람들을 알아가면서 그들의 역량, 강점 그리고 긍정적 성격에 관심을 가져라. 너그러운 마음을 가지고 타인을 판단하지 말고, 편견도 버리고, 친절하게 마음을 열고, 상대방의 있는 그대로를 받아들이도록 노력해라. 관대함은 당신 주변 사람들뿐만 아니라 더 큰 세상과 소통하는 데 중요하다. 처음 만나는 사람에게 마음을 열고 다가가라. 도움이 필요한 사람에게 도움을 주어라. 칭찬을 아끼지 마라. 그리고 격려의 말을 건네라. "나는 너를 믿어.", "너는 할 수 있어."라고 말해라.

일반화는 피해라. 일반화는 대부분 정확하지 않을 뿐더러 사람들에게 상처를 준다. 모두가 자신만의 독특한 개성, 성격 그리고 강점이 있음을 기억해라. 상대방이 특정 나이, 성, 문화, 민족, 종교에 속하거나 특정 경제 상황에 처해 있다고 해서 그 사람의 인격이나 자질을 다 안다고 생각하지 마라. 또한 어떤 사람의 과거의 행동을 미래 모습으로 일반화시키는 잘못을 범해서는 안 된다. 우리 모두 방황했던 날들(몇 년일 수도 있다!)이 있고 그 시간이 우리를 규정해서는 안 된다. 당신이 잠시 어긋났던 시간을 용서받기를 원하는 것처럼 상대방을 용서하는 것 역시 중요하다.

현실적이 되어라. 타인에게 큰 기대를 거는 것은 그들의 행동에 긍정적인 영향을 줄 수 있지만 기준을 터무니없이 높게 잡거나, 완벽을 기대하거나, 비현실적인 기대를 하는 것은 역효과를 가져온다. 절대 타인에게서 완벽을 기대하지 마라.

눈에 보이지 않는 이유를 파악해라. 상대방을 최악이라고 판단하는 이유는 당신이 너무 성급하게 결론을 내리기 때문이다. 시간을 갖고 그 사람이 처한 상황에 대해 곰곰이 생각해 보아라. 마음을 열고 좋은 면을 보려고 하면서 상대방의 행동이 선의에 의한 것이라고 생각해라. 유달리 불쾌하게 느껴지는 행동에 대해서도 그만한 이유가 있을 것이라고 자신을 다독여라. 도로에서 시끄럽게 경적을 울리는 차가 있다면 비행기 시간이 얼마 남지 않아서 공항에 서둘러 가야 하는 상황일지도 모른다. 손님이 팁을 적게 줬다면 계산 실수를 했을 수도 있다. 절대 용서할 수 없을 것 같은 행동에 대해서도 그만한 이유가 있을 것이라고 이해하려고 노력해라.

내면의 비평가를 해결해라. 타인의 장점을 발견하는 것이 어려운 이유는 자신의 장점을 발견하지 못하기 때문이다. 주변에 비판적인 사람이 많은 환경에서 성장한 것이 원인일 수 있다. 당신의 내면에 자리 잡고 있는 비판적인 목소리가 어디서 왔는지 생각해 보아라. 자신의 목소리인가? 아니면 주위 사람들에 의해 생겨난 목소리인가? 비판적 사고의 근원을 파악해야 목소리를 잠재울 수 있다.

보여 주어라. 당신이 상대방의 '장점을 본다.'는 사실을 알려 주어라. 눈을 쳐다보면서 신뢰와 존중의 뜻을 전달해라. 미소는 당신이 마음을 열고 있다는 의미를 전달한다. 이렇게 간단한 제스처만으로도 상대방에 대해 긍정적으로 생각하고 그들의 장점을 보려고 하며 그들과의 소통을 즐긴다는 사실을 전달할 수 있다.

+ + +

책 읽는 즐거움을 만끽해라

그 어떤 괴로움도 한 시간의 독서를 통해 해소할 수 있다.

– 샤를 드 몽테스키 외 –

지난 30여 년 동안 독서는 가장 일반적인 형태의 오락으로 자리 잡았다. 그런데 최근 들어 기술이 양서를 읽는 즐거움을 서서히 몰아내고 오락의 자리를 대신하고 있다. 통계자료에 따르면, 미국 성인의 절반도 채 안 되는 약 48%만이 취미로 독서를 한다.

하지만 책을 꾸준히 읽으면 뇌와 정신건강에 놀랄 만한 변화가 생긴다. 다른 매체, 특히 TV와 비교했을 때 독서는 뇌의 다양한 부분이 관여하는 활동으로 훨씬 많은 신경이 필요하다. 결과적으로 독서는 당신을 똑똑하게 만들고, 더 중요한 것은 나이가 들어도 총명함을 잃지 않고 기억력을 유지할 수 있게 도와준다.

책을 많이 읽을수록 어휘력, 일반 상식, 맞춤법 그리고 언어의 유창성이 향상되는 것은 두말하면 잔소리이다. 게다가 일정 시간 동안 책이나 길이가 적당히 긴 기사를 읽으면 주의 집중력이 향상된다.

대부분의 매체는 일반적으로 스트레스를 높이지만 독서에는 스트레스를 해소하는 힘이 있다. TV와 인터넷은 짧은 순간순간에 집중해야 하는데, 잡음과 현란한 시각자료가 집중을 방해한다. 이와는 달리 장시간에 걸쳐 독서를 하려면 사색하는 태도로 지속적으로 집중해야 한다. 런던 서섹스 대학 마인드 랩의 창시자이자 회장인 데이비드 루이스 호지슨 박사는 독서가 스트레스 반응에 어떤 영향을 주는지에 관한 실험을 진행했다. 루이스 호지슨 박사는 다양한 테스트와 운동을 통해 실험 참가자들의 스트레스 지수와 심장박동 수를 올린 뒤 6분 동안 책을 읽게 했다. 그 결과 독서는 피실험자들의 스트레스 지수를 68% 줄였는데, 일부는 실험을 시작하기 전에 측정했던 것보다 더 떨어졌다.

독서는 창의력 향상에도 도움이 된다. 새로운 개념, 생각, 그리고 정보에 대해 읽다 보면 상상력이 발동되어 창의력이 향상된다. 그리고 책 내용에 인물, 줄거리, 풍경이 자세히 설명되어 있다 하더라도 상상력과 창의력을 통해 우리의 마음속에서 새롭게 살아난다.

사회적 관점에서 보면 독서는 당신을 박식하고 매력적인 사람으로 만든다. 좋아하는 장르가 무엇이든(소설, 전기, 논픽션, 자기계발 등) 책으로부터 새로운 지식, 통찰력 그리고 다른 사람들과 대화할 새로운 주제를 얻을 수 있다.

변화에 이르는 길
적어도 하루 20분은 책을 읽어라.

독서는 언제 어디에서든 즐길 수 있다.

독서를 위한 시간을 정해라. 하루 중 책을 읽을 만한 짬이 날 때에 최소 20분은 독서를 위해 투자해라. 책을 읽는 시간이 길수록 얻는 혜택도 커진다. 밤에 잠들기 전에 책을 읽으면 몸이 긴장을 서서히 이완하는 데 도움이 된다. 아침 또는 점심시간에 책을 읽는 사람이 있고 출퇴근 시간에 독서를 즐기는 사람도 있다. 독서에 방해가 가장 적은 시간을 선택해라.

길이도 중요하다. 블로그 포스트와 잡지에 실린 토막 기사는 독서를 한 듯한 '느낌'은 줄 수 있지만 집중력 향상, 긴장 및 스트레스 완화 등 독서를 통해 얻을 수 있는 이점을 온전히 누리기에는 충분하지 않다. 따라서 책이나 적절하게 긴 분량의 기사를 찾아서 읽는 것이 좋다.

재미있는 내용을 읽어라. 읽고 싶은 책과 기사를 선정해라. 읽어야 할 것 같은 의무감에 책이나 인쇄물을 선택한다면 결코 재미있지 않을 것이다. 책을 펼쳤는데 다른 생각이 들거나 며칠 동안 읽었는데도 재미가 붙지 않는다면 좀 더 재미있을 것 같은 책으로 당장 바꾸어라. 좋아하는 책을 읽는데 시간을 쏟아야 독서의 재미도 커진다.

다양한 장르를 읽어라. 로맨스 소설만 주구장창 읽고 싶더라도 다양한 장르의 책을 두루두루 섭렵해라. 새로운 개념, 정보 그리고 어휘에 노출되어 더 많이 배울 수 있고 새로운 관심사를 개발하는 데도 도움이 된다.

디지털 기기를 사용해라. 다양한 전자 기기와 전자책 단말기가 쏟아지면서 외부에서 책을 읽는 것이 쉬워졌다. 책, 잡지 또는 신문을 읽고 싶을 때 그 즉시 다운로드 받으면 된다. 여러 권의 책을 동시에 읽고 싶다면 당신만의 전자 도서관을 통째로 가지고 다닐 수도 있다.

책을 가지고 다니면서 읽어라. 책을 많이 읽는 가장 쉬운 방법은 언제나 읽을거리를 가지고 다니는 것이다. 책, 잡지 또는 전자책 단말기를 서류가방이나 지갑에 항상 넣고 다녀라. 차에 책을 두는 것도 좋다. 병원에서 진료를 기다리거나 5분 또는 10분 정도의 짬이 날 때마다 무엇이든 읽어라.

독서를 위한 의식을 만들어라. 독서를 기대하게 하는 의식을 만들어라. 방해 요소가 전혀 없는 편안한 장소를 찾아라. 공원 벤치, 해변 또는 나무 아래 잔디밭 등 원하는 장소를 선택해라. 책을 읽으면서 녹차, 카페 라떼 또는 와인을 마시거나 스낵을 먹는 것도 좋다.

목표를 설정해라. 책 몇 권을 언제까지 읽겠다는 목표를 정해라. 예를 들어 한 달에 두 권을 읽는다면 1년에 24권을 읽는 것이다. 목표를 세울 때는 첫째, 현실적이어야 하고 둘째, 독서의 즐거움을 빼앗지 않아야 한다. 하기 싫은데 억지로 책을 읽는 것이 아니라 자발적으로 읽고 싶은 생각이

들어야 한다. 한 발 더 나아가 독서노트를 만들어서 읽은 책의 내용, 걸린 시간, 그리고 책에 대한 생각을 적어라. 이렇게 기록을 남기면 성취감이 생길 것이다.

북 클럽에 가입하거나 조직해라. 북 클럽에 가입하면 장점이 많다. 소속 감을 갖고 공통의 관심사를 공유하는 사람과 지속적인 우정을 나눌 수 있다. 북 클럽에 소속되면 책을 끝까지 읽어야 한다는 책임감이 생겨서 좀 더 규칙적으로 책을 읽게 된다. 그리고 북 클럽은 책을 읽은 뒤 그룹으로 토론하고 분석하기 때문에 지적인 자극도 된다.

자녀에게 책을 읽어 주어라. 아이들에게 책을 읽어 주면 부모와 자녀 모두에게 이득이 된다. 부모는 오로지 자녀에게만 집중해서 시간을 보낼 수 있다. 아이들은 어휘, 표현력과 언어 능력을 개발할 수 있다. 그리고 독서는 아이들이 학교 공부를 대비하고 듣기 및 집중력을 향상하는 데도 도움을 준다. 부모가 책을 읽어 주면 호기심, 창의력 그리고 상상력을 키울 수 있을 뿐만 아니라 독서에 대한 열정도 가질 수 있다. 읽은 책에 대해 아이와 함께 토론하면서 질문을 던져라. 자녀가 성장하면 가족 모두가 참여하는 '독서의 밤' 시간을 만들어라. 아니면 '가족 북 클럽'을 구성해서 동일한 책을 읽고 토론하는 시간을 가지는 것도 좋다.

휴식 시간을 가져라

진정 게으른 사람은 한 발짝도 나아가지 못한다.
끊임없이 바쁜 사람은 그다지 멀리 가지 못한다.

— 윌리엄 헤니지 오길비 경 —

'점심을 먹지 않고 1시간 더 일을 하면 마무리할 수 있을 거야.'

이런 생각이 남 일 같지 않은가? 쉬지 않고 죽어라 일하면 생산성을 유지할 수 있을 것 같지만 오히려 역효과를 야기한다. 연구에 따르면 휴식을 취하지 않으면 생산성과 창의력이 하락하고 스트레스와 피로가 쌓인다.

한마디로 말해, 규칙적인 휴식은 머리를 맑게 한다. 휴식은 뇌에 숨을 돌릴 시간을 주기 때문에 에너지를 충전하여 업무에 다시 집중할 수 있게 한다. 근본적으로 짧은 휴식은 마치 뇌에게 휴가를 주는 것과 같다. 동일한 업무를 지속하거나 같은 문제를 해결하는 데 너무 많은 시간을 투자하면, 정신이 '멍한' 상태가 된다. 이렇게 되면 집중력이 떨어지고 중요한 세부사항을 놓치게 되어 업무 처리 속도와 정확성이 떨어진다. 그리고 만약 육체

노동을 하는 경우라면 사고의 위험이 커진다. 하지만 휴식을 취하면서 아무 생각도 하지 않거나 업무 이 외의 다른 생각을 하고 나면 정신이 맑아져서 새로운 마음으로 일을 다시 시작할 수 있다.

휴식은 생산성을 높이는데, 왜냐하면 몸과 마음이 모두 물리적으로 휴식을 취하기 때문이다. 대부분의 사람들은 하루 종일 앉아서 컴퓨터 또는 노트북으로 일을 한다. 그런데 동일한 자세로 장시간 앉아 있으면 혈액순환이 제대로 이루어지지 않아서 산소와 에너지 수치가 나빠진다. 게다가 눈의 피로와 피곤이 쌓이고, 등과 목이 뻣뻣해지며, 근육통과 부상에 취약해진다. 이렇게 되면 결국 업무 성과도 떨어진다.

한마디로 요약하면, 업무 중 휴식은 집중력과 업무 처리 속도를 높이고 스트레스를 줄인다.

+ + +

변화에 이르는 길
짧게 그리고 규칙적으로 휴식을 취해라.

업무 중에 간간이 휴식을 취하는 것은 건강상 이점이 많다. 휴식 시간을 최대한 활용하는 방법은 다음과 같다.

니즈를 결정해라. 일을 시작한 지 50~60분이 지나면 능률이 떨어지기 시작한다. 그러므로 생산성이 하락하는 것을 막으려면 40분마다 휴식을 취하는 것이 가장 이상적이다. 하지만 개인별로 차이가 있기 때문에 얼마나 자주 그리고 얼마나 길게 휴식 시간을 가질지는 전적으로 각자가 정하면 된다. 휴식 빈도와 휴식 시간을 달리해서 실험을 해본 후에 자신에게 최상의 경우를 취하면 되는 것이다. 여기서 잠깐! 너무 자주 휴식 시간을 가지면 오히려 일에 방해가 되고 미루는 버릇이 생길 수 있기 때문에 주의해야한다.

알아두기 —————————————————————————————

시간이 촉박한 경우에는 아주 짧은 휴식을 취하는 것도 방법이다. 2003년 실험에서 데이터를 입력하는 직원이 20~30초 단위의 짧은 휴식을 취하자 업무 속도, 정확성 그리고 성과가 향상되었다.

———

휴식 시간을 정해라. 2001년 전문가들은 근로자들이 자율적으로 휴식을 취할 때보다 시간을 정해 놓고 휴식하는 것이 훨씬 효과적이라는 사실을 발견했다. 대부분은 업무에 몰두해서 휴식을 취하는 것을 잊어버리거나 또는 휴식을 취한다는 사실 자체에 죄책감을 느낀다. 결국 업무 중 몇 분 정도 짧게 머리를 식힐 필요가 있을 때도 휴식을 취하지 않는다. 휴식 시간을 정해 놓으면 최적의 간격으로 숨을 돌릴 시간을 확보할 수 있다.

업무와 해결해야 할 문제는 잊어라. 휴식 중에는 업무 관련 생각은 완전히 차단하도록 노력해라. 휴식의 목적은 뇌가 쉴 수 있는 시간을 줘서 맑은 정신으로 업무에 복귀하여 생산성을 높이는 것이다. 또한 당신을 짓누르는 생각, 부정적인 생각 또는 대단히 힘든 작업에 관한 생각은 잊어버려라. 대신에 희망과 활력 그리고 영감을 주는 긍정적인 생각에 집중해라.

활동적인 휴식을 취해라. 1997년 연구에 따르면 짧은 시간이더라도 활동적으로 휴식 시간을 보내는 것이 그저 쉬는 휴식보다 훨씬 효과적이다. 특히 사무직 종사자들의 경우 활동적으로 휴식 시간을 보낼 필요가 있다. 약간의 신체 활동은 심장박동 수를 올려서 뇌와 몸 전체에 더 많은 산소를 공급한다고 한다.

건물 외부를 걸으면서 **신선한 공기를 마시고** 눈에 다양한 경치를 담아라.

일어서서 5분간 스트레칭을 해라, 이때 자리에서 해도 되고 아니면 사무실 내 다른 장소에서 해도 무방하다. 머리 끝 부터 발끝까지 모든 근육을 늘려라.

화장실을 갈 때, 건물 내 다른 층의 화장실을 사용하고 층 간 이동할 때에는 계단을 이용해라.

같은 건물에서 근무하는 동료에게 **이메일을 보내거나 전화를 거는 대신에** 직접 자리로 찾아가서 대화를 나누어라.

자리에 선 채로 전화 통화를 해라.

카페테리아에 갈 때 걸어서 이동하고 건강에 도움이 되는 음료와 스낵을 선택해라.

근무하는 건물 내에 피트니스 센터가 있다면 점심시간을 이용해서 운동해라.

그 외 할 수 있는 일. 5분 동안 자리에 서서 몸을 움직이는 것이 어렵다면 일어나지 않고 할 수 있는 활동도 있다.

명상 및 깊은 호흡. 명상과 깊은 호흡은 머리를 비우고 스트레스를 완화하며 집중할 수 있도록 도와준다. 알람, 핸드폰 등 명상을 방해하는 모든 요소를 차단해라. 그런 뒤 자리에 앉은 상태로 눈을 감고 숨을 깊게 들이 마시고 내뱉으면서 명상을 해라. 업무와 골칫거리에 대한 생각은 차단하고 오로지 호흡에만 집중해라.

읽어라. 업무와 전혀 상관없는 내용을 읽어서 뇌의 다른 부분을 활성화해라. 책상에 책을 꽂아 두어라. 신문을 읽어도 좋다. 여행 잡지를 뒤적거리는 것도 괜찮다. 하지만 전자 기기를 이용해 자료를 읽는 것은 피해라. 눈에 피로를 줘서 효과적인 휴식을 취하는 데 방해가 되기 때문이다.

음악을 들어라. 무겁거나 격렬한 곡보다는 부드럽고 평온한 분위기를 연상시키는 노래를 들으면서 휴식을 극대화해라. 가장 최근에 있었던 경기나 연극, 동료의 휴가 또는 가장 좋아하는 TV 프로그램에 대해 가볍게 대화를 나누는 것도 좋다.

낮잠을 자라. 구글, 에이오엘 그리고 벤엔제리스와 다른 많은 기업들이 낮잠을 장려한다. 낮잠을 자면 에너지를 재충전하여 업무에 집중할 수 있기 때문에 생산성이 높아진다. 직장에서 낮잠을 허용하고 낮잠이 원기를 회복시키는 데 효과적이라는 판단이 든다면 10~15분 정도 낮잠을 청해라.

사적인 통화를 해라. 업무 중에 사적인 통화를 너무 길게 하는 것은 좋지 않지만 휴식 시간에는 개인적인 통화가 필요하다. 친구 또는 가족에게 전화를 걸어 업무 이 외의 내용에 대해 대화를 나눠라.

+ + +

1분기 체크 사항

주별 변화	실천
1주째. 감정을 글로 표현해라	☐
2주째. 음악을 틀어라	☐
3주째. 크게 입을 벌려 웃어라	☐
4주째. 목표를 설정해라	☐
5주째. 목록을 작성해라	☐
6주째. 한 번에 한 가지 일에 전념해라	☐
7주째. 남과 비교하지 마라	☐
8주째. 명상을 해라	☐
9주째. 선택을 두려워하지 마라	☐
10주째. 녹차를 마셔라	☐
11주째. 타인의 장점을 발견해라	☐
12주째. 책 읽는 즐거움을 만끽해라	☐
13주째. 휴식 시간을 가져라	☐

내면의 비판적 목소리를 잠재워라

내면의 목소리가 "너는 화가가 아니야."라고 말한다면 무슨 수를
써서라도 그림을 그려라. 그러면 목소리가 잠잠해 질 것이다.

– 빈센트 반 고흐 –

어느 정도의 건설적인 자기비판은 유용하지만(성장하고 더 나은 사람이 되
도록 동기를 부여한다.) 과도하거나 잘못된 방식의 자기비판은 지극히 해롭
다. 우리는 스스로를 가장 혹독하고 신랄하게 비판한다. 자신의 핵심 역량
은 잊어버리고 '나는 왜 이렇게 멍청할까!'라고 생각한다. 직장에서 일이 잘
풀리지 않는 날에는 '이렇게 무능력할 수가!'라고 한탄한다. 이런 부정적인
생각은 너무 쉽게 스며들고 매우 파괴적이다. 그리고 우리의 행복을 갉아
먹고 자부심과 자신감을 떨어뜨리는 주범이다.

자기대화는 매일 머릿속으로만 생각하고 입 밖에 내지 않는 끊임없이
이어지는 생각을 의미한다. 자기대화는 긍정적일 수도 있고 부정적일 수
도 있는데, 부정적인 자기대화는 절대 건설적이지 않다. 부정적 자기대화

는 상황을 개선하는 데 도움이 되는 생각이 아니라 잘못된 일과 파괴적인 것에 집중한다. 그리고 부정적 자기대화가 과도하게 장시간 동안 지속되면 스트레스, 불안, 우울증으로 이어진다. 반면에 긍정적 자기대화는 스트레스를 줄이고 기분을 향상시킨다.

부정적 자기대화는 다음의 4가지 형태를 띤다.

첫째는 파국화로 최악의 시나리오를 가정하는 것이다.

둘째는 여과로 부정적인 면은 부각시키고 긍정적인 면은 경시한다.

셋째는 개인화로 일이 잘못될 때 자신에게 책임이 있다고 생각한다.

마지막으로 편향은 모든 것을 흑백 논리로 판단하고 중간의 회색지대는 없다고 본다.

당신은 스스로를 깎아내리거나 자신을 비난할지도 모른다. 자신이 충분히 뛰어나지 않다고 스스로에게 말할 수도 있다, 사람들이 당신을 좋아하지 않는다는 증거를 찾기 위해 집요하게 대인관계를 분석할지도 모른다.

부정적 자기대화는 보통 어릴 때 시작된다. 어린 시절 부모님이 당신을 심하게 꾸짖거나 탐탁지 않게 생각했을 수 있다. 그게 아니면 자존감이 당신이 자라면서 부족한 부모님의 모습을 그대로 보고 배웠을지도 모른다. 학교에서 놀림을 당했을 수도 있다. 혹은 당신이 냉소적 또는 부정적인 사람이 되도록 원인을 제공한 뼈아픈 기억이 있을 수도 있다. 이유가 무엇이든 부정적 자기대화는 나이가 들면서 더욱더 확고히 자리 잡게 된다.

부정적인 생각을 버려라

부정적인 생각과 싸워 이기는 방법은 부정적인 생각을 형체가 있는 사물로 대하는 것이다. 스페인에서 10대들을 대상으로 진행한 실험에서 신체 이미지에 대한 부정적인 생각을 글로 적은 뒤 휴지통에 버리도록 했다. 그러자 글로 적었던 생각이 더 이상 영향을 주지 않는 것으로 드러났다. 하지만 부정적인 생각을 적은 종이를 안전한 장소에 보관한 10대들의 경우에는 오히려 더 큰 영향을 받았다.

반면에 긍정적 자기대화와 긍정적 생각이 주는 혜택은 엄청나다. 전문가들은 긍정적 자기대화와 생각이 우울증을 완화하고 스트레스를 적절히 관리하는데 도움이 된다고 믿는다. 또한 정신적 및 신체적 건강을 증진하고 스트레스가 극심한 상황에 잘 대처할 수 있도록 돕는다.

+ + +

변화에 이르는 길
자기대화를 긍정적이고 건설적으로 만들어라.

부정적 자기대화를 긍정적으로 바꾸면 웰빙이 크게 향상된다.

인식해라. 부정적 자기대화는 습관성이기 때문에 인식하기 어려울 뿐더러 부정적 자기대화로 인한 피해도 인지하기 어렵다. 이번 주 변화를 이루기 위한 첫 단계는 부정적 자기대화의 존재를 인식하고 부정적 자기대화가 상처와 피해를 준다는 사실을 인정하는 것이다.

제3부의 '부정적 자기대화 평가서'를 사용해서 당신의 마음을 관통하는 부정적인 생각은 무엇이며 그 생각을 할 때 어떤 기분이 드는지 종이에 적어 보아라. 자신에 대해 부정적인 기분이 드는가? 스트레스를 받는가? 슬픈 생각이 드는가? 화가 나는가? 그리고 부정적 생각이 당신의 삶에 어떤 영향을 주는지도 써 보아라. 당신이 원하는 일을 하지 못하게 방해 하는가? 성과에 영향을 주는가? 인간관계에 영향을 주는가? 학대 또는 멸시의 대상이 되기 쉬운가? 마음에 부정적인 생각이 들 때면 언제든지 생각과 기분을 글로 표현해라.

이유를 파악해라. 일단 부정적 자기대화를 언제 하는지 그리고 어떤 기분이 드는지 파악하고 나면, 자기대화를 하는 이유를 이해하려고 노력해라. 그러려면 좀 더 깊은 자기성찰이 필요하다. 부정적 자기대화 평가를 사용하면 부정적인 자기대화 패턴이 어디서 생겨났는지 알 수 있다. 원인을 알면 해결책을 찾을 수 있다.

부정적 생각을 재구성해라. 부정적인 생각을 긍정적으로 바꿀 수 있는 몇 가지 방법이 있다.

멈춤 표지판. 부정적인 생각이 마음에 불쑥 나타나려고 할 때면 빨간색의 커다란 멈춤 표지판을 떠올리고 스스로 "그만!"이라고 말해라. 이렇게 시각적 및 언어적 신호를 보내면 자신의 행동을 더 잘 인식할 수 있다.

타인에게 말하는 대로 자신에게 말해라. 다른 사람에게 절대 말하지 않을 내용이라면 스스로에게도 말해서는 안 된다. 타인을 대할 때와 동일하게 스스로를 존중해라. 어린아이 또는 사랑하는 사람을 대할 때처럼 상냥하게 대하고 자신에게 용기를 주고 존경심을 보이며 실수나 실책을 너그럽게 용서해라.

'어떻게'라는 질문을 해라. 부정적 자기대화는 매우 제한적일 수 있다. 현재의 상태에 가두고 성장하고 배울 수 있는 기회를 주지 않는다. 만약 '내가 할 수 없는 일이야.' 또는 '난 성공하지 못할 거야.'라고 생각한다면 "이 일을 하려면 어떻게 해야 할까?" 또는 "어떻게 성공할 수 있을까?"와 같이 "어떻게"라는 질문으로 재구성해 보아라.

감정에 집중해라. 부정적인 생각은 사실로 진술하기보다는 감정이 들어간 문장으로 표현해라. 예를 들어 제대로 되는 일이 거의 없었던 한 주를 보내고 "난 이번 주에 운이 없었어."라고 말하는 대신에 "난 이번 주에 운이 없었다고 느껴."라고 감정을 넣어서 표현하면 긍정적으로 바뀐다. 또한 사실과 달리 감정이나 기분은 일시적이기 때문에 절대적인 진리로 받아들여지지 않는다.

현재에 충실해라. 특정 순간을 당신의 전체 인격 또는 인생 전체를 대변하는 것으로 과장하지 마라. 있는 그대로 그저 그 순간의 일로 받아들여라. 예를 들어 소개팅을 했는데 결과가 좋지 않았다고 하자. 이때 '나는 결코 사랑하는 사람을 만나지 못할 거야.'라고 과장하는 대신에 '이번 소개팅은 최고는 아니었어.'라고 생각해라.

자신을 무조건적으로 사랑해라. 자신을 무조건적으로 사랑하는 것은 머릿속에 떠오르는 부정적 목소리를 차단하고 결점까지도 있는 그대로 받아들이게 한다. 우리 모두 단점이 있고 결코 완벽하지 않다. 자신에게 과도하게 높은 잣대(더 최악은 완벽을 요구하는 것)를 들이대는 것은 비현실적이다. 잘못을 저질러도 용납해라. 실패를 허용해라. 실수를 인정해라. 스스로를 용서하고 자신에게 친절해져라.

긍정의 실탄을 확보해라. 부정적인 생각이 슬금슬금 모습을 드러내려고 할 때에는 긍정적인 것을 떠올리는 것만으로도 많은 도움이 된다. 부정적 자기대화 평가에 다음을 각각 5가지씩 적어 보아라. 첫째, 자신의 좋은점. 둘째, 자신의 강점. 셋째, 자신이 성취한 것들. 부정적 자기대화가 시작되면 위의 내용을 참고하여 당신을 멋진 사람으로 만드는 긍정적인 것들을 떠올려라.

현실을 직시해라. 타블로이드판 신문이 보도하는 내용을 믿을 수 없는 것만큼이나 자기대화를 뜯어보면 이치에 맞는 내용이 거의 없다. 자신에 관한 부정적인 생각이 들 때면 "내가 정말 ~한가?"라는 질문을 해보아라. 잠시 생각을 멈추고 질문을 해보면 당신의 생각이 지나치게 과장되었음을 알게 되고, 결국 부정적인 생각을 그만둘 것이다. 간단한 방법을 통해 현실을 직시함으로써 좀 더 합리적이고, 분명하며, 이상적이고, 긍정적으로 사고할 수 있다.

부정적인 생각에 인격을 부여해라. 타인에 대한 험담은 바람직하지 않지만 내면의 부정적 목소리를 대상으로 하는 것이라면 약간의 유머를 첨가할 수 있다. 내면의 목소리가 '제대로 되는 일이 하나도 없어.'라고 생각한다면 그 목소리에게 '우울증 제조기'라는 이름을 지어 주어라. 또는 내면의 목소리가 당신이 저지른 실수를 되풀이해서 말하고 그 실수를 바탕으로 당신의 능력을 판단한다면, 그 목소리를 '완벽주의자'라고 불러라. 내적 목소리에 인격을 부여하면 당신과 당신의 생각 사이에 거리가 생겨 생각을 분류할 수 있게 되고, 반복적이고 해를 끼치는 내면의 목소리의 존재를 인식하게 된다.

컴포트 존을 벗어나라

내면의 깊은 곳에 있는 힘을 발견할 수 있는 기회는
삶이 가장 힘들 때 찾아온다.

- 조셉 캠벨 -

우리가 컴포트 존(comfort zone: 사람들이 편안함을 느끼는 영역: 옮긴이)에만 머무르고 도전을 회피하면 성장할 수 있는 기회는 줄어든다. 반면에 리스크를 감수하겠다고 결심하면 생산성과 창의성이 향상되고 성공과 활력을 얻게 되어 더 행복한 삶을 살게 된다.

새로운 것에 도전하면 놀라운 일이 벌어진다. 현재 상황에 안주할 때보다 활기가 넘치고 흥분되며 살아 있는 느낌이 든다. 조금은 마음이 불편하고 자신의 능력을 최대한 발휘해야 하는 일을 추진할 때, 우리는 비로소 한계를 뛰어넘어 지금까지 한 번도 도달해 보지 못한 곳에 닿게 된다. 결국 결코 해낼 수 없을 것 같았던 일을 해내게 된다. 나를 한 단계 업그레이드 시키는 것이다.

새로운 일에 도전하면 지식을 배울 때와 마찬가지로 새로운 신경세포가 연결되고 뇌 가소성(뇌가 경험에 의해 유동적으로 변화하는 능력: 옮긴이)이 향상된다. 새로운 도전을 한 결과가 긍정적이라면 기존의 사고방식에 반기를 드는 새로운 관점이 생긴다. 이는 정신과 영혼이 늙지 않도록 도와준다. 융통성과 적응력이 생기기 때문에 그 어떤 변화나 예상치 못한 고난이 발생해도 헤쳐 나갈 수 있다.

하버드 대학의 조지 베일런트 박사는 그랜트 연구에서 두 개의 다른 그룹의 남성을 대상으로 75년 간 추적조사를 했다. 1939년~1944년 하버드 2학년 재학생들과 1940년~1945년에 보스턴에서 경제적으로 낙후된 지역에 살았던 청년들을 대상으로 진행했다. 연구 결과에 따르면 두 그룹 모두에서 시련이 있었음에도 불구하고 새로운 것에 도전했던 사람들이 성공을 이루었다. 이 외에도 인간관계, 직업 그리고 건강도 성공의 요소로 작용했다.

마지막으로 도전은 자신감을 높여준다. 스스로를 밀어붙여서 새로운 일에 도전을 하고 성공을 거두면 자신의 능력에 대한 자신감이 커진다. 그리고 리스크를 감수할 때마다 기존의 컴포트 존의 경계는 확대된다. 이는 도전을 계속하도록 동기를 부여할 뿐만 아니라 새로운 일에 직면했을 때 이전에 비해 그리 어렵다는 생각이 들지 않게 한다.

변화에 이르는 길
도전을 적극적으로 받아들여라.

새로운 일에 도전하는 것은 겁이 나고 마음이 불편하지만, 도전이야말로 당신의 역량을 최대한 발휘하고 최고의 삶을 살 수 있는 기회를 제공한다.

마음가짐이 시작이다. 컴포트 존에서 벗어나려면 '할 수 있다'는 믿음이 필요하다. 『마음가짐: 새로운 성공 심리학』의 저자이자 심리학자인 캐럴 드웩은 마음가짐이 성공과 실패를 어떻게 좌우하는지 설명한다. '고착 마음가짐'을 가진 사람은 사람의 자질 또는 역량이 고정되어 있다고 믿는다. 따라서 도전에 직면하면 쉽게 포기하고 만다. 반면에 '성장 마음가짐'을 가진 사람은 끊임없이 성장한다고 믿기 때문에 도전을 성장의 기회로 받아들인다. 이들은 실패를 두려워하지 않는다. 오히려 실패를 배움의 과정으로 여기기 때문에 성공할 때까지 포기하지 않고 도전한다. "나는 할 수 없어."를 "할 수 있어."로 전환함으로써 성장 마음가짐을 유지해라.

내면의 목소리에 귀 기울여라. 약간의 두려움을 줄 정도로 어려운 일에 자신을 밀어붙여보는 것은 의미가 있지만, 도를 넘지 않도록 주의해야 한다. 이를 확인하는 방법은 눈앞의 도전에 반응하는 내면의 목소리에 귀 기울이는 것이다. 어느 정도의 흥분과 약간의 두려움을 함께 느끼는 것이 중요하다. 하지만 도전에 대해 차분하고 자신만만하다면 현재 상황의 다른 버전에 지나지 않는다. 반면에 안절부절못하거나 초조함에 속이 메스꺼울 정도라면 자신을 너무 과도하게 밀어붙이고 있다는 방증이다.

작은 것부터 도전해라. 처음부터 너무 버거운 과제를 부여할 필요는 없다. 컴포트 존에서 벗어나는 것이 편하지 않다면 사업을 시작하거나 스카이다이빙과 같은 도전은 부담스러울 수 있다. 작은 것부터 시작해라. 리스크는 적으면서 더 큰 도전을 향해 한 발 앞으로 나아갈 수 있다.

자신의 컴포트 존을 이해해라. 컴포트 존 계산기를 발명한 마커스 테일러는 컴포트 존은 활동 영역별로 3가지 요소로 구성된다고 말한다. 아드레날린(예를 들면 스카이다이빙을 하는 것), 프로페셔널(예를 들면 사업을 시작하는 것) 그리고 라이프스타일(예를 들면 결혼을 하는 것)이다. 사람마다 이 3가지 영역에서 편안하다고 느끼는 정도가 다르다. 따라서 가장 덜 편안하다고 느끼는 영역이 무엇인지 알면 도전해야 할 부분이 어디인지도 알게 된다. 제3부의 '컴포트 존 평가서'를 통해 당신이 도전해야 할 영역이 무엇인지 파악해라.

일상생활에서 기회를 찾아라. 도전이 반드시 극단적일 필요는 없다. 일상생활에서 어떤 부분을 바꾸면 도전이 될 수 있을지에 관해 생각해 보아라. 예를 들어 지난 3년 동안 하루에 약 5km씩 주 3회 뛰었다고 하자. 이런 경우 거리를 늘리거나 달리는 횟수를 늘리면 도전이 된다. 또는 지난 몇 년간 회사에서 똑같은 일을 하는데 지쳤다면 상사에게 새로운 기회를 달라고 말해라.

 성장에 가치를 두고 도전을 즐기는 사람은 당신이 도전을 시도할 때 적극 지지하고 격려를 아끼지 않을 것이다. 하지만 모든 일에 일단 반대부터 하는 사람과 부정적인 사람들은 당신을 방해하거나 현재에 안주하게 한다.

✦ ✦ ✦

몸을 움직여라

정신을 지탱하고 마음에 활기를 불어넣는 것은 운동이 유일하다.

– 마르쿠스 툴리우스 키케로 –

20세기 전만 해도 사람들은 몸을 움직이는 매우 활동적인 삶을 살았다. 자주 걷고 기계 대신 인력을 사용했으며 육체노동이 생계의 수단이었다. 그런데 기술이 발달하고 다양한 현대식 발명품이 쏟아지면서 신체 활동이 급격히 줄었다. 앉아서 생활하는 시간이 극단적으로 늘어나면서 러닝머신과 아령에 의존해야 그나마 몸을 움직이게 되었다.

규칙적인 운동이 신체 건강에 좋다는 데에는 의심의 여지가 없다. 운동은 적정체중 유지, 지방 감소, 심장박동 수와 산소 공급량 증가, 심장 및 폐 기능 강화에 도움이 된다. 운동은 정신건강에도 매우 긍정적인 영향을 준다. 연구에 따르면 규칙적으로 운동을 하면 기분이 좋아지면서 불안과 우울증은 감소하고, 스트레스는 해소되며 심지어 기억력도 좋아진다고 한다.

'러너스 하이'는 운동 중 또는 직후에 뇌에서 엔도르핀(화학물질 또는 신경

전달물질)이 분비되는 현상을 일컫는다. 행복 호르몬으로 불리는 엔도르핀은 기분을 좋게 하여 정신건강을 유지하는 데 도움이 된다. 당신이 달리기가 아닌 다른 형태의 운동을 선호한다고 해도 걱정할 필요는 없다. 엔도르핀은 모든 형태의 신체 활동의 결과로 분비되기 때문이다. 그리고 신체 활동은 스트레스 호르몬인 코티솔과 아드레날린 수치를 낮추는 역할도 한다. 따라서 신체 활동을 통해 기분을 전환하고, 매일 일상에서 느끼는 걱정과 스트레스로부터 벗어나 차분하고 분명한 관점을 유지할 수 있다. 이런 혜택이 다소 피상적이라면, 신체 활동의 결과로 얻은 탄탄하고 건강한 몸은 자신감에 직접적이고 긍정적인 영향을 준다. 결국 몸을 움직이면 행복은 늘어나고 우울증과 불안은 감소한다.

신체 활동은 지적 능력에도 영향을 준다. 유산소 운동을 하면 뇌와 다른 장기를 포함한 모든 세포에 산소 공급이 증가하는데, 그 결과로 뇌 기능, 기억력 그리고 집중력이 향상된다. 스콧 스몰 박사가 2007년 진행한 연구에 따르면 3개월 동안 고강도 유산소 운동(러닝머신 또는 자전거에서의 고강도 유산소 운동을 주 4회, 하루 1~2시간씩)을 한 결과, 기억 담당 중추인 해마에서 새로운 신경세포가 30%나 증가했다. 게다가 실험 참가자들은 기억력 테스트에서 실험 전보다 더 높은 점수를 받았다. 매일 15분 동안 신체 활동을 한 어린이들의 경우 보충수업을 받은 학생들보다도 집중력과 기억력이 좋고 수업태도도 좋은 것으로 나타났다. 이런 인지 기능의 향상은 성인에게도 그대로 적용된다. 적어도 주 3회, 하루 45분 동안 걷기운동을 한 노인은 스트레칭만 한 노인에 비해 심리 테스트에서 높은 점수를 받았다.

운동은 시간대를 잘 선택하면 수면에도 도움이 된다. 노스웨스턴 대학교의 신경생물학 및 생리학 교수인 캐스린 라이드는 2010년 숙면을 취하지

못하고 주로 앉아서 생활하는 성인에게 16주 동안 규칙적인 운동을 하게
했다. 그 결과 실험 참가자들이 '불만족스러운 수면군'에서 '만족스러운 수
면군'으로 바뀌었다. 또한 우울증과 낮 동안 졸린 현상이 줄어들고 활력은
증가한 것으로 드러났다.

＋ ＋ ＋

변화에 이르는 길
주 3회, 하루 30분씩 유산소 운동을 해라.

당신이 운동을 한 번도 해본 적이 없거나 평소 운동이 어렵게만 느껴졌
다면, 운동을 재미있고 기분을 전환시켜 주는 활동이라고 생각하지 않을
것이다. 하지만 운동은 하면 할수록 좋아하게 되어 있다.

교육을 받아라. 운동의 '운'자도 모르는 완전 초보라면 주 3회, 하루 30
분씩 운동하는 것은 생각만으로도 끔찍할 것이다. 하지만 다음의 규칙을
실천하다 보면 운동에 대한 동기가 부여되고 운동을 좋아하게 될 것이다.

약한 강도부터 시작해라. 처음부터 지나치게 센 강도의 운동은 하
지 마라. 극도의 피로와 좌절감만 줄 것이다. 대신에 낮은 강도에서
시작해서 중간 정도의 강도로 옮겨가면서, 심장박동 수를 높여주지
만 힘에 부칠 정도는 아닌 운동을 선택해라. 주 3회, 하루 30분씩 운

동하는 것에 익숙해지면 높은 강도의 운동에 도전해라.

시간을 늘려라. 일주일에 3번 그리고 매일 최소 10분은 운동에 할애해라. 그런 뒤 다음 주에 5분을 늘리고 그 다음 주에 다시 5분을 늘리는 식으로 하루에 30분이 될 때까지 서서히 늘려라. 하루에 30분을 온전히 운동을 위해 비우는 것이 어렵다면 30분을 15분씩 2회에 나눠서 운동을 하는 것도 방법이다.

단순한 것이 최고다. 운동 프로그램을 관리하기 쉽고 실용적이며 단순하게 유지해라. 복잡한 프로그램은 운동을 꾸준히 지속하는데 방해만 된다. 만약 특정 활동을 하는데 계획을 짜고, 시간을 할애하고, 스케줄을 조정해야 한다면, 아무리 세상에서 제일 좋아하는 활동이더라도 실제로 이행할 확률은 줄어든다. 추가적인 노력이 필요한 활동(스키 또는 스노보드)은 주말을 위해 남겨두고 주중에는 편리하고 간단한 운동을 해라.

운동 강도

운동 강도는 운동 프로그램을 계획하는 데 중요한 요소이다. 최소 20~30분 동안 최대 심박 수(MHR)의 65~85%에 도달하는 것이 이상적이다.

복잡한 계산을 하지 않고 간단하게 운동 강도를 측정하는 방법으로 토크 테스트가 있다. 운동을 하는 동안 호흡의 변화 없이 대화를 할 수 있다면 충분한 강도로 운동을 하지 않고 있다는 의미이다. 하지만 숨이 너무 차서 말을 할 수 없는 정도라면 무리하고 있으므로 강도를 줄이는 것이 바람직하다. 평

상시보다 대화가 힘들지만 그렇다고 아예 불가능한 정도가 아닌 강도가 적
당하다.

위의 기본 내용을 바탕으로 당신만의 운동 속도와 시간을 늘려간다면
좀 더 오랜 시간 높은 강도의 운동을 하는 것이 편해지고 자신감도 생길 것
이다.

앉아서 보내는 시간을 활동적으로 만들어라. 생활을 좀 더 활동적으로
만드는 최고의 방법은 앉아서 하는 활동에 움직임을 접목하는 것이다. 예
를 들면 TV를 시청하면서 청소, 빨래 또는 운동을 하는 식이다. 직장에서
메디슨 볼(medicine ball: 근력 트레이닝 등의 운동 및 물리치료에서 사용되는 공:
옮긴이)에 앉은 상태로 근무하는 것도 하나의 방법이다. 또는 자리에서 선
채로 일을 할 수도 있다.

비즈니스 미팅을 걸으면서 해라. 통화를 할 때에는 서 있거나 걸어 다
녀라. 그리고 엘리베이터 또는 에스컬레이터 대신에 계단을 이용하는 것도
좋다.

걸어라. 운전을 하거나 대중교통을 이용하는 대신에 걸어 다니면 큰 변
화가 생긴다. 걷기는 일상생활에서 운동을 하는 가장 쉽고도 효과적인 방
법이다. 출퇴근할 때 또는 가까운 곳을 이동할 때 걷는 것이 당연하도록 만
들어라. 이동 할 때 어떻게 하면 한 발이라도 더 걸을 수 있을지 생각해 보
아라.

신체 활동을 측정해라. 대부분의 심장강화운동 기구는 운동 시간 및 거리, 소모 칼로리 등의 운동 관련 세부사항을 보여준다. 외부에서 운동을 하거나 기구를 사용하지 않는다면 만보기만으로도 매일 얼마나 많이 걸었는지 알 수 있다. 칼로리를 얼마나 태웠는지, 몇 시간을 잤는지, 숙면을 취했는지 그리고 몇 개의 계단을 올랐는지 알려주는 기기도 있다.

좋아하는 운동을 해라. 운동을 즐기는 최고의 방법은 좋아하는 활동을 하는 것이다. 달리기를 좋아하지 않는데 억지로 달리는 것은 운동 효과가 전혀 없다. 지역 단과대학에서 개설한 체육 수업을 확인하거나 공원과 레크리에이션 센터에서 제공하는 야외 활동을 찾아보아라. 평생교육 프로그램에는 일반적으로 운동 수업이 포함되어 있다. 심장박동 수를 높일 수 있는 다양한 프로그램을 개설하기 때문에 어렵지 않게 즐길 만한 운동을 찾을 수 있다. 몇 가지만 나열해 보면 걷기, 달리기, 사이클링, 수영, 에어로빅, 조정, 하이킹, 인라인 스케이팅, 폴 댄스, 줌바 댄스, 밸리 댄스, 가라데, 태권도, 복싱, 라켓볼, 그리고 테니스가 있다.

계획을 세워라. 매주 운동을 위해 시간을 내는 것이 어렵다면 운동을 하나의 스케줄로 만들어서 달력에 표시해라. 이렇게 하면 변명의 여지가 없어진다. 이때 순수하게 운동을 하는 시간뿐만 아니라 이동 시간, 샤워 그리고 옷을 갈아입는 시간을 모두 감안해서 계산해야 시간에 쫓기지 않는다. 또한 주중 또는 퇴근 후에 운동을 계획한다면 운동을 할 때 필요한 물품을 가지고 다니는 것을 잊지 말아야 한다.

아침 운동을 선택해라. 일반적으로 아침 운동이 훨씬 지키기 쉬운데 왜 나하면 아침 운동은 빠질만한 핑계거리가 전혀 없기 때문이다. 반면에 운 동을 하려고 하루가 끝날 때까지 기다리다 보면 너무 피곤해서, 야근을 해 야 해서, 고객과 저녁 약속이 있어서 등의 핑계거리가 하나 둘씩 생겨난다.

사교적인 일로 만들어라. 운동은 친구 또는 파트너와 함께 할 때 훨씬 재미있다. 걷기, 하이킹, 달리기, 에어로빅 수업 또는 자전거 타기 등의 활 동을 친구와 함께 해라. 운동 파트너를 선택할 때 주의할 점은 (당신보다 더 열정적이지는 않더라도) 당신만큼은 운동에 대해 열정적이어야 한다. 그렇지 않으면 친구에게만 끊임없이 동기를 부여해 주거나 최악의 경우는 운동을 그만두도록 설득당할 수 있다.

다양화해라. 지루함 또는 극도의 피로감을 최소화하려면 다양한 활동을 해라. 다양한 운동을 하면 운동을 지속하고 프로그램을 유지하는데 도움이 된다. 또한 육체적이나 정신적으로도 다양한 자극을 줄 수 있다.

경주에 참가해라. 경주 및 행사에 참여하면 운동에 대한 동기가 부여될 뿐만 아니라 운동을 지속하는 데 도움이 된다. 요즘에는 세계 어디서나 경 주를 즐길 수 있다. 달리기를 좋아하면 5K, 10K 또는 풀코스(42.195km) 마 라톤을 뛰면 된다. 사이클링이나 수영을 좋아한다면 이런 활동이 포함된 경주를 찾아보면 된다. 그리고 대의명분 또는 자선 단체에 열정이 있다면 기금 모금을 위한 경주에 참여하면 된다.

+ + +

감사의 기도를 해라

감사가 시작되면 투쟁이 끝난다.

– 닐 도날드 월시 –

감사기도를 하는 것은 잠시 멈추어 삶을 되돌아보고 당신이 가진 모든 것들에 대해 감사의 마음을 표현하는 것을 의미한다. 매일 감사기도를 하면 정신건강에 긍정적인 영향을 준다.

규칙적인 감사기도는 삶, 인간관계 그리고 앞으로 다가올 좋은 일들에 대해 감사의 뜻을 표현하는 것이다. 하루도 빠짐없이 감사기도를 하는 사람은 더 큰 행복을 느낀다. 이들은 긍정적이고, 낙관적이며, 열정적이고, 기쁨과 에너지가 넘친다. 또한 타인에게 관대하고 기꺼이 도움을 주고자 하며 감정에 충실하다. 감사는 스트레스, 불안 그리고 우울증을 완화하는데 도움을 준다. 감사는 스트레스가 주는 부정적인 영향을 막는 완충제 역할을 하고, 회복력을 강화하며, 일상생활에서 발생하는 문제를 해결할 수 있는 역량을 주고, 대단히 충격적인 상황에서도 무리 없이 회복할 수 있게 돕는다.

감사기도는 수면 패턴에도 긍정적인 영향을 미치는데, 감사하는 사람은 쉽게 잠들고, 오랜 시간 숙면을 취하고, 잠에서 깼을 때 가뿐함을 느낀다.

알아두기

로버트 에몬스 박사는 감사기도를 하는 사람들은 25% 더 행복하고, 미래를 훨씬 낙관적으로 바라보며, 삶에 대해 긍정적이고, 일주일에 1시간~1시간 30분 정도 운동을 더 많이 한다고 밝혔다.

다른 사람들에게 감사의 뜻을 표현하면 더욱 끈끈한 인간관계를 맺을 수 있다. 이렇게 긴밀한 관계를 바탕으로 상대방에게 애정을 쏟으면 그들 역시 당신에게 각별한 감정을 느끼게 된다. 감사하면 용서가 쉬워지고 대인관계에서 오는 만족도 커진다.

마지막으로 감사기도는 건강에도 전반적으로 이롭다. 감사는 면역체계를 강화하고, 혈압을 낮추고, 질병, 아픔 그리고 고통 등의 증상을 줄이고, 운동과 자기 관리를 하도록 독려한다.

변화에 이르는 길
감사의 마음을 배양해라.

감사의 마음은 다음을 통해 쉽게 배양할 수 있다.

Top 5 목록. 가장 감사하는 것 5가지를 생각한 뒤 언제 어디서든 볼 수 있도록 적어 두어라. 스마트폰도 좋고 종이에 적어서 지갑이나 가방에 넣고 다녀도 된다. 일진이 좋지 않은 날이나 부정적인 생각이 들 때면 목록을 꺼내서 당신의 삶에서 긍정적인 것들을 되새겨 보아라.

감사 일기를 써라. 일기는 감사의 마음을 강화하는 데 매우 유용하다. 제3부의 '감사 일기 견본'을 참고해서 당신이 감사하는 내용을 가능한 자주 일기에 써라. 이때 사소한 일들도 놓치지 말고 최대한 자세하게 서술해라. 만약 절대 감사의 마음이 들지 않는 하루를 보냈다면 그동안 썼던 감사 일기를 읽어라. 마음이 정화되고 삶에서 좋은 일들을 떠올릴 수 있을 것이다.

감사의 대상을 다양화해라. 건강과 가족처럼 동일한 내용에 대한 감사를 되풀이하는 것이 편하겠지만, 이는 감사할 만한 새로운 일을 발견하는 데 방해가 된다. 새로운 대상을 찾아 감사 내용을 다양화해라.

먼저, 일기를 쓰거나 감사를 표현할 때마다 삶을 구성하는 다양한 분야에 초점을 맞춰라.(집, 가족, 건강, 직업 등.) 둘째, 감사를 다양한 방법으로 표현해라.(일기, 편지, 만트라 암송, 친구와 공유하기, 블로그에 올리기 등.)

셋째, 감사 내용을 구체적으로 써라.(건강에 대해 전반적으로 감사하지만 오늘은 건강한 심장에 대해 특히 감사하고, 내일은 튼튼한 뼈와 탄탄한 근육에 대해, 모레는 젊고 창의적인 정신에 대해 감사하는 등.)

작은 것에 감사해라. 뭔가 대단하고 눈에 분명히 보이는 것들에 대해 감사하는 것은 쉽다. 하지만 작은 것에 감사할 때 우리는 한 단계 높은 차원의 감사에 도달한다. 주변 환경과 일상의 소소한 기쁨에 주의를 기울여라. 햇볕이 따스하게 내리쬐는 하루를 감사해라. 혹은 눈 오는 날을 감사할 수도 있다. 당신을 향한 따뜻한 미소에 감사해라. 삶에서 마주치는 작지만 소중한 것들을 마음껏 만끽해라.

사랑하는 사람에게 표현해라. 적어도 일주일에 한 번은 사랑하는 사람들에게 감사의 마음을 표현해라. 우리는 의도치 않게 진심으로 감사해야 하는 사람들에게 마음을 표현하지 않고 그냥 넘어가고는 한다. 하지만 당신을 위해 하는 일, 당신에게 주는 도움과 사랑을 당연시 여기지 않고 이에 대한 감사를 표현하면, 상대방의 기분이 좋아질 뿐만 아니라 당신은 더 큰 기쁨을 느낄 것이다. 사랑하는 사람들에게 최대한 적극적으로 감사를 표현하고 그들이 당신에게 얼마나 소중한지 말로 전해라. 이와 같은 맥락으로 감사를 표현한다는 것은 상대방이 당신에게 표현하는 고마움과 감사의 뜻을 받아준다는 의미이기도 하다. 누군가 당신에게 감사를 표현하면 이를 적극적으로 받아들이고 또 그것에 감사해라. 상대방이 당신에게 감사의 뜻을 전하는데 왠지 모르게 이를 선뜻 받아들이기 꺼려진다면, 그 이유가 무엇인지 파악해 보아라.

글로벌 감사를 실행해라. 당신이 자유, 평화 및 안전을 보장하고, 경제 성장을 이루었으며, 의식주를 구하는 데 어려움이 없는 국가에 산다면 매우 운이 좋은 사람이다. 하지만 이런 '사치품'의 중요성은 간과되고 당연시되기 일쑤다. 당신이 만끽하는 자유와 그 자유와 함께 누리는 모든 혜택에 대해 감사하는 시간을 가져라. 이 세상에는 전쟁, 가난, 배고픔, 질병 그리고 하루가 멀다 하고 자행되는 학대로 고통받는 불운한 사람들이 많다. 당신이 누리는 행운을 위해 선조들이 얼마나 큰 대가를 치러야 했는지, 그리고 지금 이 시간에도 당신의 권리와 삶을 보호하기 위해 치열하게 싸우는 이들의 노고를 잊어서는 안 된다.

긍정적인 면을 보아라. 먹구름 사이로 비치는 한 줄기 빛을 보려고 노력해라. 예를 들어 비가 오면 불평하기보다는, 농작물을 자라게 하고 꽃을 피우는 비의 긍정적인 측면을 보아라. 야근을 해야 한다면 일을 할 수 있고 돈을 벌어 당신과 가족을 부양할 수 있음에 감사해라. 겉으로 보기에 나쁜 일 같아도 이면에 숨겨진 좋은 면을 발견하는 법을 터득해라.

감사를 공유해라. 다른 사람에게 하는 행동은 부메랑이 되어 나에게 돌아오는 법이다. 다른 사람들은 무엇에 감사하는지 물어 보아라. 이는 당신의 가족 그리고 친구관계에서 좋은 업보와 좋은 느낌을 만드는 방법이다. 배우자 또는 아이가 하루를 보내고 집에 돌아오면 오늘 어떤 좋은 일이 있었는지 또는 그날 생긴 일 중 무엇에 감사하는지 물어 보아라. 혹은 친구와 점심 또는 저녁을 함께 먹으면서 그 주에 서로에게 있었던 축복을 함께 공유해 보아라. 감사하는 일을 함께 공유하면 기쁨과 감사는 배가 된다.

아이들에게 감사를 가르쳐라. 당신이 부모, 대부모, 숙모 혹은 삼촌, 조부모 또는 선생님이라면 아이들의 삶에 감사가 자연스럽게 스며들도록 가르쳐라. 세 살 버릇 여든까지 가듯이 어릴 때 감사하는 법을 배운 아이는 성장해서도 늘 감사하면서 산다. 그리고 감사를 실천하면 남녀노소 모두 행복과 기쁨은 커지고 낙천적으로 변하며 스트레스, 우울증과 불안은 줄어든다.

감사를 소급해서 적용해라. 당신이 앞으로 일어날 일들에 대해 감사하겠다고 다짐했다면 변화를 위한 순조로운 출발을 한 것이다. 하지만 과거에 감사할 만한 축복이 얼마나 많았었는지 깨달으면 당신의 행복은 더 커질 것이다. 당신에게 도움의 손길을 건넸던 사람들 또는 당신의 삶에 특히 긍정적인 영향을 주었던 사람들을 생각해 보고 이들에게 감사해라. 그들과 한동안 연락을 주고받지 않았다면 당장 전화를 걸거나 편지지를 꺼내어 감사의 마음을 전해라. 감사의 내용은 최대한 구체적일수록 좋다.

+ + +

가치 있는 경험을 해라

인생을 최대한 사는 사람은 가장 긴 시간을 사는 사람이 아니라
경험이 가장 풍부한 사람이다.

– 장자크 루소 –

돈은 삶을 편안하게 만들지만 돈이 많다고 반드시 행복한 삶은 아니다. 돈을 어디에 쓰는지에 따라 인생은 크게 달라진다.

친구와의 식사, 휴가 또는 해변에서의 하루 등 경험에 돈을 쓰는 사람이 자동차, 집 또는 신제품에 돈을 쓰는 사람보다 훨씬 행복한 것으로 밝혀졌다. 그리고 경험에서 오는 행복은 경험을 하는 그 순간보다 훨씬 오래 지속된다. 사람들은 과거의 경험 또는 앞으로 경험할 일을 생각할 때 과거 또는 미래에 구입할 물건을 생각할 때보다 훨씬 긍정적으로 느낀다.

시간과 돈을 물질보다는 경험에 사용할 때 훨씬 더 큰 기쁨을 느끼는 이유는 무엇일까? 먼저, 물질이 주는 기쁨은 상대적으로 유한하기 때문에 시간이 갈수록 사라지기 마련이다. 반면에 경험은 완전히 흡수하는 데 시간이 필요하므로 시간이 지날수록 의미가 커지고 평생 동안 지속될 수도 있다. 그리고 소유물은 단지 실체가 있는 물건에 지나지 않지만 경험은 추상적이고 우리의 모든 감각이 관여하는 일이다. 예를 들어 신차를 구입하면 일주일 또는 한 달은 행복하다. 하지만 시간이 지나면 당신이 소유한 여러 물건 중의 일부에 지나지 않게 된다. 즉 신차가 가졌던 특별한 의미가 없어지는 것이다. 그러나 주말에 휴가를 떠나면 친구 또는 가족과 함께 시간을 보내고, 새로운 음식을 먹고, 재미있는 구경을 하고, 그곳만의 냄새를 느끼며 새로운 환경에 완전히 빠져든다. 이 모든 경험은 끊임없이 기쁨을 준다. 그리고 낯선 도시에서 길을 잃거나 날씨가 좋지 않은 등의 일이 발생해도 사람들은 그 상황에 대한 최고의 순간만 기억한다. 따라서 오히려 힘든 에피소드로 여행이 얼마나 더 재미있고 추억할 만한 일이 되었는지에 초점을 둔다.

2010년 프린스턴 대학의 연구에 따르면, 연간 소득이 약 75,000달러에 도달하기까지는 정서적 행복은 소득과 긴밀하게 연결되어 있다. 하지만 연간 소득이 75,000달러를 넘어서면 행복에 소득이 아무런 영향을 미치지 못하는 것으로 드러났다. 결국, 연간 평균 250,000달러를 버는 사람이 연간 75,000달러를 버는 사람보다 더 행복한 것은 아니라는 뜻이다.

물질을 소유하는 것보다 경험에 돈을 써야 하는 또 다른 이유는 경험은 사회적 요소를 포함하기 때문이다. 경험은 일반적으로 누군가와 함께 하는 것이지만 물건은 오로지 그 물건을 소유한 사람만이 즐긴다. 다른 사람들과 함께 경험하면 소속감을 느끼고 함께 한 사람과 좀 더 깊고 강력한 유대 관계를 갖게 된다. 이는 우리의 행복과도 연결된다.

+ + +

변화에 이르는 길
소유보다 경험을 선택해라.

경험에 가치를 두고 돈을 쓰면 삶에서 더 큰 활력을 얻는다. 경험은 우리가 살아 있음을 느끼고 성장하는 기회가 된다. 다음을 통해 물질에서 경험으로 지출 습관을 바꾸어 보아라.

의식을 일깨워라. 새로운 물건을 사고 싶은 충동이 생기면 일단 멈추어서 그 물건이 어떤 경험을 줄 수 있는지 곰곰이 생각해 보아라. 그 물건을 사면 얼마나 기쁠까? 그 기쁨은 일시적인가 아니면 오래 지속될까? 구입하려는 물건이 절대 잊히지 않는 경험을 주는가? 물건을 사는 것이 다른 사람과 함께 공유할 수 있는 일인가? 물건 구입이 단기적인 혜택을 주는 것에 그친다면 장기적인 혜택을 주는 경험을 구입하는 것으로 생각을 바꾸어라. 예를 들어 20만 원짜리 신상품 구두에 눈길이 간다면 20만 원으로 어떤 경험을 할 수 있는지 생각해 보아라. 친구와 콘서트에 갈 수 있고 또는 저녁을 준비하기 위해 마트를 돌아다닐 수 있다. 일단 어떤 경험을 할지 생각을 정하고 나면, 물건을 사는 데 필요한 돈을 그 경험에 사용하는 것을 진지하게 고민해라.

원하는 경험에 돈을 써라. 경험을 선택할 때 원하지 않는 경험에 돈을 쓰는 것은 낭비이며 실제로 불행을 야기할 수 있다. 그리고 친구 또는 가족이 원한다고 해서 당신이 함께 할 필요는 없다. 예를 들어 검소하고 격식을 차리는 것을 좋아하지 않는 사람이라면 고급 레스토랑에서 값비싼 저녁을 먹는 것은 동네 햄버거 체인점에서 저녁을 먹는 것만큼 즐겁지 않을 것이다. 모험심이 강한 사람이 모든 것이 갖추어져 있는 리조트 안에서만 시간을 보내게 되면 리조트 밖에서 모험을 즐기는 휴가보다 훨씬 지루하게 느껴질 것이다. 경험이라고 해서 모두가 동일한 것은 아니다. 따라서 자신에게 가치 있는 경험과 그렇지 않은 경험을 구별할 줄 알아야 최고의 기쁨을 선사하는 경험에 투자할 수 있다.

함께 해라. 친구 및 가족과 함께 하는 경험을 계획해라. 그래야 더 많은 것을 얻을 수 있다. 친구에게 함께 산책하자고 제안해라. 가족과 함께 공연을 보러가라. 동료와 함께 강연에 참석하는 것도 좋다.

미리 계획해라. 앞에서 언급했듯이, 사람은 앞으로 하게 될 경험을 기대하는 것만으로도 큰 기쁨을 느낀다. 미리 계획하면 경험이 가져다 줄 행복을 예상하면서 즐거운 마음으로 기다릴 수 있다.

추억해라. 경험은 추억할 때에 비로소 우리의 마음속에서 살아 숨 쉬면

서 지속적으로 즐거움을 준다. 경험으로부터 오는 기쁨을 연장하는 방법은
다음과 같다.

사진을 찍어라. 경험을 하면서 사진을 찍어라. 그런 뒤 온라인으로
사진을 주고받거나 앨범으로 만들어서 함께 한 친구에게 선물을 해
라. 이렇게 함으로써 향후 몇 년간 경험이 살아 숨 쉴 것이다.

일기를 써라. 했던 일에 대해 일기를 쓰거나 기록을 남기면 시간이
지난 뒤에도 읽으면서 세부사항을 기억할 수 있다.

요약 비디오를 제작해라. 휴가 또는 특별 이벤트의 경우에는 사진
과 비디오를 찍은 뒤 이를 활용해 가족과 친구를 위한 요약 비디오
를 제작해라.

'경험 펀드'를 개설해라. 뉴질랜드 또는 갈라파고스 여행처럼 비용이 꽤
많이 필요한 여행을 계획한다면 '경험 펀드'를 개설해서 여행 경비조로 매
주 얼마씩 펀드에 넣어라. 여행 경비를 미리 조사해 보면 얼마의 돈을 얼마
나 오래 모아야 하는지 알 수 있다. 꾸준히 저금을 하려고 노력하면서 필요
하다면 물건을 구입하는 데 사용할 돈을 펀드에 저금하는 것도 고려해 보
아라.

'경험 버킷 리스트'를 작성해라. 지금 당장 원하는 모든 경험을 할 만큼
충분한 돈이 없더라도 언젠가는 그런 날이 올 것이다. 하고 싶은 모든 경험

을 적은 버킷 리스트를 작성해라. 새로운 아이디어가 떠오를 때마다 목록
에 추가해라.

무료 경험을 찾아라. 휴가, 콘서트, 식사와 같이 돈이 드는 경험도 있지
만 무료로 할 수 있는 경험도 많다. 경험에 돈을 쓸 기회가 생기면 적은 돈
이나 무료로 동일하거나 비슷한 경험을 즐길 수 있는 방법을 찾아보아라.
예를 들면 친구와 저녁에 외식을 하는 대신에 각자 음식을 조금씩 준비해
오는 파티를 열 수 있다. 혹은 휴가가 필요하다면, 여행에 돈을 쏟는 것보
다는 집에서 며칠간 머물면서 집 근처에 가볼 만한 곳을 다녀오는 것을 생
각해 보아라. 음악 공연을 보고 싶다면 값비싼 콘서트 대신에 지역 사회에
서 개최하는 무료 콘서트나 공연을 찾아보아라.

여운이 오래 남는 선물을 해라. 생일과 명절을 맞는다면 사랑하는 사람
에게 물건 대신에 경험을 선물해라. 선물을 받는 사람이 갖고 싶은 물건이
있더라도 함께 공유하는 경험에 훨씬 감사할 것이다. 사랑하는 사람이 물
건보다 경험을 가치 있게 생각하도록 마음을 움직여라. 직원이나 동료에게
일을 잘 마무리 해준 것에 대해 선물이나 보답을 하고 싶다면 팀으로서 즐
길 수 있는 경험을 공유해라. 경험을 공유하는 것은 특히 조직이나 팀 전체
의 사기를 북돋는 데 도움이 된다.

+ + +

고요함을 추구해라

정막은 진정한 강인함의 원천이다.

- 노자 -

아침에 알람시계가 하루의 시작을 알릴 때부터 밤에 잠자리에 들 때까지, 우리는 소음 즉 듣고 싶지 않은 소리에 시달린다. 지금 가만히 서서 주변의 소리를 들어보면 사람들이 떠드는 소리, 요란하게 울리는 사이렌 소리, 창문 밖에서 차들이 쌩하고 지나가는 소리가 들릴 것이다. 그것도 아니라면 적어도 방 안에서 전자 기기가 윙윙거리며 돌아가는 소리가 들릴 것이다. 소음은 모든 곳에 있다. 그리고 소음은 당신의 정신을 지치게 한다.

과도한 소음에 노출되면 생물학적 스트레스 반응이 나타난다. 뮌헨에서 낙후된 공항을 폐쇄하고 신공항을 건설하면서 공항 주변 학교 학생들을 대상으로 연구를 진행했다. 그 결과 공사 중인 신공항 근처 학교 학생들의 경우 폐쇄된 구공항 근처 학교 학생들에 비해 스트레스 호르몬인 아드레날린과 코르티솔 수치가 높게 나타났다.

소음(거리에서 들리는 자동차 경적 소리부터 복도에서 시끄럽게 떠드는 대화 소리에 이르기까지)은 생각을 방해하고 능률과 집중력을 떨어뜨린다. 위에서 언급한 뮌헨 공항으로 다시 돌아가 보자. 처음 연구를 시작했을 때 구공항 주변 학생들은 기억력과 읽기에서 낮은 점수를 받았지만 공항이 폐쇄된 후에 점수가 향상되었다. 반면에 신공항 학생들에게는 정반대의 일이 일어났다. 신공항이 건설되면서 학생들의 점수가 떨어진 것이다. 그리고 소음이 너무 과도하거나 비정상적으로 높은 데시벨을 기록하자 학생들이 정신적 피로, 불안 그리고 심지어 공격성까지 보였다.

읽기 점수와 소음 간의 상관관계

1970년 뉴욕 시 아이들을 대상으로 진행한 연구에서, 아파트 저층에 거주하여 소음에 더 많이 노출된 아이들은 고층에 거주한 아이들에 비해 읽기 점수가 낮은 것으로 밝혀졌다. 교내에서도 소음은 읽기 성적에 영향을 주는 것으로 드러났다. 환경 심리학자인 알라인 브론재프트 교수가 뉴욕 시에서 초등학교를 대상으로 실시한 연구에 따르면, 철도 선로 맞은편에 위치한 교실에서 공부한 학생들의 읽기 성적이 동일한 학교 건물이지만 상대적으로 조용한 교실에서 공부한 학생들의 성적보다 낮았다.

조용하고 고요한 환경은 긴장을 완화하는 데 효과가 있다. 뇌가 쉴 수 있고 몸이 이완되기 때문이다. 또한 조용하면 방해받지 않고 지속적으로 집중할 수 있고 낮 동안(그리고 밤에도) 평화롭고 조용한 시간을 보낼 수 있다.

변화에 이르는 길
주변 소음을 최소화해라.

우리는 시끄러운 환경에 너무 익숙해져버린 나머지 주변이 조용하면 오히려 부자연스럽고 이상하다고 느낀다. 하지만 실제로 조용한 환경은 마음을 편안하게 하고, 스트레스를 줄이고, 집중력을 높인다. 평온한 환경을 만들기 위한 팁은 다음과 같다.

주변 환경을 평가해라. 제3부의 '소음 목록 계획표'를 활용해서 낮에 시간대별로 집과 직장의 소음을 측정해 보아라. 정신이 산만해지지는 않았는가? 스트레스를 받았는가? 일하는 동안 집중을 할 수 있었는가? 소음을 완전히 차단하거나 줄일 수는 없었는가?

조용한 환경을 만들어라. 특히 시끄러운 환경에 노출되어 있다면 가청 소음의 양을 줄이는 방법을 찾아봐라. 예를 들어 전자 기기가 구입한 지 오래되어 시끄러운 소리를 낸다면 소음 등급이 낮은 신제품을 구입해라. 부드러운 직물이 소리를 흡수하는 데 도움이 됨으로 부드러운 섬유로 실내장식을 해라. 통행량이 많은 거리에 집이 위치해 있는 경우 소음을 감소시키는 창문으로 대체하거나 그게 아니더라도 최소한 창문에 외부 소음을 줄일 수 있는 특수 처리를 해라.

조용한 자연에서 시간을 보내라. 시끄러운 장소를 지나다니는 대신에 조용하고 평화로운 환경을 선택해라. 집중해서 일을 해야 한다면 시끄럽고 산만한 카페보다는 공공도서관을 선택해라. 사람이 많은 카페에서 친구를 만나는 대신에 공원으로 소풍을 가라. 스포츠 경기를 보러 가는 대신에 공원, 해변 또는 자연 보호구역에서의 시간을 즐겨라.

스노모바일을 타는 것, 소리를 키운 채 헤드폰으로 음악을 듣는 것, 밴드에서 악기를 연주하는 것 그리고 시끄러운 콘서트를 보러 가는 것은 난청을 야기할 수 있다. 20~69세 미국인 중 약 15%가 직장에서 또는 레저 활동에서 발생하는 소음으로 인해 청력 손상을 겪고 있다.

소음을 차단해라. 소음이 불가피하다면 간단한 장치를 이용해 물리적으로 소음을 차단할 수 있다. 예를 들어 시끄러운 작업 환경에서 일하는 경우, 소음은 스트레스를 높이고 집중력과 생산력을 떨어뜨린다. 운이 좋아서 직장에서 독립된 공간을 사용한다면 백색소음(white noise: 주변의 소음을 중화시켜 차단하고 심신에 안정을 준다고 알려져 있음: 옮긴이)을 만드는 기계를 사용해 외부 소음을 차단할 수 있다. 좁은 방에서 일한다면 소음 제거 귀마개를 사용해라. 여행할 때는 소음 제거 헤드폰이나 귀마개를 사용해서 시끄러운 대화 소리나 아기 울음소리 또는 비행기 엔진 소리나 선로를 지나는 기차의 소음을 차단해라.

전자 기기의 사용을 최소화해라. 드라이기, 믹서, 청소기 등 특히 소음이 심한 기기의 사용을 최소화하거나 귀마개를 하고 사용해라. TV를 시청하거나 음악을 들을 때는 소리를 낮춰라. 소리를 낮춰도 TV를 보고 음악을 듣는 데 전혀 문제가 되지 않는다는 사실에 깜짝 놀랄 것이다.

조용한 밤을 보내라. 대다수의 사람들은 적막으로 인한 공허함을 참지 못하고 TV, 음악, 비디오 게임 그리고 다른 소음으로 채운다. 심지어 배경 음악으로 TV를 항상 켜놓거나 TV 소리가 들려야 잠이 드는 사람도 있다. 정적 속에서 시간을 보내는 것이 무섭고 이상하거나 마음이 불편할 수 있지만, 연습을 하다 보면 놀랄 만한 혜택을 받는다. 일주일에 하룻밤은 최소의 소음이나 소음이 전혀 없는 조용한 시간을 만들어라. 동거인이 있다면 그들도 함께 참여시켜라. TV를 보거나 음악을 듣는 대신에 독서, 카드게임과 같은 조용한 활동을 하거나 현관 밖 의자에 앉아서 귀뚜라미가 우는 소리를 듣거나 바람에 나무들이 바스락대는 소리를 들어라.

의견을 말해라

용기는 일어서서 의견을 말할 때 필요하다.
또한 용기는 앉아서 경청할 때도 필요하다.
– 윈스턴 처칠 –

생각과 감정을 말로 표현하는 능력은 인간만이 가진 재능이다. 하지만 이 재능을 사용하지 않는 사람들이 많다. 어떤 상황에서는 침묵하는 것이 나을 수도 있지만 대개는 의견을 말하는 것이 훨씬 좋다. 당신의 생각을 말하는 것은 관계를 공고히 하고, 자신감을 높이며, 스트레스는 줄이고, 경력을 쌓는 데도 도움을 준다.

정서, 감정, 생각 또는 신념에 대해 말하지 않고 침묵을 지킬수록, 생각을 입 밖으로 꺼내는 것은 점점 더 어려워진다. 당신이 의식하지 못하는 사이에 서서히 그렇게 변해간다. 그런데 건설적인 방향으로 의견을 표현하는 것은 그만한 가치가 있다. 자신의 생각을 표현하는 것은 다른 사람들과 허심탄회하게 의견을 공유한다는 의미이다. 의견을 공유함으로써 상대방이 당신에 관해서 그리고 당신이 속한 공동체에 대해서 이해를 하고, 두 사람 간의 관계도 더욱 돈독해진다. 또한 생각과 의견을 말하면 관계를 망치는 원인이자 암, 고혈압 등의 심각한 질병의 원인이 되는 울분, 분노, 스트레스를 해소할 수 있다. 의견을 말하는 것은 자신감과 자긍심을 쌓는 데도 중요하다. 어떤 대상에 관해 의견을 표현하지 않고 속으로만 생각하면, 당신은 의도치 않게 그 주제에 대한 의견이 전혀 없다는 메시지를 전달하게 된다. 이는 결국 당신을 대신해 다른 사람이 의사결정을 하거나, 당신이 어떻게 생각하고 느껴야 하는지에 대해서도 지시받는 상황을 초래할 수 있다. 그 결과 자신의 직감을 믿지 못하게 되고 다른 사람들과 차별된 나만의 생각을 할 수 없게 된다. 의견을 말하려면 용기가 필요한데, 특히 일반적인 견해가 아니라면 더 큰 용기가 필요하다. 하지만 무엇이든지 처음 한 번이 어렵기 때문에 의견도 말할수록 표현하기 쉬워진다. 그 결과 자신감은 쌓이고 자긍심은 높아질 것이다.

특정 집단에 속해 있을 경우 여성이 남성에 비해 자신의 의견을 말하는 것을 주저하는 것으로 드러났다. 브리검영 대학교와 프린스턴 대학교가 실시한 연구에서 회의 중에 자신의 의견을 밝힌 여성이 남성보다 25%나 적었다. 이런 현상은 여성이 소수 집단일 경우에 더 두드러지게 나타났다.

생각을 표현하면 상대방으로부터 존경을 받을 수 있다. 예를 들어 직장에서 회의 시간에 의견을 개진하고 문제에 대한 해결책 또는 아이디어를 내놓으면, 동료들은 당신이 논의를 발전시킬 역량이 있고 분석적 사고를 할 수 있다고 평가한다. 하지만 침묵을 지키면 당신의 부가가치를 보여주지 못하기 때문에 기회를 잃을 수 있다. 만약 개인적인 문제에 대해 침묵을 지킨다면 사랑하는 사람들이 당신의 생각에 적절히 반응할 수도 없고 당신의 관점을 이해할 수도 없을 것이다. 게다가 당신의 의견이 상대방에게 또는 대인관계에 긍정적인 영향을 줄 수 있음에도 불구하고 침묵을 지킨다면, 이는 당신과 상대방 모두에게 이득이 되는 기회를 스스로 포기하는 것과 마찬가지다.

+ + +

변화에 이르는 길
감정, 생각 그리고 아이디어를 공유해라.

당신이 의견을 말하는 데에 어려움을 겪는다면 이번 주의 변화는 쉽지 않을 것이다. 하지만 어려워할 필요가 전혀 없다. 가장 효과적으로 의사를 표현하는 방법은 다음과 같다.

자신의 약점을 파악해라. 언제 그리고 어떤 상황에서 의견을 말하는 것이 힘든지를 파악해야 한다. 직장에서인가? 친구와 있을 때인가? 가족과 있을 때인가? 상황의 어떤 점이 또는 그 사람의 어떤 면이 당신으로 하여금 침묵을 지키게 하는지 파악해라. 과거의 경험이 침묵을 지키게 하는 원인이 되었나? 의견을 말한 뒤의 후폭풍이 걱정되는가? 의견을 말했을 때 부정적 결과를 초래한 적이 있었나? 제3부의 '의견 말하기 평가서'를 활용해서 위의 내용을 포함한 몇 가지 질문에 답하다 보면 원인을 파악할 수 있다.

연습해라. 의견을 말하는 것이 불편하다면 생각은 표현하되 리스크는 낮은 방법을 찾아라. 식당에서 주문한 수프가 식은 채로 서빙이 됐다면 웨이터에게 알려라. 연인과 서로 다른 영화를 보고 싶어 한다면 당신은 어떤 영화가 보고 싶은지 말해라. 사소하고 중요하지 않은 일에 대해 의견을 말하는 연습을 하면 자신감이 생기고 좀 더 중요한 사안에 대해서도 의견을 개진할 수 있다. 연습을 하는 또 다른 방법으로 화술 학원에 다니거나 연극이나 공연단에 가입하거나 또는 북 클럽에 참여할 수 있다.

의견을 말하되 올바르게 말해라. 의견을 말할 때는 미세한 균형을 유지해야 한다. 즉 과도하게 의견을 표현하는 것은 입을 다물고 있는 것 못지않게 해롭다. 당신이 사랑하는 사람 또는 동료에게 감정을 표현할 때는 그 말을 하려는 의도를 먼저 파악해라. 특히 상대방이 전혀 예상하지 못한 말이거나 상대에게 상처를 줄 수 있는 말인 경우에는 더욱 신중해야 한다. 대화를 할 때는 당신과 상대방 모두 마음을 터놓고 이야기를 할 수 있는 시간을 선택해라. 상대방에 대해 불평과 불만을 늘어놓는 것은 피해라. 분명한 목적과 건설적인 의도를 가지고 대화해라. 자신의 입장을 말할 때는 1인칭 주어를 사용("당신이 나를 ~ 느끼게 해."보다는 "나는 ~ 느껴"가 낫다.)해야 상대방이 방어적 태도를 취하지 않는다. 공손하고 한쪽으로 치우치지 않으며 분명하고 간결하게 말해라. 상대방이 생각, 감정 그리고 의견을 말로 표현할 수 있도록 적극적인 태도로 경청해라. 경청은 당신이 대화에 참여하고 있으며, 상대방의 가치를 인정하고 존중한다는 뜻을 전달한다.

다른 사람들의 생각은 신경 쓰지 마라. 다른 사람들의 의견 때문에 자신의 생각을 말하는 것을 꺼려서는 안 된다. 당신이 하는 말이 상대방을 불편하고, 짜증나게 하거나, 노골적으로 불쾌하게 만들 때도 있을 것이다. 비록 당신의 생각이 환영받지 못한다고 하더라도 대인관계, 커리어, 프로젝트 또는 말하려는 내용과 관련된 일을 더 나은 방향으로 전환하는데 꼭 필요할 수 있다.

완벽은 잊어라. 생각을 완벽하게 표현하지 못할까 봐 혹은 결과가 완벽하지 못할까 봐 걱정해서 침묵하는 것이라면, 건설적인 대화의 시발점은 의견을 말하는 것이라는 사실을 기억해라. 즉 A 지점에서 B 지점으로 옮겨가려면 의견을 말해야 가능하다. 만약 말을 하지 않고 남겨둔다면, 당신의 의견을 표현하고 또 의견이 받아들여질 기회를 완전히 놓치는 것이다. 방식이 조금은 서투르더라도 말로 표현해서 추가적 논의를 위한 불씨를 살리는 것이 침묵하여 논의가 이루어지지 않는 것보다 훨씬 바람직하다.

다른 사람들도 의견을 말하도록 북돋아줘라. 당신의 감정과 견해를 공유하는 것이 편해지고 나면 상대방에게도 생각을 말할 수 있도록 북돋아줘라. 상대방에게 생각을 말하게 하는 것은 관계를 공고히 하고, 사랑하는 사람 그리고 동료와 효과적으로 의사소통하는 데 도움이 된다. 결과적으로 서로의 감정과 견해를 이해할 수 있다.

✦ ✦ ✦

시간제한을 두고 일을 해라

시간을 활용해라. 시간의 이점을 그냥 흘려보내지 마라.

— 윌리엄 셰익스피어 —

지난 10년 사이에 미국 경제계에서 생산성 향상에 있어서 대세로 떠오른 개념이 있다. 바로 '타임박싱'이다. 한마디로 설명하면 타임박싱은 일을 마무리하는 데 소요되는 시간을 제한하는 시간관리 기법을 의미한다. 즉 마무리할 때까지 일을 하는 것이 아니라, 예를 들어 30분이라는 정해진 시간 동안 일을 마무리하고 다음 단계로 넘어가는 것이다. 이런 타임박싱은 개인 차원에서 시간을 관리하는 데에도 이점이 많다.

일을 할 때 시간을 제한하는 가장 큰 이유는 집중력과 생산성이 향상되기 때문이다. 파키슨의 법칙에 따르면 마감일까지 시간이 많을수록 일을 마무리하는 데 더 많은 시간이 소요된다. 하지만 시간이 제한되어 있으면 프로세스를 간소화하고 우선순위를 정하기 때문에 정시에 일을 끝낼 수 있다. 그리고 일에 집중하는 데 방해가 되는 요소는 무시하기 때문에 생산성이 향상된다. 다시 말해 이메일 체크, 인터넷 검색, SNS에서의 채팅 등 시간을 낭비하는 행동을 할 수 없기 때문에 생산성이 올라가는 것이다.

시간제한은 미루는 습관을 줄이고 하기 싫은 업무 또는 프로젝트를 시작하도록 동기를 부여한다. 즐겁지 않은 일(예를 들면 세금정산)에 제한된 시간만 투자하는 것은 그렇게 끔찍하게 여겨지지 않기 때문에 어쨌든 그 일을 끝내기 위한 첫발을 내딛게 된다.

달갑지 않은 프로젝트나 업무를 아주 조금이라도 처리하고 나면, 일단 시작을 했기 때문에 계속 진행해서 마무리하고 싶은 동기가 부여되는 것이다.

시간을 제한하면 완벽주의 성향도 줄일 수 있다. 특정한 일을 마무리하는 데 시간을 마음껏 쓸 수 있다면 완벽하게 처리하고 싶은 생각에 사소한 것 하나 그냥 넘어가지 못할 것이다. 이렇게 '세월아 네월아' 하다 보면 정작 일을 끝내는 데 필요한 시간보다 적어도 2배는 더 많은 시간을 허비했음을 알게 된다. 시간제한은 완벽하든 완벽하지 않든 어쨌든 일을 끝내도록 유도한다.

프로젝트의 규모가 너무 커서 벅차게만 느껴질 때 시간을 제한하면, 일을 작은 덩어리로 나눠서 좀 더 쉽게 처리할 수 있다. 이렇게 일을 작게 쪼개는 것은 생산성을 높이는 데 효과적일 뿐만 아니라 작은 단위의 일을 마무리할 때마다 최종 목표를 향해 나아가고 있음을 확인할 수 있다. 그리고 하나의 일을 끝내고 다음으로 옮겨갈 때 숨 쉴 틈이 있는 덕분에 마무리한 일을 반추해 보고 새로운 관점으로 프로젝트에 집중할 수 있게 되어 창의력도 향상된다.

마지막으로 시간제한이 있으면 특정 업무 및 프로젝트를 마무리하는데 어느 정도의 시간이 필요한지 판단할 수 있다. 소요 시간을 알고 나면 시간을 효율적으로 관리하고 계획할 수 있다. 이렇게 함으로써 자신의 역량으로 마무리할 수 있는 프로젝트는 받아들이고 중요하지 않거나 비현실적인 프로젝트는 받아들이지 않을 수 있다.

+ + +

변화에 이르는 길
시간제한을 두고 일을 해라.

시간을 제한하는 것은 거의 모든 형태의 일을 하는데 있어서 유용하다. 집안일부터 직장에서의 프레젠테이션에 이르기까지 모든 일에 이득이 된다. 시간제한을 효율적으로 사용하는 방법은 다음과 같다.

타이머를 사용해라. 우습게 들릴지 모르지만 타이머에 투자하면 스케줄에 맞춰 일을 끝낼 수 있다. 오래된 알람시계, 키친 타이머, 핸드폰 또는 컴퓨터 등 어떤 형태이든 상관없다. 시간이 제한되어 있는 일을 시작할 때 타이머를 맞추고 알람이 울릴 때까지 일을 해라. 일을 하는 동안 시간을 확인하고 싶은 유혹을 견뎌라. 대신에 정해진 시간을 다 사용하고 나면 알람이 울릴 것이라는 확신을 가져라.

일을 선택해라. 모든 활동에 시간제한을 둘 수 있다. 하지만 시간제한이 가장 유용한 활동은 다음과 같다. 세금정산과 같이 불쾌하거나 하고 싶지 않은 일이어서 추가적인 동기유발이 필요한 경우, 회사의 대규모 프로젝트처럼 규모가 너무 커서 벅찬 일, 그리고 SNS 활동, 독서 또는 뉴스 시청, 개인용 이메일 확인 등 눈 깜짝할 사이에 '시간이 훅 지나가는 일'이 해당된다.

제한시간을 적절하게 설정해라. 시간을 제한할 때에는 업무에 적절하고 생산성을 극대화할 수 있는 최적의 시간이어야 한다. 예를 들어 공과금을 납부하는 것처럼 지루하고 매력적이지 않은 일을 할 때는 15~20분 정도의 짧은 시간을 설정해야 시작하고 싶은 의욕이 생기고 고통을 덜 느끼면서 일을 끝낼 수 있다. 이와 반대로 대규모 프로젝트와 관련된 업무를 집중해서 해야 한다면 45~60분 정도로 상대적으로 긴 시간을 책정하는 것이 합당하다. 즉 일을 마무리할 수 없을 정도로 너무 짧지도 않고 어렵고 지루한 일을 하는데 모든 에너지를 소진할 정도로 너무 길지도 않다.

예외 상황. 시간제한을 고수하는 것이 중요하지만 제한된 시간이 끝나가는데 일을 계속하고 싶은 경우도 있다. 이를 '생산성 구간' 또는 '몰입'이라고 한다. 싫어하는 일, 창의력이 필요한 일 또는 대규모의 복잡한 프로젝트의 일부분인 일을 하는 경우라면 예외로 받아들이고 일을 계속하는 것이 좋다. 일을 더 많이 끝낼 수 있도록 특정 시간만큼(예를 들면 30분 정도) 시간을 연장해라. 하지만 시간이 다 되었을 때 자신의 생산성 수준을 재평가 해보는 것이 중요하다. 생산성이 떨어지기 시작했는데 일을 계속하는 것은 시간낭비이기 때문이다. 이렇게 생산성이 높은 순간을 최대한 활용하면 동기부여가 되지 않거나 생산성이 떨어지는 시간들을 상쇄할 수 있다. 그리고 제한된 시간을 연장할 때에는 다른 업무를 조절하는 것도 잊지 말아야 한다.

다른 사람과의 시간을 제한해라. 회의와 전화 통화는 너무 길어지거나 혹은 시간 개념이 전혀 없는 사람이 끼어드는 순간 비효율적이고 비생산적이 된다. 상대방에게 무례를 범하거나 상대방을 폄하하려는 의도가 전혀 없더라도 회의 및 통화 시간을 엄격하게 제한하는 것이 유용하다. 당신이 시간제한을 일관되게 지킬수록 더 많은 사람들이 이에 동참할 것이다.

충분한 영양을 섭취해라

음식이 약이 되고 약이 음식이 되게 해라.

– 히포크라테스 –

탄탄하고 건강한 몸을 만들려면 충분한 영양을 섭취해야 한다는 사실에 이견을 제시하는 사람은 없다. 그런데 당신이 먹는 음식은 뇌에도 큰 영향을 준다.

인간의 두뇌는 약 60%가 지방으로 구성되어 있어서 올바른 지방을 섭취해야 뇌 기능을 유지할 수 있다. 트랜스 지방과 동물성 포화지방 함량이 높은 식단은 치매, 우울증, 인지 기능 손상 등의 위험을 높이는 반면에, 불포화지방은 정신건강 관련 질병의 위험을 낮추고 인지 기능을 향상시킨다.

연어, 정어리 그리고 청어와 같이 지방이 풍부한 생선은 두뇌 발달에 좋은 오메가-3 필수 지방산이 풍부하다. 오메가-3는 뇌 세포를 생성하고 유지하는 역할을 하므로 치매, 우울증, 인지 기능 저하의 위험을 낮추고 집중력과 기억력 향상에 좋다. 필수 지방산은 인체 내에서 합성이 되지 않기 때문에 반드시 음식을 통해서 섭취해야 한다. 특히 생선은 오메가-3 지방산 중에서 채소에 부족한 EPA와 DHA를 포함하고 있기 때문에 최고의 식품이다. 새우와 다른 갑각류에는 비타민 B12가 풍부한데, 비타민 B12는 신경과 뇌 세포 건강에 중요하고 우울증을 방지하는 데 효과적이다.

나라별로 정신질환을 비교해 본 결과 생선을 많이 섭취하는 국가에서는 우울증, 조울증 그리고 계절성 정서 장애 비율이 낮은 것으로 밝혀졌다.

비타민 E와 항산화제가 풍부한 견과류와 씨앗류는 인지 기능을 향상시키는 것으로 알려져 있다. 견과류 중에서도 특히 호두는 식물성 오메가-3 지방산을 월등히 많이 함유하고 있어서 '견과류의 제왕'이라고 불리기도 한다.

2011년 대학생들을 대상으로 8주 동안 약 60g의 호두가 포함된 바나나 빵을 먹은 학생들과 호두가 포함되지 않은 바나나 빵을 먹은 학생들을 비교했다. 그 결과 호두가 든 빵을 먹은 학생들의 추정적 추론 능력이 향상된 것으로 드러났다. 미국 신경과학회는 6%(일반적으로 약 30g 또는 1/4컵 분량), 또는 9%(약 50g)의 호두가 포함된 식사는 두뇌 노화를 되돌릴 뿐만 아니라 운동 및 인지 기능 장애를 막는다고 밝혔다.

아보카도와 올리브(그리고 각각의 오일)에는 단일 불포화 지방이 다량 함유되어 있다. 단일 불포화지방을 섭취하면 뇌 세포막 형태를 유지하는 데 도움이 된다. 또한 뇌로 가는 혈류량이 증가하여 뇌에 산소가 원활히 공급

되고 혈압은 낮아져 인지 기능이 향상된다. 연구 결과에 따르면 아보카도와 올리브유를 섭취하면 기억력이 향상되고 인지 기능의 하락을 막을 수 있다.

2012년 65세 이상 건강한 여성 6,200명을 대상으로 실시한 연구에서 단일 불포화지방을 가장 많이 섭취한 여성이 옥수수와 식물성 오일에서 발견되는 다중 불포화지방을 섭취한 여성들에 비해 인지 기능 테스트에서 평균적으로 높은 점수를 획득했다. 그리고 포화지방을 많이 섭취한 여성들의 두뇌 나이는 생물학적 나이보다 5~6세 더 많은 것으로 드러났다. 반면에 단일 불포화지방을 가장 많이 섭취한 여성의 두뇌 나이는 생물학적 나이보다 6~7세 젊은 것으로 밝혀졌다. 아보카도와 올리브유의 또 다른 장점은 둘 다 비타민 E가 풍부하다는 것이다.

마지막으로 달걀은 신경 전달물질을 생성하는 데 핵심적인 역할을 하는 아미노산이 풍부한 고단백질 식품이다. 또한 달걀은 비타민 E와 비타민 E 복합체의 하나인 콜린도 많이 함유하고 있다. 콜린은 기억력에 중요한 신경전달물질인 아세티콜린 생성을 돕고, 장기 기억과 주의 집중력을 높이고 치매 위험을 낮춘다.

변화에 이르는 길
뇌 기능을 향상시키는지방과 단백질을 먹어라.

이번 주 변화에서 언급한 식품은 용도가 매우 다양하고 대부분의 식단에 쉽게 첨가할 수 있다.

작은 고추가 맵다. 건강한 지방이 풍부한 견과류, 씨앗류, 아보카도 그리고 올리브유는 칼로리가 높기 때문에 적당량을 섭취하는 것이 중요하다. 일일 권장 섭취량은 견과류와 씨앗은 한 줌(약 30g, 1/4 컵이 넘지 않는 양)이고, 아보카도는 1/4 또는 1/2개, 그리고 올리브유와 아보카도 오일은 1T(테이블스푼)이다. 이 모든 음식을 한 끼의 식사에 담으려는 욕심은 버리는 것이 좋은데, 지방이 단기간에 축적될 수 있기 때문이다.

연어. 자연산 알래스카 연어 또는 홍연어를 섭취해라. 연어에는 다른 생선보다 오메가─3가 훨씬 많이 함유되어 있다. 뿐만 아니라 연어를 섭취했을 때 황새치, 참치 등의 다른 생선보다 수은에 노출될 가능성이 낮다. 그리고 자연산 알래스카 연어 또는 홍연어는 양식 연어를 포함한 다른 연어에 비해 발암물질인 폴리염화비페닐(PCBs) 오염 가능성이 낮다. 연어를 요리할 때는 기름에 튀기지 말고 반드시 데치거나, 석쇠 또는 오븐에 구워서 먹는 것이 좋다. 생선이나 연어를 좋아하지 않는다면 EPA와 DHA 함유량이 높은 오메가─3 보조제를 섭취하는 것도 방법이다.

참치를 대신할 새로운 식품

참치 샐러드를 좋아하는가? 차가운 참치 샐러드 대신 더 맛있고 건강한 음식을 찾는다면 참치를 알래스카산 핑크 연어 또는 홍연어 통조림으로 대체해라. 여기에 신선한 아보카도 1/4컵을 올리고 디종 머스타드 소스와 레몬

즙을 뿌린 뒤 다진 양파로 토핑해라. 그야말로 환상적인 맛이다!

연어를 이용해 따뜻한 요리를 하고 싶다면, 통조림 연어에 달걀을 깨뜨려서 섞은 뒤 통 곡물 빵 사이를 채워 오븐에서 구우면 두뇌에 좋은 연어 햄버거가 탄생한다.

새우와 해산물. 새우와 해산물은 파스타 그리고 밥과 매우 잘 어울리는 식재료다. 새우와 홍합, 굴, 가리비 등 비타민 B12가 풍부한 해산물이 가득 들어가는 이탈리아의 치오피노 또는 스페인의 빠에야에 도전해 보아라. 새우를 샐러드에 넣어 먹거나 신선한 홍합찜 또는 조개찜 요리를 만드는 것도 좋다. 대신 해산물을 기름에 튀긴 요리는 피하는 것이 좋은데 건강에 좋지 않은 트랜스 지방이 포함되어 있기 때문이다.

견과류와 씨앗류. 호두와 씨앗류를 섭취하는 방법에는 끝이 없다. 몇 가지만 나열하자면 다음과 같다.

스낵. 호두 또는 씨앗류 한 줌을 과일과 함께 먹으면 섬유질, 비타민 그리고 미네랄까지 섭취할 수 있는 매우 균형 잡힌 스낵이 된다.

샐러드. 호두나 콜린이 풍부한 해바라기씨 1T~2T를 잘게 다져서 샐러드 위에 뿌려 먹어라.

아침. 시리얼, 오트밀, 무지방 그릭 요거트 위에 잘게 다진 호두 또는 오메가-3가 풍부한 아마씨 가루 1T를 뿌려서 먹어라.

샌드위치. 땅콩버터 젤리(PB&J) 샌드위치를 좋아한다면 땅콩버터 대신에 호두버터를 사용해라. 새로운 요리를 시도하고 싶다면 직접 만들어 먹어도 좋다.

곁들임 요리. 호두와 씨앗류를 채소, 다른 음식의 속재료 그리고 캐서롤에 넣어 먹어라.

디저트와 빵. 디저트나 '빵순이'라면 호두, 양귀비씨 또는 참깨가 들어간 것들을 선택해라.

올리브, 아보카도 그리고 각각의 오일. 올리브는 파스타, 캐서롤 그리고 지중해 식단에서 다용도로 사용할 수 있는 식재료다. 샐러드는 가능한 드레싱을 직접 만들어 먹는 것이 좋다. 이때 아보카도나 엑스트라 버진 올리브유를 사용해라. 엑스트라 버진 올리브유는 올리브에서 처음 짜낸 기름 중에서도 산의 농도가 특히 낮은 것으로 올리브유 중에서도 가장 건강에 좋다. 아보카도 1/4 또는 1/2개를 스무디에 섞어서 부드럽게 만들고 샌드위치에 마요네즈 대신 넣거나 샐러드에 토핑으로 장식해라. 요리를 할 경우 아보카도유는 스터 프라이와 같이 고온 불에서 재빨리 볶는 중국식 볶음 요리에 사용하고 올리브유는 소테처럼 스터 프라이보다 낮은 온도에서 요리하기에 알맞다.

달걀. 아침으로 달걀 1개 또는 2개로 스크램블 에그를 만들어 먹거나 점심에 완숙으로 삶아서 먹어라. 달걀은 한때 노른자에 콜레스테롤이 다량 함유되어 있어 건강에 좋지 않다는 억울한 누명을 썼지만 최근 들어 건강한 식단과 함께 섭취하면 혈중 콜레스테롤 수치를 높이지 않는다고 밝혀졌다. 하지만 동물성 포화지방과 트랜스 지방은 콜레스테롤 수치를 높인다. 콜레스테롤 수치가 높지 않은 사람은 달걀을 섭취하는 것이 건강상 문제가 되지 않는다.

하루를 정해 마음껏 섭취해라. 에피타이저 혹은 타파스(에피타이저의 일종으로 스페인 요리에서 간식으로도 먹음: 옮긴이)에 독특한 재료를 첨가해서 요리를 하면 두뇌 기능을 향상시키는 데 도움이 되는 다양한 영양분을 섭취할 수 있다. 몇 가지 예를 들자면 참깨를 넣은 연어 마끼 롤, 새우꼬치구이, 과카몰리, 데블드 에그(맵게 양념한 달걀 요리: 옮긴이), 올리브 타프나드(프랑스 남부 프로방스에서 즐겨먹는 딥 소스: 옮긴이) 그리고 향신료에 절인 호두가 있다. 포트럭 저녁을 주최해서 친구와 가족에게 두뇌 건강에 좋은 식사를 만드는 방법을 알려주어라. 손님 한 명 한 명에게 요리에 첨가해서 먹을 수 있는 독특한 재료를 주어라. 한 번도 시도해 보지 않은 맛있는 레시피를 발견할 수도 있다.

+ + +

마음을 열어라

삶의 질은 당신이 편안하게 다룰 수 있는
불확실성의 양에 정비례한다.

― 토니 라빈스 ―

사람들은 특정 가치와 신념을 가지고 성장하며 이런 가치와 신념은 인생의 동반자로 평생을 함께 한다. 가치와 신념은 한 사람의 인격을 만든다. 그리고 인생에서 결정을 내리고 삶을 살아가는 데 기초가 된다. 가치에 따른 삶을 사는 것은 중요하지만 융통성 없이 너무 엄격한 잣대를 세우면 오히려 앞으로 나아가는 데 방해가 된다. 새로운 경험을 하고, 새로운 아이디어 또는 새로운 방법을 받아들이는 데 당신의 신념이 방해가 된다면, 당신은 삶이 주는 많은 기회를 놓치게 될 것이다. 따라서 마음을 열고 포용력을 키우는 것은 그만한 가치가 있다.

마음을 열면 단단하고 끈끈한 인간관계를 맺을 수 있다. 포용력이 있는 사람은 상대방의 말을 경청하고 그에 공감하며, 심지어 자신과 의견이 다를 때에도 상대방의 견해와 관점을 이해한다. 또한 마음을 열면 인내심이 생기고 자신과 다른 사람을 크게 신경 쓰지 않는다. 상대방을 판단하지 않으며 각자의 상황과 니즈에 대한 이해의 폭이 넓어진다. 결과적으로 사람들은 당신과 대화하는 것을 편하게 생각하고, 당신을 신뢰하며, 당신으로부터 존중받고 있다고 느낀다. 이는 당신을 더 매력적인 사람으로 만든다.

포용력은 스트레스를 관리하는 데도 중요하다. 일이 계획대로 진행되지 않더라도 화를 내고 좌절하거나 속상해하지 않으며 삶의 불확실성을 받아들인다. 포용력이 있으면 융통성이 생기고 예상과 다른 결과도 받아들인다. 또한 모든 일에는 반드시 합당한 이유가 있다고 생각하기 때문에 자신이 통제할 수 없는 일은 놓을 줄도 안다. 포용력이 있는 사람은 좀 더 효과적으로 문제를 해결한다. 그리고 새로운 관점이나 다른 생각에 귀 기울이는데, 덕분에 해결책과 가능성을 발견할 수 있다.

마음을 열면 행복하고 긍정적인 사람이 된다. 열린 마음을 가진 사람은 먹구름 뒤의 밝은 태양을 볼 줄 안다. 마음을 열면 새로운 경험을 할 수 있는데, 이를 통해 재미있고 흥미진진한 기회가 생길 수도 있다. 마음을 열면 비판을 쉽게 수용하고 부정적 경험을 성장의 기회로 삼는다. 이는 당신의 삶의 일부분 또는 당신 자체를 변화시켜서 더 큰 행복과 성취감을 맛보게 할 것이다.

마음을 열면 전 세계가 당신에게 마음의 문을 열 것이다. 나무가 아닌 숲을 보게 되고 삶이 즐거워지며 창의적인 사람이 된다. 그리고 예상치 못한 상황에서 기쁨을 발견할 수 있다.

변화에 이르는 길
열린 마음의 자세를 받아들여라.

지금까지 변함없는 신념과 가치를 바탕으로 살았다고 하더라도 포용력을 키우기에 아직 늦지 않았다. 다음을 시도해 보아라.

가치 VS 포용. 마음을 여는 것은 당신의 가치를 버리거나 정체성을 바꾸라는 의미가 아니다. 언제나 자신의 가치와 정체성을 바탕으로 행동해야 하는 것은 분명하다. 하지만 다른 사람의 삶의 방식, 새로운 경험 및 사고방식에 마음을 열고 그것을 받아들이면, 도량이 넓어지고 예상치 못한 기회가 다가온다.

자신을 파악해라. 그 누구도 자신을 비판적이고 독선적 혹은 편견이 있는 사람이라고 생각하지 않는다. 하지만 대부분의 사람들에게서 한 번쯤은 이런 성격이 나타난다. 한 발 뒤로 물러서서 당신이 어떤 사람인지 그리고 당신의 사고의 원천은 무엇인지 생각하는 시간을 가져라. 제3부의 '열린 마음 평가서'에 나와 있는 질문에 답하면서 앞으로 집중해야 할 분야가 무엇인지 알아보아라.

진상을 파악해라. 어떤 상황에 직면했을 때 성급한 결론을 내릴 것 같은 느낌이 들면, 한 발 뒤로 물러서서 자문해 보아라. 당신의 의견 또는 결론이 절대적으로 옳다고 확신하는지 물어라. 다른 가능성은 없는가? 또 다른 해결책은 없는가? 다르게 설명할 방법은 없는가? 특정 사람 또는 상황에 관해 편견을 가지기 전에 가능한 모든 진실을 알아내라.

들어라. 열린 자세를 유지하려면 상대방의 말을 듣는 연습이 필요하다. 상대방의 말을 듣겠다는 작정을 하고 경청하면 많은 것을 배울 수 있다. 이와는 반대로 당신이 말을 많이 할수록 다른 사람의 생각을 받아들이지 않게 된다. 다른 사람과 함께 보내는 시간 중에서 최소한 70%는 경청하는 데 할애해라.

불확실성을 받아들여라. 삶의 불확실성을 인정하고 받아들이면 모든 일이 완벽하게 마무리되어야 한다는 부담감에서 벗어날 수 있다. 세상에 완벽이라는 것은 없다. 하나의 상황에서 다양한 결과가 도출될 수 있고 그 모든 결과가 각자의 의미가 있다는 사실을 이해해야 행복해진다. 변화하는 상황에 대처하고 적응할 수 있는 당신의 역량을 믿고 자신감을 가지고 앞으로 나아가라.

다른 사람의 견해를 구해라. 포용력을 가지려면 새로운 의견이나 생각에 노출되어야 한다. 친구, 가족 그리고 동료들과 다양한 주제에 대해 이야기해라. 상대적으로 가벼운 주제부터 시작해라. 예를 들면 신작 영화 또는 새로 오픈한 레스토랑에 대해 이야기해라. 상대방의 생각과 의견을 듣는 것이 편해지면 다음 단계로 넘어가라. 정치 또는 종교와 같이 감정이 격해질 수 있는 주제에 대해 토론해라. 이때 상대방의 말을 경청하면서 방어적이 되거나 따지고 드려는 충동을 억제해라. 대신에 열린 마음으로 경청해라.

　　새로운 환경에 노출시켜라. 포용력을 키우는 쉬운 방법은 다른 문화, 종교, 자국 내 다른 지역 그리고 다른 국가에 자신을 노출하는 것이다. 컴포트 존에서 벗어나서 새로운 세계로 들어가라. 다른 배경을 가진 사람을 만나 깊은 대화를 나눠라. 경제적으로 여유가 있다면 매년 또는 2년에 한 번씩 해외여행을 하면서 그 지역 문화를 느껴보아라. 이때 관광객이 전형적으로 찾는 호텔, 식당 그리고 관광명소는 피해라. 여행을 하는 것이 어렵다면 다양한 문화를 주제로 하는 수업을 꾸준히 듣는 것도 좋은 방법이다.

✦ ✦ ✦

숙면을 취해라

누구나 밤에 풀리지 않던 문제가 아침에 해결되는 경험을 한다.
이는 '수면 위원회'가 밤새 열심히 일을 했기 때문이다.

– 존 스타인벡 –

당신이 부모라면 잠의 중요성을 거의 100% 공감할 것이다. 아이가 잠을 충분히 자지 못하면 신경질적으로 짜증을 내고 다루기 어려워지기 때문이다. 여기에는 충분히 그럴 만한 이유가 있다. 잠은 단기적으로 그리고 더 중요하게는 장기적으로 정신건강에 필수적이기 때문이다. 잠은 두뇌 발달과 뇌 기능에 너무 중요한데, 유아기 수면의 질이 아동, 청소년 그리고 심지어 성인이 된 후의 정신건강을 결정한다.

건강한 수면은 비렘수면(비급속 안구운동)과 렘수면(급속 안구운동)이 주기적으로 반복되는 것으로 두 개의 구별되는 두뇌 활동으로 이루어진다. 밤에 잠을 자는 동안 비렘수면과 렘수면은 약 90~120분을 주기로 계속해서 반복된다.

충분한 수면은 인지 기능 발달에 필수적이다. 숙면을 취하지 못하면 에너지와 집중력이 떨어진다. 잠이 들면 두뇌는 하루 동안 받아들인 정보를 처리하고 기억, 사건, 학습 내용, 감각정보 및 감정들을 연결하느라 분주하다. 이때 특히 렘수면이 중요한 역할을 한다. 렘수면은 새로운 정보를 기억으로 바꾸는 '기억의 응고화'를 돕는다. 수면이 방해를 받거나 충분히 잠을 자지 못하면 기억의 응고화가 제대로 이루어지지 않는다. 그 결과 학습 및 기억력이 떨어진다.

알아두기 ─────────

1983년 캐나다에서 아이들을 대상으로 한 실험에서 IQ가 뛰어난 아이들이 비슷한 나이 또래의 평균적인 IQ를 가진 아이들보다 매일 약 30~40분 더 자는 것으로 나타났다.

잠이 기분, 스트레스 그리고 행복을 좌지우지할 수 있는 이유는 호르몬의 균형을 적절하게 유지해 주기 때문이다. 잠을 지나치게 적게 자면 행복 호르몬인 세로토닌과 숙면-각성 주기를 조절하는 멜라토닌의 생성이 떨어지는 반면, 스트레스 호르몬인 코르티솔의 분비는 증가한다. 결국 짜증, 초조, 우울, 변덕 등을 야기한다.

만성적 수면 장애는 장기적으로 영향을 준다. 수면 부족은 고혈압, 심장마비, 심부전, 뇌졸중뿐만 아니라 우울증과 같은 감정 장애, 그리고 주의력 결핍 장애(ADD), 지적 장애 등의 정신질환을 초래한다. 임신기간 동안 산모가 수면 부족에 시달리면 태아 및 아동 발달 장애를 초래한다.

한마디로 요약하면 숙면은 정신건강에 기적을 일으킬 수 있다.

+ + +

변화에 이르는 길
매일 7~8시간 숙면을 취해라.

연구에 따르면 최상의 신체 및 정신건강을 유지하려면 하루 7~8시간의 수면이 필요하다. 숙면을 위한 팁은 다음과 같다.

수면 보호구역을 만들어라. 침실을 '수면 구역'으로 만들면 건강한 수면 습관을 기르는 데 도움이 된다.

매트리스와 베개. 매트리스와 베개는 숙면을 취하는 데 매우 중요하다. 매트리스와 베개가 편안하지 않으면 잠들기 어렵고 아침에 일어났을 때 온몸이 쑤시거나 뻐근한 느낌이 든다. 여러 종류를 테스트 해본 뒤 자신에게 가장 적합한 매트리스와 베개를 선택해라. 마음에 드는데 가격이 비싸다면 정신(그리고 신체) 건강을 위한 투자라고 생각하고 구입을 진지하게 생각해 보아라.

침대시트, 린넨 제품 그리고 잠옷. 매트리스와 베개 못지않게 린넨 제품 역시 편안해야 한다. 구입하기 전에 원하는 느낌의 직물이 맞는지 확인해 보아라. 바느질 수가 많을수록 피부에 닿았을 때 더 부드럽고 편안하다. 바느질 수가 많은데 가격이 저렴하다면 의심해볼 필요가 있다. 이불은 기후에 가장 적합한 종류를 선택하면 된다. 잠옷 역시 기후를 고려해서 선택하고 입었을 때 편안하고 몸을 꽉 조이지 않는 것이 적합하다.

온도와 습도. 방 안이 너무 춥거나 너무 덥거나 또는 너무 습하거나 너무 건조해도 수면에 방해가 된다. 잠을 자는 동안에는 우리 몸의 온도조절 기능이 떨어진다는 사실을 유념해라. 연구에 따르면 숙면 최적온도는 16~20°C(시트, 잠옷, 이불을 모두 사용한다고 가정)이다. 건조한 기후에 산다면 가습기를 틀어서 침실 습도를 조절하면 좀 더 쾌적한 환경을 만들 수 있다. 이와 비슷하게 방 안이 너무 건조하다면 제습기를 틀어서 습도를 낮추면 된다.

순수 수면 구역. 잠 잘 시간에 전자 기기를 사용하면 정신이 흥분되어 오히려 잠을 깨울 수 있다. 침실을 순수 수면 구역으로 만들어라. 다시 말해 침실에서 일을 하거나 오락을 위한 어떤 행위도 해서는 안 된다. TV 혹은 컴퓨터를 침실 밖으로 몰아내라. 그리고 업무 관련 자료나 서류, 무선 모바일 기기를 잠 잘 시간에는 침실 안으로 들이지 않도록 주의해라.

조명. 불빛의 밝기를 조절하는 스위치를 침실에 설치하거나 밝기가 3단계로 전환되는 전구를 설치해서 밤에는 침실 조명을 조절해라.

뇌는 빛이 희미해지면 잠 잘 시간이 되었다는 신호로 받아들인다. 또한 수면을 방해하는 빛은 모두 차단해라. 예를 들어 알람시계를 사용한다면 시계 밝기를 최대한 어둡게 조절하고 시야에 들어오지 않도록 침대에서 최대한 먼 곳에 두어라. 창문에 암막커튼을 달아서 외부에서 창문을 통해 새어 들어오는 빛을 완전히 차단해라. 그래도 여전히 수면을 방해하는 빛이 있다면 수면 안대를 사용해라.

소음. 창문을 두드리는 빗소리와 다른 외부 소음은 수면을 방해하고 잠귀가 밝은 사람을 잠에서 깨게 한다. 소음 때문에 잠들기 힘들다면 귀마개를 하거나 듣고 싶지 않은 소음을 덮을 수 있는 백색소음 기계를 구입하는 것을 고려해 보아라.

수면 시간을 일정하게 유지해라. 숙면은 반복되는 습관의 결과이다. 매일 밤 같은 시간에 잠을 자고 매일 아침 같은 시간에 일어나라. 심지어 주말에도 수면 시간을 철저히 엄수해라. 너무 늦은 시간까지 깨어 있거나 아침에 늦잠을 자면 수면 패턴이 깨져서 불면증이 생길 수 있다. 하지만 수면 시간을 일정하게 유지하면 24시간 주기의 생체리듬이 질서를 잡게 된다. 수면 시간이 7~8시간이 되지 않는다면, 15분 일찍 잠자리에 들거나 15분 늦게 일어나는 방법으로 수면 시간을 늘리는 연습을 해라. 이렇게 며칠 하다 보면 7~8시간 동안 수면을 취할 수 있다.

빛으로 잠을 유도해라. 해가 뜨면 잠이 깨고 해가 져서 어두워지면 잠을 자는 것이 이상적이다. 이것이 24시간 주기 생체리듬의 바탕이 된다. 하지만 사는 지역과 계절의 변화에 따라서 항상 가능한 것은 아니다. 낮의 길이가 변하는 것을 보완하려면 아침시간에 햇빛에 충분히 노출시키고 저녁에는 노출을 최소화함으로써 두뇌에 잘 시간이라는 신호를 보내야 한다. 심지어 '태양 시뮬레이터'를 알람시계로 구입할 수 있다. 태양 시뮬레이터는 기상 시간이 가까워지면 조명이 서서히 밝아지면서 일출을 흉내 낸다.

운동을 해라. 규칙적인 운동은 숙면에 도움이 된다. 하지만 운동 시간을 잘 정해야 하는데, 잠들기 바로 전에 운동을 하면 오히려 잠이 깰 수 있기 때문이다. 경험법칙에 의하면 잠들기 최소 6시간 전에는 운동을 끝내야 수면을 방해하지 않는다.

잠들기 전 피해야 할 것들. 수면을 방해하는 요인들은 다음과 같다.

오후 2시 이후 카페인 섭취. 개인별로 차이는 있지만 카페인이 함유된 음료는 각성제 역할을 하기 때문에 숙면에 방해가 된다. 커피, 차 그리고 탄산음료처럼 카페인 음료가 숙면의 최대 적이지만 초콜릿, 살 빼는 약, 처방전 없이 구입할 수 있는 알레르기 약 및 감기약, 그리고 일부 진통제에도 역시 카페인 성분이 포함되어 있다.

늦은 오후의 낮잠. 너무 늦은 시간에 또는 너무 오랜 시간 낮잠을 자면 밤에 잠들기 어렵다. 낮잠은 오후 3시 이전에 그리고 45분 이상 넘지 않는 것을 목표로 해라.

약물. 대부분의 약물은 수면을 방해한다. 특정 약물을 섭취하고 있고 숙면을 취하는 데 어려움을 겪는다면, 복용하고 있는 약물이 원인이 아닌지 의사와 상의해라.

술: 술을 마시면 졸리는 것은 분명하다. 하지만 술은 밤새 숙면을 취하는 데에는 도움이 되지 않는다. 술은 깊은 단계의 수면으로 진행하는 것을 방해하며 정신건강에 특히 중요한 렘수면에도 방해가 된다.

흡연. 흡연은 건강에 좋지 않을 뿐더러 수면 장애를 유발한다. 흡연자 대부분이 매우 얕은 잠을 자고 밤중이나 이른 새벽에 니코틴 금단 증상으로 종종 잠에서 깬다.

과식, 정제설탕 그리고 잠들기 2시간 이내 음료 마시기. 잠들기 전 과식을 하면 속쓰림, 소화불량과 더부룩함을 유발하여 수면에 방해가 된다. 수면 전 당분을 섭취하면 혈당이 올라가 잠들기 어렵다. 그리고 힘들게 잠이 들었더라도 밤중에 혈당수치가 떨어져 잠에서 깨는데 그러고 나면 다시 잠들기 힘들다. 잠자기 전에 음료를 많이 마시면 밤중에 화장실을 가기 위해 적어도 한 번은 깨기 때문에 숙면에 방해가 된다.

컴퓨터, TV, 비디오 게임 등의 전자 기기. 잠들기 전 사용하는 모든 전자 기기는 두뇌를 오히려 깨울 수 있다. 따라서 잠들기 최소 1시간 전부터는 TV를 포함한 모든 전자 기기 사용을 삼가라.

일. 집으로 일거리를 가져오는 습관이 있다면 잠들기 1~2시간 전에
는 일을 마무리해라. 그래야 긴장을 완화하고 마감일과 다른 업무
관련 스트레스는 잊고 잠들 마음의 준비를 할 수 있다.

잠들기 전 즐기면 좋은 것들. 숙면을 방해하는 요인이 있는 것처럼 숙면
을 유도하는 방법도 있다. '수면의식'을 통해 몸과 두뇌에 잠 잘 시간이라는
신호를 보낼 수 있다.

잠들기 1시간 전에 허브차를 **마셔라.**

욕조에 미지근한 물을 받아 몸을 담그거나 따뜻한 물로 샤워하거나
사우나를 **즐기면** 스트레스를 해소하고 근육을 이완할 수 있어서 숙
면에 도움이 된다.

긴장 완화에 도움이 되는 음악이나 자연의 소리를 **들어라.**

명상을 하거나 깊은 호흡을 반복해라.

책을 **읽어라.** (스릴러나 미스터리처럼 자극적인 내용은 피하는 것이 좋다.)

아로마 테라피를 받아라. 라벤더 향이 특히 심신을 이완하는 데 도
움이 된다.

마사지를 해라. 마사지를 해줄 사람이 없다면 마사지 의자나 리클라이너(등받이와 발판이 조절되는 안락의자: 옮긴이)를 구입해라. 또한 작고 저렴한 마사지 도구를 구입하는 것도 좋다. 두피 마사지 기구, 발 마사지를 위한 풋 롤러, 어깨 등을 지압할 수 있는 지압 기구 등 작고 저렴한 마사지 도구를 구입해라.

일기를 써라. 잠이 쉽게 들지 않는 이유 중 하나는 '해야 할 일'을 머릿속으로 계속 생각하기 때문이다. 일기를 쓰면 생각을 머리에서 쫓아내고 잠에 들 수 있다.

잠이 오지 않을 때. 잠이 오지 않거나 밤중에 깼는데 다시 잠이 들지 않는다면 계속 누워 있지 말고 일어나서 긴장을 완화하거나 잠을 방해하는 요인이 무엇인지 파악하고 제거하는 것이 좋다. 조명은 어두운 상태로 유지한 채로 책을 읽고 일기를 쓰거나 조용한 음악을 들어라.

도움을 청해야 할 때. 며칠째 잠을 제대로 못자고, 매일 밤중에 깨거나, 잠을 잤는데도 피곤하고 개운하지 않다면 수면 장애를 겪고 있다는 증거다. 수면 무호흡, 코골이 등의 수면호흡 장애는 숙면을 방해할 뿐만 아니라 건강상 다른 문제를 야기할 수 있다. 만성적 수면 부족에 시달린다면 수면 전문가와의 상담을 통해 도움을 청해라.

✦ ✦ ✦

타임아웃을 가져라

주먹을 꽉 쥔 채로 이성적 판단을 할 수 있는 사람은 아무도 없다.

– 조지 장 나단 –

당신이 부모라면 '타임아웃' 훈육법에 대해 들어 보았을 것이다. 타임아웃은 아이가 부적절한 행동을 했을 때 아이를 그 상황 또는 대상으로부터 일시적으로 격리시킨 뒤 차분하게 생각할 시간을 주는 훈육방법을 말한다. 당신은 타임아웃이 효과적인 훈육방법이라는 데에 동의할 수도 그렇지 않을 수도 있다. 그것과는 상관없이 당신이 버겁고 힘든 상황에 직면했을 때 타임아웃을 가진다면 생각을 정리하고 상황을 긍정적으로 그리고 이성적으로 판단하는 데 도움이 된다.

화, 분노, 공포, 고통, 슬픔 등의 감정을 일으키는 상황이 발생하면 우리는 감정의 노예가 되기 쉽다. 감정이 격해지면 숲을 보지 못하게 되고 건설적이거나 유용한 대화를 하는 것도 어려워진다. 상대방에게 상처를 주는 말이나 행동을 하고 그 즉시 후회하기도 한다. 그 결과 관계를 망치거나 문제를 더 크게 만들기도 한다. 하지만 타임아웃을 가지고 자신을 상황에서 격리하면 평정심을 되찾고 생산적이고 이성적으로 상황에 대처할 수 있다.

우리는 종종 화를 냄으로써 실제로 느끼는 감정을 감추려고 한다. 화를 내어 슬픔, 고통과 같은 내면의 보다 원초적인 감정을 숨기는 것이다. 하지만 화를 내는 것은 문제를 해결하는 데 전혀 도움이 되지 않는다. 당신의 감정을 상하게 하는 상황이 발생하면, 그 상황에서 스스로를 격리해 당신이 실제로 느끼는 감정이 무엇인지 차분히 파악하는 것이 좋다. 그리고 나면 감정을 배제한 상태로 논리적으로 당신의 기분을 분명하게 설명할 수 있다.

또한 타임아웃은 무고한 제3자가 화를 입지 않도록 한다. 당신이 감정적으로 다룰 수 없거나 감정을 억누를 수밖에 없는 상황이 발생했을 때, 그 일과 전혀 상관없는 사람에게 분풀이를 한 경험이 있을 것이다. 예를 들어 중요한 고객과의 계약이 어그러져서 하루 종일 기분이 좋지 않았다고 하자. 이런 경우 직장에서 감정을 억누르고 있다가 퇴근 후 집에 돌아와서 자녀 또는 배우자에게 불똥이 튀는 경우가 있다. 분명히 당신이 화가 난 원인은 직장에 있었지만 화풀이는 집에서 한 것이다. 감정을 다스리고 분석할 수 있도록 시간을 충분히 가진다면, 애초의 상황과 전혀 관계없는 사람들에게 상처주거나 그들의 기분을 상하게 하는 일이 줄어들 것이다.

결국 타임아웃을 적절하게 사용하여 상황에 감정적으로 대처하는 일을 피하면, 대인관계로 스트레스를 받거나 행복에 부정적인 영향을 주는 일도 없을 것이다.

변화에 이르는 길
감정이 격해지면 타임아웃을 가져라.

타임아웃은 당신 그리고 더 중요하게는 당신의 주변 사람들에게 이득이 된다. 상대적으로 실천하기 쉽긴 하지만 다음의 가이드라인을 숙지한다면 한결 수월해질 것이다.

마음의 소리에 귀 기울여라. 우리는 스트레스를 받거나 힘든 일을 겪을 때에 비로소 자신의 감정에 대해 알게 된다. 결국 내면의 생각에 귀 기울이고 당신의 반응을 주의 깊게 관찰해야 필요한 시점에 적절하게 행동할 수 있다. 통제력을 상실하거나 감정에 압도되는 느낌을 받기 시작할 때가 바로 타임아웃이 필요하다는 신호이다.

충분한 시간을 가져라. 적어도 10~15분은 혼자서 조용히 생각할 시간을 가져라. 상황을 개선하기 위해 당신이 할 수 있는 일이 하나도 없는 상황이라면 충분한 시간을 가지면서 감정을 다스리는데 집중해라. 화를 누그러뜨려야 일을 생산적으로 진행할 수 있음을 기억해라.

타임아웃 시간을 제한해라. 해결책을 마련해야 하는 상황이라면 되도록 짧게 타임아웃을 가지고 빨리 일에 복귀해라. 당신은 시간을 낭비하고 싶지 않을 것이다. 만약 시간을 너무 끌면 그 문제는 끝끝내 미해결로 남거나 최악의 경우 묻힐 가능성도 있다. 타임아웃 시간을 제한해야 적절한 시간 내에 상황에 돌아올 수 있다.

소통해라. 타임아웃을 가지는 이유에 어떤 형태로든 타인이 개입되어 있다면, 그들에게 당신이 감정을 정리할 시간과 공간이 필요하다고 말해라. 이는 상대방에게 당신이 화가 났거나 원초적인 감정을 다스리고 있다는 사실을 전달한다. 그리고 그들에게도 자신의 감정을 돌아보는 시간이 된다. 그 결과 대화 또는 상황에 다시 돌아왔을 때 좀 더 생산적인 방향으로 진행할 수 있다.

기분전환에 도움이 되는 일을 해라. 타임아웃에는 기분을 푸는 데 도움이 되는 활동을 해라. 예를 들어 밖으로 나가 산책을 하면서 신선한 공기를 마시고 머리를 비우면 새로운 시각이 생긴다. 명상을 통해 부정적인 생각, 스트레스 또는 고통을 해소해라. 일기를 쓰면서 자유롭게 생각하고 생각 및 감정과 관련된 표현을 적어 보아라. 또는 친구에게 전화를 걸어서 의견을 구할 수 있다.

뜻을 존중하고 그에 화답해라. 당신과의 대화로 상대방이 화가 난 것이 분명하다면 상호 타임아웃을 가져라. 상대방이 타임아웃의 필요성을 깨닫고 요청할 수도 있다. 이런 경우 그의 뜻을 존중하고 순순히 시간을 주어라. 하지만 그가 타임아웃을 요구하지 않는다면 상호 타임아웃을 가지면서 균형과 평정을 되찾는 것이 좋을 것 같다고 제안해라. 이는 당신이 그를 존중하고 있으며 그가 얼마나 화가 났는지 알고 있다는 메시지를 전달한다. 그뿐만 아니라 그가 감정을 식히고 진정할 수 있는 시간을 줄 수 있다. 결국 보다 이성적이고 생산적인 관점으로 대화에 복귀할 수 있다.

✚ ✚ ✚

평생 학습해라

항상 새로 배울 것이 있고
앞으로도 그럴 것이라는 마음으로 인생을 살아라.

− 버논 하워드 −

학교를 졸업했다고 하더라도 평생 학생으로 남는 것은 정신을 건강하게 유지하는 데 도움이 된다. 인간의 뇌는 놀라운 능력을 가지고 있지만 사용하지 않으면 잃게 된다. 따라서 새로운 지식과 기술을 배워 정신을 예민하게 유지할 필요가 있다.

신체의 다른 기간과는 달리 뇌는 끊임없이 변하는데, 이를 '신경 가소성' 또는 '뇌 가소성'이라고 한다. 인간의 뇌는 특정 부분(예를 들면 기억력과 공간 탐색을 담당하는 중추인 해마)에서 새로운 신경세포를 생성하는 신경형성과정이 평생 동안 이루어진다. 이렇게 생물학적 과정이 지속된다는 것은 뇌의 세포 구조가 물리적으로 변할 수 있음을 의미한다. 즉 새로운 신경경로를 만들어서 인지 기능과 기억력을 향상시키고 노화과정을 멈추게 한다.

런던 택시 기사의 해마 크기가 버스 기사보다 더 큰 것으로 드러났다. 그 이유는 택시 기사는 길을 찾기 위해 머릿속으로 복잡한 길을 재구성하고 기억해야 하는데, 그 과정에서 해마가 끊임없이 자극을 받기 때문이다. 반면 버스 기사는 정해진 노선을 따라서 반복운전만 하면 된다.

지식을 포함해 모든 새로운 것은 우리에게 참신함과 흥분을 안겨준다. 새로운 기술을 습득하고 지식을 배우고 자신에 대해서 새로운 사실을 발견할수록 성취감은 커진다. 자신을 어떤 상황에 가져다 놓고 그 일을 끝까지 완수하는 것만으로도 자부심과 목적의식이 향상되고 한 단계 성장을 이룰 수 있다.

+ + +

변화에 이르는 길
매주 새로운 것을 배워라.

만약 학교로 돌아가는 것이 생각만 해도 끔찍하다면 이번 주의 변화 내용에 안절부절못할 수도 있다. 하지만 절대 그럴 필요 없다. 이번 주에 경험할 학습은 모두 당신 자신 그리고 당신의 관심사에 관한 것이기 때문이다. 자신의 능력에 도전하고 새로운 시도를 하고 싶다고 해서 반드시 시험을 치르고 좋은 성적을 받거나 우등생 명단에 들어야 하는 것은 아니다. 그저 새로운 대상을 즐기고 새로운 생각을 일으키며 새로운 경험을 하는 것만으로 충분하다. 그것만으로도 재미있고 흥미로운 도전을 지속할 수 있기 때문이다. 그리고 완전히 새로운 내용을 배울 필요도 없다. 그저 좋아하는 주제에 관해 하나 또는 두 개의 새로운 사실을 학습하는 것만으로 충분하다.

배우고 싶은 것을 정해라. 흥미가 없는 것을 억지로 배우는 것은 좋지 않다. 배움 자체가 싫어질 수 있기 때문이다. 어디서부터 시작해야 될지 몰라 망설인다면, 방법을 모르는 것은 무엇인지 또는 알고 싶은 내용이지만 모르는 것은 무엇인지 생각해 보아라. 예를 들어 조각품에 대한 관심은 항상 있었지만 조각에 대한 지식이 거의 없다면 미술관에서 개설하는 조각품 관련 역사 수업이나 미술학교에서 제공하는 조각 수업을 들을 수 있다. 또는 친구의 요리 실력에 항상 감탄했다면 요리 수업을 들으면 된다.

숙달이 아닌 성장에 초점을 맞춰라. 배움의 즐거움을 유지하려면 완벽 또는 숙달에 집착해서는 안 된다. 대신에 개인적 성취감과 성장에 집중해라. 특정 목표 또는 최고가 되어야 한다는 생각에 사로잡혀 있을 때보다 과정과 경험 자체를 즐기게 될 것이다. 그리고 무엇인가를 새로 배우는 것이 불편하거나 어색하게 느껴진다면 이는 좋은 징조다! 뇌를 새로운 방식으로 사용하고 있다는 의미이기 때문이다. 초기단계에서 내용을 이해하는 데 어려움을 겪는다고 해도 좌절할 필요 없다. 아이가 처음으로 무언가를 배울 때 인내심을 갖고 지켜봐 주는 것처럼 자신에게도 인내심을 가져라.

넓고 깊게 배워라. 학습에 있어서 넓고 깊게 배우는 것은 나름의 장점이 있다. 현재의 관심사와 현재 잘하는 것이 아닌 새로운 내용을 두루두루 섭렵하면 두뇌에 새로운 시냅스가 넓게 형성된다. 그리고 지루함도 떨칠 수 있다. 이와 동시에 새로운 학습 주제를 깊이 파고들면 보다 심도 있는 지식을 쌓을 수 있다.

계속해서 도전해라. 배움에 있어서 쉽지 않은 대상을 선택하는 것이 중요하다. 예를 들어 당신이 글쓰기에는 타고난 재주가 있지만 시각예술 분야에는 소질이 없다면, 그림 수업이나 사진 워크숍을 들음으로써 뇌의 새로운 부분을 자극할 수 있다.(눈과 손의 협응도 좋아진다.) 이미 능숙한 분야를 선택하려는 충동을 억제해라.

대담해져라. 새로 배우는 대상이 컴포트 존 밖에 있거나 약간 무섭다고 해서 두려워할 필요 없다. 오히려 안전을 추구하는 것보다 훨씬 가치가 있을 것이다. 그렇다고 오로지 의무감에 배움을 지속할 필요는 없다. 배움이 전혀 즐겁지 않다면 뒤도 돌아보지 말고 그만두어라. 다른 한편으로, 도전을 하면 지금까지 몰랐던 자신의 다른 모습을 발견할 수 있다.

다양한 방법으로 학습해라. 텍스트로 읽을 때 학습 효과가 높은 사람이 있는 반면에 시각자료나 그림을 활용할 때 잘 배우는 사람이 있다. 활동을 통해 배울 때 학습 효과가 최고인 사람이 있는 반면에 강의를 들을 때 학습 효과가 높은 사람이 있다. 자신에게 가장 적합한 학습방법이 있다고 하더라도, 다양한 도구와 방식을 사용하면 뇌의 다양한 부분이 학습에 관여하여 학습 내용이 단단하게 뿌리내릴 수 있다. 당신이 비디오를 시청할 때 학습 효과가 가장 뛰어나더라도 텍스트를 읽거나 강의를 듣는 등의 다른 방법을 통한 학습에 도전해 보아라.

계속해서 사용해라. "아끼다 똥 된다"는 속담은 이번 주 변화에 완벽하게 들어맞는다. '가지치기(사용하는 시냅스는 유지되고 사용하지 않는 시냅스는 제거되는 과정)'는 학습한 내용을 계속해서 사용하지 않을 때 일어난다. 새로 받아들인 정보와 새롭게 생성된 시냅스를 유지하려면 배운 내용을 계속해서 연습하고 사용해라.

목록을 작성해라. 당신이 다양한 상황과 대화에 어떻게 반응하는지 살펴보아라. 흥미로운 내용을 발견하거나 호기심이 자극되면 '언젠가 배울 것들' 목록에 적어 두어라. 그리고 새로운 학습 대상을 찾을 때 이 목록을 참고해라.

호기심을 가져라. 크든 작든 새로운 배움의 기회를 호시탐탐 노려라. 삶과 세계에 대한 호기심은 많으면 많을수록 좋다. 정보를 곧이곧대로 받아들이지 말고 깊게 파보아라. 예를 들어 유전자조작식품(GMOs)이 건강에 해롭다는 말을 들으면 무슨 이유 때문인지 깊이 들어가 보아라.

✦✦✦

즐거운 배움의 기회

+ 강좌에 등록해라. 지역사회, 단과대학 그리고 고등학교에서 성인강좌 프로그램을 개설한다. 카탈로그를 구해서 마음이 끌리는 수업에 등록해라.

+ 강의를 들어라. 학교, 병원, 미술관, 극장, 서점 등의 기관에서 지역사회를 위한 강의를 마련한다. 지역 상공회의소와 시민 회관에서 제공하는 명사 초청 강의 일정을 알아보아라.

+ 언어를 배워라. 연구에 따르면 2개국어를 하는 사람의 뇌 구조는 하나의 언어만 하는 사람의 뇌보다 훨씬 많이 변한다. 다국어를 사용하면 창의력, 문제 해결 능력, 분석력 등의 뇌 기능이 향상된다.

+ 시각예술 또는 수공예를 배워라. 수공예 또는 시각적인 작품을 만들어라. 손을 사용해 눈에 보이는 결과물을 만들면 성취감이 든다.

+ 악기를 배워라. 악기를 배우면 뇌가 자극되고 스트레스를 관리하는데도 도움이 된다. 악기를 제대로 배우고 싶다면 사설 학원을 찾아보아라.

+ 신체활동을 배워라. 새로운 운동이나 신체활동을 배우면 뇌의 다양한 부분을 사용하고 뇌를 젊게 유지하는 데 도움이 된다. 예를 들면 눈과 손의 협응력, 주의 집중력 그리고 소근육 운동이 있다.

+ 작은 기회를 찾아라. 과도하게 복잡한 것을 매주 새롭게 배울 필요는 없다. 관심 있는 주제를 인터넷에서 검색해 보는 등의 간단한 활동도 괜찮다.

2분기 체크 사항

주별 변화	실천
1주째. 감정을 글로 표현해라	☐
2주째. 음악을 틀어라	☐
3주째. 크게 입을 벌려 웃어라	☐
4주째. 목표를 설정해라	☐
5주째. 목록을 작성해라	☐
6주째. 한 번에 한 가지 일에 전념해라	☐
7주째. 남과 비교하지 마라	☐
8주째. 명상을 해라	☐
9주째. 선택을 두려워하지 마라	☐
10주째. 녹차를 마셔라	☐
11주째. 타인의 장점을 발견해라	☐
12주째. 책 읽는 즐거움을 만끽해라	☐
13주째. 휴식 시간을 가져라	☐
14주째. 내면의 비판적 목소리를 잠재워라	☐
15주째. 컴포트 존을 벗어나라	☐
16주째. 몸을 움직여라	☐
17주째. 감사의 기도를 해라	☐
18주째. 가치 있는 경험을 해라	☐
19주째. 고요함을 추구해라	☐
20주째. 의견을 말해라	☐
21주째. 시간제한을 두고 일을 해라	☐
22주째. 충분한 영양을 섭취해라	☐
23주째. 마음을 열어라	☐
24주째. 숙면을 취해라	☐
25주째. 타임아웃을 가져라	☐
26주째. 평생 학습해라	☐

스크린 타임을 최소화해라

하루 24시간 일을 한다고 해서 최고의 성과를 내는 것은 아니다.
기술이 무너뜨린 경계선을 다시 세워라.

– 하버드 의대 의학박사 에드워드 할로웰 –

얼마 전까지만 해도 우리의 정신을 멍하게 만들고 사회에서 분리시키는 전자 기기의 주범은 TV였다. 하지만 최근 들어 우리는 컴퓨터, 스마트폰, 태블릿 PC, TV 등 그야말로 전자 기기에 파묻혀 산다고 해도 과언이 아니다. 업무상 모바일 기기와 컴퓨터를 사용하는 사람들이 많아지면서 스크린 타임이 생활 깊숙이 파고 들어왔다. 그런데 스크린 과부하는 정신건강에 심각한 타격을 입힌다.

짧은 시간 동안 TV를 시청하고, 유투브에서 몇 개의 동영상을 보거나, 몇 분간 인터넷을 검색하는 것은 휴식을 취하는데 도움이 된다. 하지만 문제는 "좋은 것을 너무 과하게 이용"하는 것이다. 미디어를 짧게 이용하면 기분 전환에 도움이 되지만 스크린 타임이 일정 시간 이상으로 길어지면 장기적으로 부정적인 영향을 준다.

TV 시청, 비디오 게임 등의 과도한 스크린 타임은 주의지속시간, 집중력, 그리고 인지 기능을 떨어뜨린다. 아이오와 주립 대학에서 초등학생과 대학생을 대상으로 진행한 연구에 따르면, 매일 2시간 이상 TV를 시청하거나 비디오 게임을 한 실험 참가자들의 경우 주의집중 문제가 발생할 가능성이 1.5~2배 높았다. 그리고 어릴 때 미디어에 노출될수록 문제도 더 이른 시기에 발생하는 것으로 드러났다.

예테보리 대학의 사라 토메 교수에 따르면, 컴퓨터와 모바일 기기를 지속적으로 사용하면 스트레스가 쌓이고 수면 장애와 우울증이 발생한다. 특히 오늘날 모바일 기기가 도처에 널려 있기 때문에 모바일 기기를 사용하지 않고 시간을 보내기란 거의 불가능하다. 우리는 끊임없이 모바일 기기에 접속되어 있고, 이런 자극은 휴식부족으로 인한 스트레스를 유발한다. 심지어 휴식을 취하려고 해도 모바일 기기가 끊임없이 방해를 하면서 '연결'되게 만든다.

우리는 기술이 사람들을 연결한다고 느끼지만 실제로는 사회적 상호관계의 질을 떨어뜨리는 역할을 한다. 다시 말해 전자 기기를 사용함으로써 의미 있고 가치 있는 활동에 사용하는 시간이 크게 줄었다는 의미이다. 좋아하는 일을 하고 도전을 하거나 직접적으로 사람을 만나는 시간이 줄어들수록, 우울증에 걸릴 확률은 커진다. 메릴랜드 대학의 연구에 따르면, 불행한 사람일수록 TV를 보는 반면에 스스로를 "매우 행복하다"라고 묘사한 사람일수록 책을 읽고 사람들과 어울리는 데 시간을 더 많이 사용한다. 이 연구의 공공저자인 존 P. 로빈슨 박사는 "실제로 사람들은 사회활동을 하거나 신문을 읽으면 장기간에 걸쳐서 만족감을 느끼지만 TV는 그렇지 않다."

고 밝힌다.

+ + +

변화에 이르는 길
스크린 다이어트를 해라.

우리는 개인용과 업무용을 번갈아 가면서 하루 종일 스크린 형태의 기기 앞에서 시간을 보낸다. 균형을 유지하려면 불필요한 스크린 타임을 줄이는 것이 중요하다.

노출을 줄여라. 실제로 스크린 앞에서 보내는 시간을 깨닫고 나면 대부분이 충격을 받는다. 이마케터에서 실시한 설문조사 결과, 미국인들은 평균적으로 하루에 약 10시간, 한 달에 270시간을 온라인, 모바일 기기 그리고 TV 앞에서 보낸다. 그중에서도 특히 TV 시청에 4시간 30분을 소요하는 것으로 드러났다. 이 시간을 친구, 가족, 그리고 반려동물과 함께 보내거나 취미, 운동, 독서 또는 학습 등의 보다 생산적인 일에 쓴다면 삶의 질이 향상될 것이다.

인식해라. 이번 주의 변화를 이끌어내는 첫 단계는 하루 동안의 스크린 타임을 인식하는 것이다. 제3부의 '미디어 품목 계획표'를 활용해서 업무용과 개인용으로의 전자 기기별 사용 시간을 적어라. 시간을 다 적고 나면 기기별 총 사용 시간을 기록하고 그 다음으로 하루 동안 모든 기기에 사용하는 총 시간도 적어라.

시간을 제한해라. 우리는 일주일에 몇 시간을 그저 시간을 때우는 활동으로 허비한다. 일주일에 스크린 타임을 얼마나 줄이고 싶은지 목표를 정해라. 예를 들어 하루에 4시간, 일주일에 28시간을 TV를 보는 데 쓴다고 가정하자. 이 경우 TV 시청 시간을 50% 줄여서 하루에 2시간 이내, 일주일에 14시간 이내로 줄이는 것을 목표로 할 수 있다. 또는 하루에 1시간을 페이스북에 쓴다면 50% 줄여서 하루에 30분으로 제한하는 목표를 설정할 수 있다. 목표 수치를 계획표 마지막에 있는 '목표'칸에 적어라.

실행해라. 매일 스크린 타임 총계를 계산하고 목표 수치를 달성하기 위해 계속해서 노력해라. 만약 오늘 스크린 타임이 최고치를 넘었다면 내일은 스크린 앞에서 더 적은 시간을 보내도록 노력해라.

스크린 구역에서 벗어나라. 전자 기기로부터 벗어날 수 있는 상황을 스스로 만들어라. 예를 들어 스마트폰을 집에 두고 산책을 가라. 전자 기기의 전원을 반드시 꺼야 하는 강의를 들어라. 전자 기기의 신호가 잡히지 않거나 수신이 되지 않는 장소로 가라.

함께 할 때는 전원을 꺼두어라. 다른 사람들과 함께 있을 때는 반드시 모든 기기의 전원을 꺼두어라. 당신이 전념하고 있다는 사실에 그는 감사할 것이다. 그리고 당신도 집중함으로써 그 사람과의 시간에서 더 많은 것을 얻을 수 있으므로 보람 있고 만족스러운 시간을 보내게 된다.

가정에 '전자 기기 금지 구역'을 만들어라. 가정에서 특정 장소를 '스크린 금지 구역'으로 지정해라. 특히 침실이 여기에 해당되는데, 적어도 잠들기 1시간 전에는 모든 기기 사용을 중단하는 것이 좋기 때문이다. 24주차에서 잠에 대해 설명했듯이 침실에서 기기를 사용하는 것은 정신을 각성시키기 때문에 잠이 드는 데 방해가 된다.

한 번에 하나의 기기만 사용해라. 미국 인터넷 광고 협의회의 멀티태스킹 관련 조사에서, 대다수의 사람들이 TV를 시청하면서 다른 기기를 사용하는 것으로 드러났다. 응답자 중 63%가 TV를 보면서 적어도 몇 분 동안은 1개의 다른 기기를 사용한다고 답했으며, 15%는 1개 이상을 사용한다고 대답했다. 한 번에 한 개의 스크린만 사용하도록 해라. 그리고 스마트폰, 태블릿 PC, 노트북 등 다양한 종류를 가지고 있다면 분명 기능이 중첩되는 기기가 있을 것이다. 이 경우 더 많은 기능을 가진 전자 기기만 놓아두는 식으로 전체 숫자를 줄여라. 보유한 스크린의 수가 적을수록 스크린 앞에서의 시간을 줄이기가 쉽다.

디지털 기기는 잊고 직접 체험해라. 가능하다면 기술의 도움 없이 직접 체험하는 것을 선택해라. TV나 영화를 보는 대신에 연극 또는 콘서트 등의 라이브 공연을 보러 가라. 비디오 게임 대신에 보드 게임 또는 레이저 태그(laser tag: 레이저 총을 사용해 상대를 맞히는 게임: 옮긴이)나 페인트볼(서로에게

페인트가 든 탄환을 쏘는 게임: 옮긴이)처럼 몸을 움직이는 게임을 해라. 온라인 쇼핑 대신에 직접 쇼핑을 하러 가라. 그리고 문자 대신에 사랑하는 사람에게 직접 전화를 걸거나, 더 좋은 것은, 직접 만나서 데이트를 해라.

가족 및 친구와 시간을 보내라. 일주일에 하루는 전자 기기를 사용하지 않는 밤을 정해서 가족(또는 룸메이트)과 함께 시간을 보내라. 스크린에서 눈을 돌릴 수 있을 뿐만 아니라 전자 기기의 방해를 받지 않고 귀중한 시간을 보낼 수 있다.

활동적인 스크린 타임을 가져라. (굵게) 스크린 타임을 생산적으로 보내는 최상의 방법은 주의력 또는 집중력이 크게 필요하지 않은 활동을 함께 하는 것이다. TV를 볼 때 의자나 소파에 가만히 앉아 있지 말고 스트레칭이나 요가를 해라. 또는 유산소 운동을 하면서 뉴스나 좋아하는 프로를 시청해라. 집 청소를 하거나 빨래를 하는 것도 스크린 타임을 생산적으로 만드는 방법이다.

이용하는 서비스를 줄여라. 케이블 가입을 끊고, 문자와 데이터 요금제를 현재보다 낮은 단계로 바꾸고, 인터넷 사용을 제한해라. 인기 있는 TV 프로는 실시간 재생 사이트에서 볼 수 있다. 실시간 재생 사이트에서 보고 싶은 TV 프로그램만 선별해서 보면 할 일 없이 TV를 켜놓는 시간을 줄일 수 있다. 데이터 요금제 가격을 낮추면 문자를 얼마나 보냈는지 그리고 모바일 기기에서 인터넷을 얼마나 사용했는지 생각하면서 사용하게 된다.

소셜미디어 플랫폼을 최소화해라. 과도한 스크린 타임의 주범은 소셜 미디어 플랫폼에 할애하는 시간이 많기 때문이다. 소셜미디어 플랫폼에 쏟는 시간은 대부분이 낭비일 뿐만 아니라 모든 전자 기기에서 접속 가능하기 때문에 자연스레 멀티태스킹으로 이어진다. 현재 3개 이상의 소셜미디어 플랫폼을 사용하고 있다면 1~2개로 줄여라.

스크린 앞에서 보내는 시간이 줄면 스크린 중독성과 의존성도 줄어든다. 그 시간을 좋아하는 일, 친구 및 가족과의 시간 또는 새로운 취미 활동으로 채워라. 이것이 인생을 제대로 사는 방법 아니겠는가!

자신에게 충분히 보상해라

자신의 삶을 칭찬하고 축하할수록
삶에서 축하할 일이 더 많이 생긴다.

– 오프라 윈프리 –

대부분의 사람들은 일을 마무리하고 목표를 달성하는 데에만 집중한 나머지 한 발 뒤로 물러서서 그동안 성취한 일들을 축하하는 것을 잊어버린다. 이들은 안타깝게도 성취감을 느끼지 못하고 미래에 목표 달성을 위한 동기가 부여되지 않는다. 자기보상은 기분 좋은 일이다. 그리고 목적이 분명하다. 즉 그동안의 노고를 스스로 인정하면서 앞으로 맡을 힘든 일에 대해 동기를 부여하는 것이다.

이미 논의했듯이, 목표를 설정하는 것은 행복에 있어서 매우 중요하다. 그러다 보니 우리는 끊임없이 이어지는 목표 설정의 희생양이 되기 쉽다. 하나의 목표를 달성하자마자 또 다른 목표를 향해 돌진하는 것이다. 그런데 우리가 미래에만 초점을 맞추면 현재의 자리에 도달하기 위해 그동안 기울였던 노력에 대해서는 잊기 쉽다. 그 결과 성취감과 함께 수반되는 행복을 느끼지 못한다.

당신이 유난히 어려웠던 일을 마무리한 것에 대해 스스로에게 보상을 하면, 앞으로도 계속해서 성공을 하고 싶다는 열정이 생긴다. 과거에 성공적으로 일을 완수했고 그에 대한 보상을 받았기 때문에 새로운 도전에 대한 보상이 마땅히 뒤따를 것이라고 상상하기 때문이다.

자기보상이 많이 이루어질수록 당신은 어려운 일을 기분 좋은 성취감과 연결시킨다. 그리고 체중 15kg 감량 또는 금연처럼 장기적인 목표에 대한 보상은 목표를 달성하기 위해 헌신하는 것을 가치 있는 일로 만든다.

자기보상은 일의 능률을 높인다. 우리가 다른 사람으로부터 사랑받고 가치를 제대로 인정받으면 옥시토신이라는 호르몬이 분비되는데, 옥시토신은 업무 성과를 향상시키고 신뢰할 만한 사람으로 만든다.

직업적 영역에서든 개인적 영역에서든 새로운 도전을 칭찬해 줄 사람이 주변에 아무도 없는 상황에서는 자기보상이 더욱 중요하다. 전념과 헌신을 다해 열심히 일을 했는데 그 노력을 알아주는 사람이 없다면, 스트레스가 쌓이고 행복에 부정적인 영향을 줄 수 있을 뿐만 아니라 궁극적으로는 생산성과 성과에 큰 타격을 준다. 그리고 당장 해야 할 일이 창고를 청소하는 일이든 직장에서 연말 보고서를 마무리하는 일이든, 힘들게 노력한 일이 인정을 받지 못하면 자긍심이 훼손된다. 하지만 당신이 성취한 업적에 대해 자기보상을 하면 기분이 좋아지기 때문에 자신감이 향상되고 행복이 커진다.

✦ ✦ ✦

변화에 이르는 길
공적을 치하하고 완수한 일에 대해 보상해라.

자기보상이 낯설게 느껴진다면 다음을 참고해라.

지난 일로 시작해라. 당신이 실제로 성취한 일을 인정하는 것이 업적을 치하하는 첫 단계이다. 제3부의 '업적 치하와 보상 계획표'를 활용해서 당신이 자랑스럽게 생각하는 주요 업적을 5가지를 적어라. 그리고 그 일을 성공적으로 마무리하기 위해서 어떤 노력을 기울였는지 문장으로 적어라. 마지막으로 이러한 업적을 생각할 때 느끼는 감정을 3가지만 적어라. 일을 마무리하거나 목표를 달성하는 과정에서 기분이 울적해지거나 의욕이 상실될 때면 주요 업적에 관해 적은 내용을 보고 다시 힘을 낼 수 있다.

적절한 보상을 해라. 과다보상 또는 과소보상도 하지 않도록 유념해라. 누군가가 당신을 끊임없이 칭찬한다면 그 칭찬이 가식적으로 들리거나 심지어 당신을 깔보는 듯한 느낌을 받을 것이다. 반면에 업적에 대해 결코 보상을 받지 못하거나 보상을 받았지만 너무 사소한 경우에도 그 역시 만족스럽지 않을 것이다. 따라서 업적에 대해 적절한 보상을 하는 것이 중요하다. 예를 들어 프로젝트에 투입되어 몇 달간 개인생활을 모두 포기하고 일에만 매진했다면, 프로젝트가 끝난 후 친구들과 하룻밤 신나게 놀거나 주말에 짧은 여행을 가는 등 다시 찾은 자유의 시간을 마음껏 만끽할 수 있다. 반면에 직장에서 그날의 업무를 정시에 마무리하고 잠깐의 여유가 있다면, 잠시 휴식을 취하고 책을 읽거나, 동료와 수다를 떨거나, 카페에서 간식을 먹을 수 있다.

중간단계에서 보상해라. 규모가 크거나 장기적인 프로젝트에 투입된 경우라면 일을 진행하는 과정에서 보상이 필요하다. 마지막 종착점까지 기다리다 보면 동기가 부여되지 않을 수 있다. 최악의 경우 중도에 포기할 수도 있다. 거대한 목표를 중요한 시점들을 기준으로 작은 단위로 나눠라. 각각의 작은 목표를 달성할 때마다 그에 합당한 보상을 해라. 예를 들어 소설을 집필 중이라면 한 장을 끝낼 때마다 보상을 하면 된다.

사람들과 함께 보상해라. 목표를 달성하는 데 유달리 힘이 들었다면, 다른 사람들과 함께 축하하는 자리를 마련함으로써 자신에게 보상을 해줘라. 개인적 목표를 달성했다면 친구, 가족 등 사랑하는 사람들을 초대해라. 만약 직업적 목표를 성취했다면 가까운 동료를 초대해서 즐거운 시간을 보내라. 다른 사람들과 함께 축하하면 혼자서 축하할 때보다 보상의 영향력이 훨씬 커진다. 또한 업적 자체에 대한 가치와 의미가 강화된다.

목적을 가지고 보상해라. 노력에 대한 보상이 의미가 있으려면 실제로 당신에게 가치 있는 보상이 주어져야 한다! 당신의 관심을 전혀 끌지 못하는 보상을 선택한다면 그 보상은 의미를 잃는다. 업무 또는 목표를 마무리하도록 동기를 유발하지 못할 뿐만 아니라 일을 마무리했다고 해도 업적에 대해 전혀 기쁘거나 흥분되지 않을 것이다. 당신이 진심으로 원하는 것으로 보상을 해라. 경험하고 싶거나 갖고 싶은 것이어서 마침내 보상을 받았을 때 뛸 듯이 기뻐야 한다.

본질적인 보상을 해라. 칭찬과 인정은 동기를 유발한다. 실제로 직장인을 대상으로 조사했을 때, 업무 효율성과 직원 만족도라는 측면에서 보면 칭찬과 인정이 물질적인 보상보다 훨씬 효과적인 것으로 나타났다. 직장에서의 비물질적 보상에는 직속상사의 칭찬, 리더의 관심 또는 탐나는 프로젝트에 투입되는 기회 등이 있다. 당신이 자신에게 줄 수 있는 비물질적인 보상은 당신이 느끼는 자부심 또는 당신의 업적에 대한 존경심을 스스로 표현하는 것이다. 자신에게 소리 내어 말로 표현하거나 일기에 적거나 당신의 감정을 사랑하는 사람 또는 친구와 공유할 수 있다. 성취한 일에 대해 느끼는 만족과 흥분을 표현하면 업적이 실제 현실이 되고 자긍심도 향상된다.

기다려라. 특히 힘든 업무를 마무리했거나 대단한 일을 성취했다면 다음의 목표나 업무로 넘어가기 전에 성공의 영광을 마음껏 누릴 수 있는 시간을 가져라. 업적에 대해 충분히 기뻐하고 즐길 수 있을 뿐만 아니라 휴식을 통해 극도의 피로감과 스트레스를 다스린 뒤 최상의 컨디션으로 다음 프로젝트 또는 목표로 옮겨갈 수 있다.

보상을 기록해라. 성취한 일들과 각각에 대한 보상을 기록하면 업적을 삶의 가장 중심에 놓을 수 있다. 또한 보상을 기록하면 목표를 달성함으로써 받은 혜택을 상기시키면서 힘을 낼 수 있다. 목표를 향해 노력하는 과정에서 좌절하거나 의욕이 상실될 때면 과거에 이루었던 일(그리고 기울였던 노력)을 들추어 보아라. 동기부여가 될 것이다.

+ + +

새로운 경험에 마음을 열어라

일단 '예스(Yes)'를 해라. 그러면 방법은 찾아지기 마련이다.

– 티나 페이 –

우리는 다양한 이유로 '노(No)'라고 말한다. 미지의 분야를 두려워하고, 컴포트 존에 안주하고 싶거나 통제력을 잃고 싶지 않기 때문이다. '노'라고 말하는 것이 삶에서 중요한 역할(경계선 확립, 우선순위 설정, 시간관리)을 하지만 너무 많이 사용하면 행복의 기회가 줄어든다. 이번 주의 변화는 간단하다. 삶에서 더 많은 '예스'를 통해 새로운 경험을 몸과 마음으로 받아들이는 것이다.

물론 과도한 '예스'는 또 다른 문제를 야기할 수 있다. 하지만 '예스'를 충분히 하지 않으면 우리는 다람쥐 쳇바퀴 도는 생활에 빠져 우울해질 것이다. 새로운 경험을 받아들일수록 지루함을 떨쳐낼 수 있다. '노'는 놀라운 경험을 할 수 있는 기회를 차단한다. 하지만 '예스'는 마음의 문을 활짝 열고 새롭고 흥분되는 경험을 받아들이기 때문에 의미 있고 흥미진진한 삶을 살 수 있다.

윈스턴세일럼 주립대학 교수 리치 워커 박사는 짧게는 3개월에서 길게는 4년간 지속된 경험에 관해 적은 3만 개의 사건 기억과 약 500개의 수첩을 조사했다. 그 결과 경험이 풍부한 사람들은 긍정적인 감정을 보유하고 부정적인 감정은 최소화하는 것으로 드러났다.

'예스'를 하면 자신감도 향상된다. 컴포트 존에서 걸어 나와 긍정적인 경험을 하고 나면, 새로운 경험에 대한 자신감이 생긴다. 그리고 새로운 경험은 우리를 성장하게 한다. 열린 관점을 유지하고 두뇌를 자극한 결과 신경 경로가 활발하게 생성된다. 새로운 경험을 계기로 새로운 취미 활동 또는 심지어 직업을 갖게 될 수도 있다.

마지막으로 새로운 경험에 대한 '예스'는 사회적 혜택이 있다. 경험은 일반적으로 사람들과 함께하기 때문에 새로운 인간관계를 맺을 수 있는 기회이다. 모르는 사람과 함께 경험을 공유하면 새로운 친구를 사귀고 유대관계를 맺을 수 있다.

+ + +

변화에 이르는 길
새로운 경험을 두려워하지 마라.

생각할 시간을 가져라. 새로운 기회에 대해 자동반사적으로 '노'라고 말하기 전에 잠시 멈추고 생각할 시간을 가져라. 그런 뒤 확답을 해도 늦지 않다. 최소한 고민을 해보는 것만으로도 새로운 경험에 대해 좀 더 긍정적이고 열린 마음을 가질 수 있다.

 '노'라는 것이 자동반사적인 반응으로 느껴진다면 '노'의 근원을 명확히 파악해라. 두려움 때문인가? 과거의 경험이 판단력을 흐리는가? 새로운 기회를 시도하려면 추가적인 노력이 필요한가? 아니면 당신을 불편하게 만드는가? 새로운 경험을 하지 못하게 막는 이유를 곰곰이 생각하다 보면 합리적인 이유가 하나도 없다는 사실을 깨달을 것이다. 새로운 경험이 해를 끼치지 않는 이상(신체적, 정신적, 재정적 또는 정서적으로) 당신이 말하는 이유는 그저 핑계에 불과하다. '노'를 하는데 합당한 이유가 있는지 일단 파악하고 나면, '노'를 '예스'로 바꿀 수 있다. "나는 할 수 없어.", "내 역량 밖의 일이야."라고 말하는 대신에 "할 수 있어.", "시도해 볼게."라고 말해라. 불가능한 일이라는 생각이 들면 '가능해질 수 있는' 방법을 생각해라. "하면 된다."의 긍정적 태도는 새로운 시도를 주저하게 만드는 선입견과 부정적인 생각을 떨쳐낸다.

 '예스'를 하는 것이 어렵다면 목표에 새로운 경험을 접목시켜 보아라. 삶에 얼마나 도움이 될 것인가? 예를 들어 당신이 이직 과정에 있다고 하자. 이때 파티 초대에 '예스'를 하면 당신이 관심 있는 업계의 사람을 만날 기회가 될 수도 있다.

 어떤 제안에 확신이 들지 않거나 '예스'하는 것이 꺼림칙하다면 친구와 어울리면서 상의해라. 친구로부터 지지와 용기를 얻을 뿐만 아니라 경험을 공유함으로써 우정도 돈독해진다.

다른 사람을 위해 '예스'해라. 당신이 사랑하는 사람을 위한 결정을 내린다면 그들을 위해 '예스'를 해라. 당신이 부모이고 자녀가 교환학생 프로그램에 선발되었다고 하자. 그런데 당신은 자녀가 너무 보고 싶을 것 같아서 해외로 보내고 싶지 않을 수 있다. 그렇다고 해도 자녀를 위해 '예스'라고 답해라.(자녀의 안전이 보장된다는 전제하에서.) 다른 사람이 새로운 경험을 할 수 있는 기회를 주면 그들은 성장하고 더 풍부한 인생을 살 수 있다.

잡음을 차단해라. '노'라고 하는 것이 당신의 반응이 아니라 다른 누군가의 견해인 경우가 있다. 당신 주변에 실패할까 봐 몸을 사리고 여기서 한 발 더 나아가 두려움을 당신에게 전염시키는 사람이 있다면, 이들의 영향으로 새로운 경험에 대한 판단이 흐려질 수 있다. 가능하다면 다른 사람의 부정적 견해 또는 태도를 차단하고 당신의 관심사와 생각에 집중해라.

작은 것부터 시작해라. 당신이 일반적으로 '노'를 말하는 대상 중에서 작은 것부터 '예스'하는 연습을 해라. 예를 들어 친구가 함께 술을 마시자고 제안했는데 집에서 쉬고 싶더라도 '예스'라고 말해라. 또는 한 번도 에티오피아 음식을 먹어본 적이 없는데 배우자가 시도해 보고 싶다면 '예스'라고 해라. 일단 작은 것에 '예스'하는 것이 편해지면, 직장에서 아직 역량이 부족하다고 생각하는 업무를 맡는 등의 큰 경험에도 편안하게 '예스'하게 된다.

하루는 무조건 '예스맨'이 되어라. 특정 하루를 정해서 그날은 '예스'만 해보아라. 그날 직면하는 모든 일에(당신의 안전이 보장된다는 전제하에) '예스'라고 말해라. 하루가 끝난 뒤 느낌을 적어 보아라. 평소보다 살아 있다고 느꼈나? 더 행복한 하루였나? 겁이 났는가? 강해졌다고 느끼는가? 자신감이 커졌는가? 놀랄 만한 일이 있었나? 이 과정을 규칙적으로 시도해라. '예스'를 더 자주 할수록 무섭게 느껴지는 일에도 '예스'하기 쉬워진다. 당신이 '예스'의 결과를 즐길수록 앞으로 더 자주 '예스'라고 할 것이다.

✛ ✛ ✛

마사지를 받아라

우리의 몸은 소중하다. 몸은 깨달음을 위한 수단이다.
그러니 소중히 다루어라.

– 붓다 –

이번 주의 변화는 전혀 변화처럼 느껴지지 않을 수 있다. 재미있고 쉬우면서 지극히 만족스럽기 때문이다. 이번 주 변화를 한마디로 말하면, '마사지를 받아라.'이다.

마사지는 사치스럽고 쾌락을 목적으로 하지만 실제로는 신체적 그리고 정신적으로 많은 혜택을 준다. 마사지는 스트레스 및 긴장 해소, 혈압 안정, 눈의 피로 해소, 두통 및 통증 완화에 효과가 있다. 또한 마사지는 수면 패턴과 호흡을 개선하고 긴장을 완화하며 몸과 마음을 연결한다. 일반적인 사람들도 마사지를 받으면 좋지만 마사지는 스트레스가 심한 사람들에게 특히 효과가 있다. 임신부에게 주 2회, 하루 20분씩 총 5주간 마사지 치료를 실시했더니 불안 감소, 기분 향상, 숙면, 요통 감소의 효과가 나타났다.

그리고 행복 호르몬인 도파민의 수치가 25% 증가했다.

마사지는 스트레스를 완화하는 데 효과적인 이유가 있다. 연구에 따르면 마사지 치료는 스트레스 호르몬인 코르티솔 수치를 평균적으로 31% 떨어뜨리는 반면, 도파민 수치는 평균 31% 그리고 세로토닌 수치는 평균 28% 향상시킨다. 도파민과 세로토닌 모두 기분과 관련된 신경전달 물질이다.

또한 마사지는 수면 패턴에도 영향을 준다. 단 몇 분 동안의 마사지도 수면에 충분히 도움이 된다. '전체론적 간호학 저널'에 발표된 예비연구에서 3분 동안 등마사지를 받은 실험 참가자들이 마사지를 전혀 받지 않은 사람들에 비해 수면 시간이 30분이나 더 긴 것으로 드러났다.

두통 및 편두통에 시달리는 사람들에게도 마사지는 효과가 있다, 2006년 편두통 환자들에게 13주간 마사지 프로그램을 받도록 했다. 그 결과 통제군과 비교했을 때 마사지를 받은 실험 참가자들의 경우 편두통 발생 빈도가 줄었고 수면의 질도 향상됐다.

+ + +

변화에 이르는 길
종종 마사지를 즐겨라.

마사지를 주기적으로 즐길 수 있는 방법이 많다. 그런데 마사지의 장점을 누리기 위해 반드시 매주 한 번씩 받아야 하는 것은 아니다.

몸이 하는 말에 귀 기울여라. 사람마다 근육이 뭉쳐 있는 신체 부위가 다르다. 스트레스로 목과 어깨가 뻣뻣해지는 사람이 있고 등 아래 부분에 통증을 호소하는 사람도 있다. 전신 마사지를 받는 것이 좋지만, 근육이 뭉쳐서 가장 뻣뻣한 부분에 집중적으로 마사지를 받는 것이 가장 효과적이다. 몸의 상태를 예의주시하면서 긴장이 가장 높은 부분이 어디인지 파악하고 마사지 치료사(또는 마사지 파트너)에게 알려주어라.

10분 마사지를 받아라. 1~2시간 동안 마사지를 받는 것이 이상적이지만 짧은 시간으로도 충분히 혜택을 받을 수 있다. 심지어 단 10분 마사지를 받는 것도 효과가 있다. 배우자 또는 친구에게 발 마사지를 부탁하거나 쇼핑몰에 갈 때면 안마 의자에 잠시 앉아서 마사지를 받아라. 그리고 욕실에 마사지 샤워기를 설치하면 잠들기 전 숙면에 도움이 되는 기분 좋은 마사지를 즐길 수 있다.

실험해라. 마사지 종류는 다양하다. 여러 종류의 마사지를 실험해 보고 당신에게 가장 기분 좋은 마사지는 무엇인지 그리고 긴장 완화에 가장 효과적인 마사지는 어떤 것인지 파악해라. 아래의 표는 모든 마사지 종류를 포함하지는 않지만 가장 일반적인 형태를 보여준다.

마사지 종류

마사지 종류	설명
아로마테라피 마사지	식물에서 유래하는 방향성분(정유)을 이용하는 마사지로 스웨덴식 마사지와 지압마사지가 혼합된 형태이다. 정유의 향을 코로 들이마시면 심장박동 수, 스트레스, 혈압, 호흡, 기억력, 소화 그리고 면역체계에 도움을 준다.
아시아츠 마사지	발, 무릎, 팔꿈치, 손바닥 그리고 손가락을 이용해 압력을 가한다. 스트레칭과 지압점을 눌러줌으로써 근육, 내부 장기, 뼈에 압을 가해 뒤틀린 부분이 제자리를 찾도록 한다.
두개천골요법	두개골에서 천골에 이르기까지 손끝으로 미세한 압력을 가해서 두개천골 시스템(뇌와 척수를 보호하는 막, 유체 및 연결되어 있는 뼈)의 긴장을 이완한다.
근육 심부조직 마사지	만성적인 근육통증과 경직을 완화하기 위해 근육과 결합조직을 마사지해서 풀어 준다. 스웨덴식 마사지를 바탕으로 하지만 손의 움직임과 압력이 일반적으로 느리고 강력하며 국소 부위를 집중적으로 마사지한다.
온열 돌 마사지	스웨덴식 마사지의 터치 기법을 사용하면서 뜨겁게 달구어진 부드러운 돌을 사용해 깊은 부위의 근육을 이완한다. 돌을 척추를 따라가면서 특정 부위에 올려놓거나 손바닥 또는 발가락 사이에 얹어 둔다.
림프흡수 마사지	부드럽고 천천히 약한 압력을 사용해 림프 부족액을 흡수 및 이동시켜서 림프계의 독소를 제거한다. 신체 특정 부위의 림프액 저류를 줄이고 알레르기, 두통, 축농증, 에너지 감소, 감염 등의 치료에 효과가 있다.

근막 이완법	스트레칭 기술과 다양한 압력을 이용해서 근육, 장기 그리고 뼈를 둘러싼 결합 조직을 이완한다. 혼자서도 할 수 있지만 전문 치료사들에 의해 행해진다.
반사 생리 마사지 (Reflexology)	발, 손 또는 귀의 특정 부위를 지압하는 것으로 특정 지압점이 신체의 특정 장기와 연계되어 있다는 치료 철학을 바탕으로 한다.
지압 마사지	'시아추'라고도 하는데, '시'는 손가락을 그리고 '아추'는 압력을 의미한다. 시아추는 신체의 본래의 균형을 되찾는 것을 주된 목적으로 한다. 기의 흐름이 원활해지도록 몸 전체에 퍼져 있는 300개 이상의 기혈을 눌러준다.
스포츠 마사지	프로 스포츠 선수 또는 훈련 프로그램으로 규칙적으로 스포츠를 하는 사람들을 대상으로 한다. 주로 운동 경기 전·후 그리고 경기 중에 이루어진다. 다양한 형태의 마사지 요법이 이루어지지만 지압 마사지와 스웨덴식 마사지가 가장 일반적이다.
스웨덴식 마사지	가장 일반적인 형태의 마사지로 중간 정도의 압력을 사용한다. 진동, 가볍게 두드리기, 주무르기, 세게 치기 등을 통해 근육을 이완하고 순환계의 혈액순환을 돕는다.
타이 마사지	타이 마사지 또는 타이 요가 마사지는 다른 고전적 형태의 마사지에 비해 활기차고 엄격하다. 옷을 입은 채로 마사지를 받는 것이 특징이다. 마사지 치료사는 자신의 손, 무릎, 다리 그리고 발을 이용해서 마사지 받는 사람의 몸을 요가와 비슷한 동작으로 늘린다.

압력이 중요하다. 적당한 압력을 가하는 마사지가 가장 효과적이다. 2012년 53명의 성인을 대상으로 5주 마사지 코스를 실시했다. 이때 29명은 적당한 압력을 사용하는 스웨덴식 마사지를 받았고 나머지 24명은 가벼운 터치를 하는 마사지를 받았다. 그 결과 가벼운 터치를 받은 사람들에 비해 스웨덴식 마사지를 받은 참가자들은 코르티솔(스트레스 호르몬) 수치가 감소하고 옥시토신(신뢰 호르몬) 수치와 백혈구 수치가 늘었다. 앞으로 마사지를 할 때나 받을 때면 적당한 압력이 필요하다는 사실을 기억해라.

상호 간에 이득이다

마사지를 받는 것은 기분 좋은 경험이다. 그런데 연구에 따르면 마사지를 하는 것 역시 장점이 많다. 2012년 보완대체의학 저널에 발표된 논문은 마사지를 한 뒤에 마사지 치료사들의 걱정과 불안이 줄어든다고 밝혔다. 또 다른 연구에서 고령의 자원봉사자들이 3주간 유아에게 마사지를 실시했다. 그 결과 노인들의 불안과 우울증이 줄고 스트레스 호르몬 수치도 떨어졌다.

강좌를 들어라. 마사지 강좌를 신청해서 효과적인 마사지 방법과 지압법을 배워라. 자신에게 마사지를 하거나 사랑하는 사람이 긴장을 풀 수 있게 마사지를 해주어라. 친구나 연인과 함께 수업을 들으면 훨씬 재미있을 것이다. 성인 대상 교육 프로그램과 지역 내 마사지 학교에서 마사지 강좌를 자주 개설한다.

마사지 데이트를 해라. 연인 또는 친구와 영화를 보거나 밖에서 시간을 보내는 대신에 일주일에 하루는 마사지의 밤으로 만들어라. 다양한 마사지 기술에 관한 정보를 제공하는 책을 구입한 뒤 서로에게 해주어라. 조용한 음악, 양초 그리고 부드러운 린넨 제품을 준비해서 아늑한 분위기를 만들면 긴장을 이완하는 데 도움이 된다. 방해받지 않도록 모든 전자 기기의 전원을 끄고 온전히 휴식을 즐겨라.

저예산 옵션을 찾아라. 반드시 가격이 비싼 마사지를 받을 필요는 없다. 정기적으로 저렴하게 즐길 수 있는 마사지 종류도 많다.

회원제 프로그램. 지난 몇 년간 마사지숍이 우후죽순 생겨나면서 저렴하고 꼭 필요한 마사지만 제공하는 곳이 많아졌다. 가입비가 매우 낮고 스파와 비교했을 때 서비스도 훨씬 경제적이다. 회원일 경우 매주 또는 매달 고급 마사지를 할인된 가격에 받을 수 있는 혜택도 주어진다. 회원제로 운영되는 저렴한 마사지숍으로 마사지 엔비(Massage Envy)와 엘리먼츠 마사지(Elements Massage)가 있다. 대다수의 체육관과 피트니스 센터에서도 마사지 프로그램을 제공한다.

실습대상이 되어라. 마사지 학교는 학생들의 실습 대상이 되어 주는 지역주민들에게 크게 할인된 가격으로 마사지를 제공한다. 스파 마사지의 절반 가격도 안 되는 비용에 썩 괜찮은 마사지를 받을 수 있다.

마사지 기구. 전문적인 훈련을 받은 마사지 치료사에게 직접 마사지를 받는 것이 가장 효과적이지만, 소형 마사지 기구, 안마 의자 그리고 발 마사지 기구의 성능이 크게 향상되었다. 마사지 기구를 사용하면 집에서 편안하게 쉬면서 긴장을 풀고 스트레스를 해소할 수 있어서 편리하다.

방문 마사지를 요청해라. 편안한 집을 떠나 마사지를 받으러 왕복하는 것이 마사지가 주는 혜택을 훼손한다는 생각이 든다면 마사지 치료사에게 방문을 요청하면 된다.

+ + +

자신에 대해 확신을 가져라

겸손하지만 합리적인 자신감 없이는 성공할 수도 행복할 수도 없다.

– 노먼 빈센트 필 –

건전한 자기 확신은 더 큰 행복을 얻기 위한 특징들 중에서도 가장 중요하다. 이런 자신감은 다른 이들에게 자신이 가치가 있는 사람이라는 것을 나타낸다. 또한 자기 자신을 존중하고 아끼며 받아들이는 것은 행복하게 살고 성공한 인생을 살게 하는 원동력이 되기도 한다.

가정교육과 부수적인 경험들을 포함해 인생에서 우리가 경험한 것들은 그것이 학교에서의 경험이든 친구들과의 경험이든 아니면 회사에서의 경험이든지 간에 모두 자아를 바라보는 관점에 영향을 주게 된다. 만일 그런 경험들이 부정적인 경험이었다면 우리의 정신에도 영향을 미치게 될 것이다. 예를 들어 어린 시절 놀림을 당한 경험이 있다거나 모욕적인 대인관계, 혹은 자기본연의 모습보다는 다른 사람이 원하는 상을 지니도록 강요당했던 경험이 있는 사람들은 자신감에 상처를 입었을 것이다.

　자신감에 차 있는 사람일수록 열정과 기쁨으로 가득 찬 인생을 살아가며 자신이 목표하는 바를 이루게 될 확률이 높아진다. 무언가를 결정할 때에 있어서도 더욱 편안한 마음으로 결정을 내리며 미래에 대해 더욱 큰 기대를 안고 살아갈 수 있게 된다. 또한 자신의 인생에 대해서도 더욱더 책임감을 갖게 되고 꿈을 이루어내기 위한 스스로의 능력에서도 믿음을 지니며 살아간다. 이런 자신감은 다른 사람들의 신뢰를 얻는 데에도 한몫하는데, 이는 우리가 인생에 있어서 원하는 것을 얻는 데에도 아주 중요한 것이다.

　그리고 우리가 계획하거나 바라던 대로 일이 풀리지 않을 경우, 자신감이라는 존재는 우리가 그런 장애물을 극복하는데 중요한 역할을 하며 인생의 시련에 잘 대응할 수 있도록 해준다.

이룰수록 좋다

멜번 대학의 연구 중 멜번, 뉴욕, 토론토 등에 있는 대기업에서 일하는 100명이 넘는 직원들에게 설문조사를 했다. 학창시절의 자신감의 정도와 현재의 자신감의 정도를 알아본 설문조사였는데 그 결과 학창시절 일찍이 높은 자신감이 있었던 사람이 연봉이 높았으며 승진 또한 빨랐다는 결과가 나왔다.

자신감에 차 있는 경우, 더욱더 원활한 의사소통을 할 수 있으며 이로 인해 사람들에게 더 다가가기 쉽고 매력적인 사람으로 비추어지게 된다. 사람들의 시선에 의존하지 않게 되며 거절당하는 것을 두려워하지 않게 되는 것이다. 또한 사람들과의 관계에 있어서 적당한 경계선을 갖게 되며, 이로 인해 더욱더 행복하고 건전한 대인관계를 유지할 수 있게 되는 것이다.

✦ ✦ ✦

변화에 이르는 길
있는 그대로 받아들여라.

만일 자신의 자신감이 증진되기를 바란다면 여기 좋은 소식이 있다. 자신감이라는 것은 타인의 도움 없이 자발적으로 증진되는 것이기 때문에 자신감은 노력할수록 자라난다.

안에서부터 시작해라. 자신감을 생기게 하기 위한 첫걸음은 자기 수용에서부터 비롯된다. 자기 자신을 좋아하지 않는 사람도 있을 수 있다. 하지만 자기 자신이 아닌 타인으로부터 인정을 받으려는 시도는 실망감이나 상처를 남길 수 있게 되기 때문에 자신이 원하는 자신감을 이루는 데 있어서 좋은 방법은 아니다. 결점을 포함한 있는 그대로의 자신을 받아들이는 것이야말로 반드시 우리가 해야 할 일이다.

긍정적인 태도를 유지해라. 긍정적인 태도를 지닌 자가 더 행복하고 자신감에 넘치며 스스로 안정감을 유지한다. 이와는 반대로, 부정적인 태도는 자신감을 갉아 먹게 한다. 완벽주의와 자기비평 그리고 부정적인 혼잣말 등의 자기파멸적인 습관을 멀리해라. 대신에 긍정적인 태도에 주목해라.

자신의 재산에 주목해라. 제3부에 있는 자신감 계획표에서 자신의 장점과 성과, 그리고 긍정적인 자질을 나열해라. 그게 무엇이든지 간에 자기 자신의 것이라면 상관없다. 자신의 장점을 볼 때에는 자신이 천부적으로 잘할 수 있는 것들을 찾아보아라. 성과에 관해서는 자신이 자랑스럽다고 여길 만한 것이라면 그 어떤 것들도 될 수 있다. 그것이 자신의 학위가 될 수도 있고, 자신이 누군가의 부모라는 사실이 될 수도 있고, 최근에 회사에서 승진된 이야기일 수도 있다. 긍정적인 자질에 관해서는 자신을 좋은 친구로서, 직장 동료로서, 배우자로서 유일한 사람으로 느껴지게 하는 자신의 성격을 생각해 보자. 자신의 이런 자질들을 찾아내는 것이 어렵다고 느껴진다면 자신이 믿는 주변 사람들에게 한번 물어 보아라.

스스로를 돌보아라. 자기 스스로를 자랑스럽게 여기는 일은 자신감을 가지는 데 엄청난 영향을 미친다. 자신의 건강, 신체, 그리고 외적인 부분에 중점을 두는 사람일수록 자신에 대해 긍정적인 생각을 지니게 된다. 이런 관습이 터무니없는 말처럼 들리겠지만 운동, 제대로 된 식습관, 자신의 옷의 패션, 그리고 청결을 유지하는 등의 습관은 자신감을 증진시키는 데에 엄청난 영향을 미친다.

자신감 넘치는 몸짓을 사용해라. 몸짓은 다른 사람이 당신을 보는 관점과 자신 스스로가 자신을 바라보는 관점에 엄청난 영향을 미친다. 눈을 마주치며 권력적인 포즈(개방적이며, 많은 공간을 차지하고, 자신감을 내뿜는 등의 행동)를 취하는 것은 다른 이들에게 당신이 지금 편안한 상태라는 메시지를 보낸다. 당신이 피해야 할 행동의 몇 가지 예를 들자면 다음과 같다. 팔짱을 낀다든지, 구부정하게 앉는다든지, 혹은 머리를 숙이고 있는 행동 등이 있다. 대신 어깨를 뒤쪽으로 저치고 내려놓은 다음, 가슴을 앞으로 내민 상태에서 팔을 양 옆으로 놓아 머리를 들어 올린 상태로 있으면 되겠다. 이는 사람들과의 교류가 용이해지고 자신감 또한 높일 수 있다.

연구에 의하면 우리의 몸짓은 우리의 자신감에 영향을 미친다고 한다. "당신의 몸짓은 당신이 누구인지를 결정짓는다."라는 제목의 테드 연설에서 에이미 커디는 권력적인 포즈를 취하는 자일수록 비록 그 행동이 거짓된 행동이라 할지라도, 그와 반대되는 포즈를 취한 자들에 비해서 자신감이 있는 사람이라는 것을 밝혔다.

자신의 직감에 귀 기울여라. 적절한 행동을 취하기 위해서는 자신의 직감을 믿고 스스로를 믿는 일이 중요하다. 당신에게는 자신이 원하는 인생을 만들어갈 힘이 있다. 스스로를 믿고 가능한 한 최선을 다해라.

최선을 다해라. 무언가를 할 가치가 있다는 것은 그것을 잘 해낼 수 있다는 뜻이다. 스스로 최선을 다했다고 생각하면 좋은 느낌이 들기 마련이다. 자신의 행동에 책임감을 가져라. 자기 스스로를 의지하게 되었을 때 비로소 자신감을 얻는 것이다.

 수치심이라는 것은 결코 나쁜 것이 아니다. 건전한 자신감은 자아를 돌아보게 하며 잘 모르는 것이 있을 때에는 새로운 것을 개방적인 자세로 배우도록 만들어 준다. 자기수양을 지속적으로 추구하는 일은 실패로 말미암아 무언가를 배우게 만드는 것이다. 자신감이 과해 오만해지는 것을 주의해라. 오만함이란 때론 자존감이 낮은 것을 포함해 내면의 더 깊은 무엇인가를 덮고 있는 가면과도 같다.

+ + +

창의적인 것을 즐겨라

창조성을 소진한다는 일은 있을 수가 없다.
더 쓸수록 더 생기는 것이 바로 창조성이기 때문이다.

– 마야 안젤루 –

스스로를 예술적인 감각을 지녔거나 창의성이 있다고 생각 하는 것과는
상관없이 인생에 있어서 창의성은 큰 혜택을 안겨준다. 공중 보건 저널에 의
하면 예술이 건강과 치유에 미치는 영향에 관한 100가지가 넘는 연구를 조사
한 결과, 이 둘 사이에 긴밀한 관계가 있다고 한다. 그림 그리기, 연기, 글쓰
기, 음악을 연주하는 등의 창의적 치유 과정은 스트레스, 근심, 우울감 등의
부정적인 감정을 해소하는 역할을 하며 긍정적인 감정을 증진시키기도 한다.

창의적인 것을 즐기는 일은 일상적인 책임감에서 벗어나 마음의 휴식을
갖는 즐거우면서도 생산적인 일이다. 창의적인 일에 빠져 있노라면 스트레
스를 잊고 가뿐한 마음으로 걸어 나올 수 있게 된다. 더불어 의무적으로 해
야 할 일이 아니기 때문에 마음이 재충전되고 인생에 있어서 덜 중요한 일

을 할 준비를 할 수 있게 한다.

창의적 치유

2006년도의 연구에 따르면 암 치유 여성 환자들 중에서 예술적 치유 프로그램에 참여한 자들의 건강이 수면의 질을 포함해 전반적으로 개선되었으며 스트레스도 감소되었다고 한다. 또한 2012년도의 심리학자 데니스 슬론의 연구에 의하면 외상후 스트레스 장애 증후군(PTSD)을 앓고 있는 환자들 중에서 글쓰기 감정적 치유 프로그램에 참여한 자들은 PTSD 증상이 개선된 것을 발견했다.

창조성은 건전한 표현방식을 향상시키기도 한다. 노래를 부른다든지 풍경화를 그린다든지 혹은 짧은 이야기를 쓴다든지 하는 등의 행동은 우리 속의 깊은 내면의 감정들을 표출하기에 좋은 방법이다. 사람들은 창의적일 때 비로소 자유롭고 자연스럽게 자신을 드러내게 되는데, 이로 인해 더욱 더 깊은 내면을 내보이게 되는 것이다.

창의성을 통한 표현방식은 자신감과 자존감을 형성하게 된다. 이는 창조적인 활동을 하게 되면 남이 자신을 어떻게 생각하고 남이 무엇을 원하는지는 신경 쓸 필요 없이, 자신의 행동의 주도권을 본인이 전적으로 쥐게 되기 때문이다. 창의적인 활동은 어떤 위험성을 부담하지 않아도 되고 아무 생각 없이 즐길 수 있다. 무언가를 자신의 방식대로 만들고 형성하고 생산하며 파생시킬 수 있는데, 이로 인해 일종의 소유감과 만족감을 얻을 수 있게 되는 것이다.

창의적 행동은 집중력 또한 향상시킬 수 있게 하는데, 이는 일정한 시간 동안에 한 가지 활동에 집중을 해야 하기 때문이다. 무엇인가를 창조해 낼 때 때때로 사람들은 시간의 경과를 잊어버리는 등의 '몰입' 단계에 도달한다. 바꾸어 말하자면 명상적인 단계에 도달하는 것이다.

연구에 의하면 창의적 행동을 하게 되면 마음의 평온과 젊음을 유지할 수 있다고 한다. 또한 창의적 활동을 하는 중에는 개방성과 유연성을 필요로 하는데, 이는 모두 신경가소성(뇌의 항 노화의 중요 물질)에 꼭 필요한 요소라고 한다.

마지막으로, 창의적 행동은 사람들로 하여금 더욱더 사색적이고 직감적이며 통찰력을 만들어 내어 시각적 결정에 필요한 요소인 더 나은 관점과 새로운 통찰력, 그리고 명백성을 지니게 만든다고 한다.

+ + +

변화에 이르는 길
창의력 발산을 위한 시간을 만들어라.

개개인은 모두 창의적이다. 그러니 자신이 창의적이지 않다는 이유로 이번 주의 변화를 빼먹으려 들지 말자. 창의성을 만들어 낸다는 것은 재능의 문제가 아니라 자신의 표현방법과 성찰에 관한 것이다.

시간을 정해라. 창의적 발산을 행할 시간을 만들어라. 문장 그대로 달력에 기간을 지정하여 표시해라. 하루에 15분이나 일주일에 하루나 이틀 시간을 통째로 내도 좋다. 일주일에 몇 시간을 할애하도록 해라. 시작한 것을 꼭 끝낼 필요는 없다. 그냥 페인팅이나 글쓰기, 노래하기, 그림 그리기 등의 창의적인 활동에 시간을 보내는 것에 집중해라. 창의적 활동에 재미를 붙인 다음에는 하루에 30분에서 한 시간으로 시간을 늘려보자.

장소를 지정해라. 창의적 활동을 할 때에는 마음대로 창조 할 수 있는 공간이 필요하다. 창의적 활동을 하기에 방해가 될 만한 요소들이 있는 장소로부터 떨어져 자유로운 공간을 지정해라. 창의적 발산이 무엇인가에 따라 자신의 지정 장소를 꾸미고 디자인해라. 만약에 그 활동이 페인팅이라면 이젤(畵架), 페인트와 붓을 필요로 할 것이다. 조각을 할 것이라면 조각 도구를 가져다 놓아라. 음악을 연주할 것이라면 음악 스탠드와 악보를 보관할 서류 캐비닛을 가져다 놓아라. 실내 공간에 한정되지 않아도 좋다. 자신의 집 정원 구석 한복판이나 공원 벤치도 창의적 장소로서 완벽하다.

과정을 즐겨라. 창의적 활동의 목표는 최종 산물을 얻어내거나 작품을 만들어 내는 데에 있는 것이 아니라, 활동 그 자체로서의 과정에서 얻어내는 산물이다. 만들어 내는 결과에만 너무 집착하거나 판단하려 든다면 그런 과정을 경직된 상태로 겪게 되어 스트레스만 받게 된다. 판단이라는 것은 제쳐두고 '정정'하려는 노력은 피해라. 자신의 작품이 얼마나 '좋은지' 분석하려 들지 말고 아무 생각 없이 창의성이 행동을 지배하도록 해라. 경직성과 짜임새를 멀리하고 무의식이 시키는 대로 내버려 두어라.

즉흥적으로 창조해내라. 창의적 활동은 어디에서든지 아무 때나 할 수 있다. 사랑하는 이에게 시를 써 보자. 전철을 타는 동안에 뭔가를 끼적거려 보자. 자신만의 휴가 카드를 적어 보기도 하고 다이어리나 스케치북을 가지고 다니다가 영감을 받을 때마다 글을 쓰거나 그림을 그리는 것도 좋다. 사진 찍기를 좋아한다면 카메라를 항상 가지고 다니거나 스마트폰 카메라를 사용해 사진을 찍어라. 일상에서 창의적인 활동을 할 기회를 찾아라.

영감이 주는 대로 행동해라. 영감을 받는 데에는 많은 방법들이 있지만, 누군가에게 영감을 불어 넣는 것은 다른 이에게 영감을 주는 것과는 다를 수가 있다. 자신의 창조성에 영감을 주는 것이 무엇인지를 찾아라. 자연 속에서 시간을 보내는 것이 될 수도 있다. 개방성과 유연성을 발굴해 내기 위해 아이들과 시간을 보내 보는 것도 좋다. 음악을 듣거나 소설을 읽어 글감 재료로 사용해도 좋겠다. 다른 관점을 얻어내기 위해 외국 영화를 보거나 내면의 예술을 일깨워주는 예술 작품을 벽에 걸어 놓는 것도 좋을 듯싶다.

창의적인 치료사와 함께 작업해라. 만약 감정적인 문제나 정신적 문제 등을 다루고자 한다면, 내면의 창의성을 끄집어내고자 할 때 도움을 줄 수 있는 예술 치료사, 음악 치료사, 혹은 기타 등등의 창의적 치료사와 함께 작업하는 것을 고려해 보아라.

+ + +

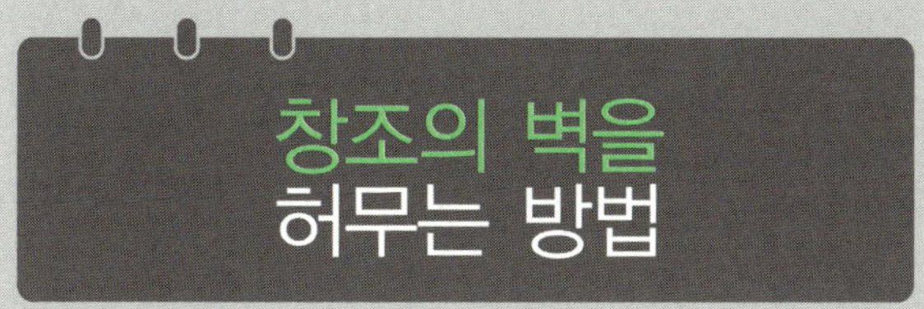

글을 쓰거나 그 밖의 창의적 활동을 할 때 느껴지는 벽은 물론 짜증이 날 수도 있다. 하지만 창의적 활동을 위해 시간을 내어 무엇인가를 한다는 것이 중요하다. 결과가 좀 부족하다는 느낌이 들더라도 계속 창의적 활동을 하는 것이 목표물인 것이다. 여기 몇 가지 창의적 활동에 있어서 벽이 될 만한 예시들과 극복 방법들을 들어 보겠다.

+ 경직성. 항상 같은 방법으로 무언가를 하는 행동은 새로운 아이디어와 과정들을 탐구하는 것에 도움이 되지 않는다. 유연성과 개방성을 항상 유지해라.

+ 선입견. 너무 이상적이거나 분석적으로 생각하는 방법은 앞으로 무슨 일이 생길지에 대해 예상을 할 수 있게 만든다. 파블로 피카소나 살바도르 달리와 같은 예술가들은 평범함에 도전해 이상적 사고를 넘어선 예술을 만들어냈다. 무엇이 사실이고 어떻게 보이는지에 대한 유혹을 뿌리치고 상자 밖에서 생각하도록 해라. 비현실적이거나 심지어 불가능이라는 것을 스스로 인정해라.

+ 완벽성. 완성품이나 완벽한 작품을 만들어 내려는 압박감은 스트레스를 만들어 내고 기쁨을 가감시킨다. 활동 그 자체를 즐기는 것에 주목해라.

+ 주류에 남기. 타인에게 이해받고 인정받고 싶은 마음은 인간의 근본적 본성이다. 하지만 안타깝게도 이런 마음이 독특하고 유일한 무언가를 만들어 내고, 이미 앞서 형성된 주류를 타파하는 것을 억압하게 만든다. 창조에 있어서 진정한 천재는 유행 따위에 신경을 쓰지 않고 이미 형성된 관행을 무시한다. 아무도 보지 않는 것처럼 자신만의 것을 창조해내라.

자신의 창의성을 공유해라. 자신의 창의적 활동에 자부심을 느낀다면 기꺼이 공유해라. 개인적으로 창조적 활동을 즐기는 것도 중요하다. 하지만 창의적 활동을 누군가의 칭찬을 받기 위해서나 의무감에서 비롯되어 하는 것이 아니라 작은 미술 박람회라든지 음악 콘서트를 열어 다른 사람들과 공유하기 위해 하는 것은 또 다른 즐거움이 될 것이다.

수업을 들어라. 혼자서도 충분히 창의성 있는 활동을 할 수 있지만 어떤 기법을 배우기 위해 수업을 듣게 되면 또 다른 기쁨의 경지에 이르게 된다. 예를 들어 수업을 듣거나 과외를 받아 새로운 기법을 터득한다면 더 나은 것을 창조해 낼 수 있다. 게다가 수업에 참여하면서 자신과 비슷한 취미를 공유하는 사람들과 사회적 교류를 하는 것 또한 보람 있는 일이 될 수 있다.

다양화시켜라. 여러 형태로 창의성을 일구어내는 것은 당신의 뇌를 여러모로 활성화시킬 것이다. 거창한 리스트는 아니지만 다음과 같은 카테고리에서 몇 가지 시도해 보아라.

- 글쓰기 ・스케치하기 ・노래 부르기 ・악기 연주하기 ・춤추기 ・스크랩하기 ・물감 그림 그리기 ・뜨개질하기 ・조각하기 ・누비질하기 ・사진 찍기 ・연기하기 ・비디오 촬영하기 ・도자기 빚기

또한 한 가지 활동에 묶여 있지 말고, 뇌를 여러모로 활성화시킬 다양한 활동을 해보아라.

✛ ✛ ✛

뇌를 활성화시키는 과일과 채소를 먹어라

음식을 먹어라. 많지는 않게, 식물성 음식을 먹어라.

– 마이클 폴란 –

과일과 야채가 건강의 전반적인 문제에 있어서 필수적 요소라는 것은 이미 널리 알려진 사실이다. 과일과 야채에는 중요 영양소와 비타민, 미네랄, 항산화물질, 그리고 식이섬유소 등을 제공하는데, 이중에서도 특정 음식들은 뇌 건강에 중요한 역할을 한다.

딸기, 블루베리, 라즈베리, 블랙베리, 블렉커런트 등을 포함한 베리 종류의 음식들은 뇌에 있어서 슈퍼과일 혹은 슈퍼푸드 중에서도 제일이라 할 수 있다. 이 베리 종류 과일에 포함되어 있는 진한 빨간색, 보라색의 색상들은 항산화물질을 포함한 비타민 C, 폴리페놀과 플라보노이드 등이 다른 과일들에 비해 많다는 것을 의미한다. 이 파이토뉴트리언트(phytonutrients)는 항노화 작용과 산화 스트레스성 물질을 일으키는 활성산소를 제거하는

데 있어서 아주 중요한 물질인데, 이는 알츠하이머나 치매와 같이 나이가 듦에 따라 생기는 뇌의 병과도 밀접한 관련이 있다. 2012년도에 발행된 '신경학 회보'에 기재된 연구에 의하면 베리를 더 자주 먹는 여성의 인지작용 저하 비율이 더욱 낮은 것을 발견 할 수 있었다고 한다. 더 나아가, 블루베리는 학습 능력과 운동 기능을 향상시킨다는 사실도 발견됐다.

뇌를 활성화시키는 색상이 진한 또 다른 과일로는 토마토가 있다. 토마토에는 라이코펜이라는 항산화물질이 풍부한데, 다른 항산화물질처럼 라이코펜도 산화 작용을 억제한다. 또한 우울증과 관련된 비연소성 혼합물 형성을 억제시킴으로 인해 심신 평온을 유지하는 데에도 도움이 된다. 토마토는 엽산 또한 풍부한데, 이는 정서 안정과 기억력 회복, 그리고 두뇌 처리 속도의 향상에도 도움이 된다. 마그네슘 또한 정서 안정에 중요한 역할을 하는데 토마토에는 마그네슘도 포함되어 있다.

알아두기

야채 혹은 과일로 분류되지는 않지만 코코아랑 커피콩도 뇌 건강을 향상시킬 수 있다. 이런 식물성 음식은 항산화물질이 풍부하며 이 두 식품에 포함된 카페인 성분은 기억력과 반응 속도, 그리고 뉴런 신호를 송부하는 기능을 향상시킨다. 그렇다면 장기적으로는 어떤 효과가 있을까? 2007년도에 발간된 유럽 연구 학술지에서는 평균 하루 3잔 이상 커피를 마시는 남자의 두뇌 기능 저하율이 그렇지 않은 사람보다 10년이나 낮다는 사실을 발견했다.

시금치와 카일을 포함한 짙은 초록색 잎을 가진 채소는 여러 가지 이유에서 두뇌 건강에 좋다. 우선 항산화물질이자 인지 기능을 보호해 주는 성분으로 알려진 루테인 성분이 풍부하고 인지 기능의 정상 활동과 건강한 두뇌 세포를 유지하는 데에 중요한 역할을 하는 비타민 E 또한 풍부하다. 또한 토마토처럼 비타민 B9(엽산) 또한 많이 포함되어 있다.

짙은 빨간색이나 보라색의 근대나 근대주스 또한 집중력 향상과 기억력 향상에 중요한 역할을 한다고 알려져 있다. 이런 채소들에는 활성산소 제거에 중요한 역할을 하는 항노화 물질이 풍부한 비타민 B군의 엽산과 질산염이 풍부하다. 엽산은 두뇌로의 혈액 흐름을 원활하게 하는 데에 효과적인 것으로 알려져 있는데, 이는 곧 두뇌 기능과 두뇌 세포로의 충분한 산소 공급으로 이어진다.

마늘과 양파를 입 냄새가 날까 두려워 섭취하지 못하던 사람들이 만약 이것들이 두뇌 기능에 미치는 영향을 알게 된다면 생각이 바뀔 수도 있을 것이다. 파속 식물에 속하는 양파나 마늘, 그리고 부추와 같은 야채들은 두뇌로의 혈액 공급을 향상시키는 것으로 밝혀졌다. 이런 종류의 야채들에는 피콜린산 크롬이라는 성분이 풍부한데, 이 또한 정서 안정에 좋은 것으로 밝혀진 성분이다.

변화에 이르는 길
자신의 식단에 두뇌를 활성화시키는 과일과 야채를 포함시켜라.

자신의 식단에 두뇌를 활성화시키는 야채나 과일을 포함시키는 일은 간편하면서도 맛있는 식사를 할 수 있는 일이다. 다음과 같은 팁을 적용해 보아라.

베리 종류. 베리 종류는 신선한 상태로 섭취하는 것이 좋지만 만일 한 철 지난 과일이라면 냉동 상태나 건조시킨 제품을 섭취하는 것도 좋은 방법이다. 또한 제철에 구매해서 스스로 냉동시켜 보관하는 것도 할 수 있다면 해보아라. 베리를 깨끗이 씻은 후에 꼭지를 따서 쿠키 판에 올려놓고 얼려라. 과일이 얼린 상태가 되면 비스페놀 프리(BPA-free) (환경호르몬인 비스페놀 A가 검출되지 않은 친환경 제품) 플라스틱 콘테이너나 냉동 지퍼에 보관해라.

아침식사. 베리 종류는 하루 일과를 시작하는 데에 섭취하기 알맞은 식품이다. 반 컵의 베리를 달지 않은 시리얼이나 오트밀에다 첨가하거나, 그릭 요거트 파페, 혹은 스무디 등에 첨가해라. 만일 프렌치 토스트나 와플, 팬케익 등과 같이 섭취하고 싶다면 휘핑 크림이나 시럽 대신에 베리로 토핑해서 먹어라.

샐러드. 짙은 초록색의 채소들을 딸기와 블루베리, 그리고 블랙베리 등을 토핑해서 섭취해라.

간식. 4분의 1컵 정도의 호두를 섞은 베리를 한 컵 섭취해라.

디저트. 치즈 케이크는 피하고 건강한 베리 샐러드를 꿀과 섞어 섭취해라.

토마토. 토마토는 아주 다재다능한 식품이다. 토마토는 아무 때나 어디서든 섭취할 수 있는 식품이다. 토스트나 감자, 해쉬 브라운 포테이토 등을 토마토로 교체해서 아침 식사를 해보아라. 샐러드나 샌드위치, 혹은 피자나 파스타 등에 포함되어 있는 토마토를 마음껏 즐겨라. 빠르고 간편하게 라이코펜 덩어리를 섭취하고 싶다면 토마토 주스를(무염이나 저염으로) 간식으로 섭취해라.

카일과 시금치. 짙은 초록 잎채소 또한 다재다능한 식품이라 할 수 있다. '아기' 카일이나 시금치는 맛이 더 부드러운 데다가 준비하기도 쉽다.

시금치나 카일을 단백질 스무디에 첨가해 보아라. 특히나 시금치는 오믈렛과 환상적인 조화를 이룬다. 아기 카일이나 아기 시금치를 샐러드 기본 재료로 사용해 보는 것도 좋다. 이 초록색 채소는 건강에 좋은 반찬으로 만들기도 참으로 쉬운데, 그 방법은 마늘과 아보카도 오일을 넣고 잎이 마를 때까지 고온에 재빨리 튀기면 된다. 레몬 반개 정도의 즙을 짜서 흔들어 주스를 만드는 것도 좋다. 그리고 만일 당신이 포테이토 칩 광이라면 카일 한 묶음을 칩으로 만들도록 요리해 보아라.

근대. 근대는 쉽게 접할 수 있는 야채는 아닐지 몰라도 식단에는 쉽게 접목시킬 수 있는 식품이다. 여기 몇 가지 팁을 주겠다.

생 것. 근대를 얇게 썰어서, 레몬과 함께 섭취해라. 강판에 간 근대를 샐러드나 콜슬로(양배추, 당근, 양파 등을 채 썰어 마요네즈에 버무린 샐러드)에 섞어 먹는 것도 또 다른 방법 중에 하나다.

구운 것. 근대를 굽기에 앞서 오븐을 375 ° F로 데워 놓아라. 근대를 씻은 후 꼭지를 따고 알루미늄 호일에 쌓은 다음, 오븐 판 위에 올려 한 시간 정도 구워라. 근대가 말랑 말랑해져서 손쉽게 칼로 뚫을 수 있을 정도가 돼야 한다. 잘 구워진 듯싶으면, 오븐에서 꺼내어 알루미늄 호일을 벗기고 식을 때까지 기다려라. 다 식힌 후, 손가락으로 껍질을 벗긴다.(고무장갑을 끼면 손이 더러워지는 것을 예방해 줄 수 있다.) 만일 껍질이 잘 벗겨지지 않는다면 오븐에 다시 넣어 5~10분가량 구워라. 껍질을 다 벗기고 나서는 근대를 잘라 샐러드에 첨가해라.

저린 것. 저린 근대를 구매해도 좋고 아니면 스스로 만들어 보아라.

즙. 근대 즙은 영양분이 고농축되어 있는데, 스스로 만들 수도 있고 가게에서 구매할 수도 있다. 근대 즙을 그대로 먹으면 맛이 너무 강할 수도 있으니, 당근 주스나 샐러리 주스 등과 같은 다른 야채 주스와 섞어 마셔 보아라.

마늘과 양파. 파속 식물은 맛도 좋고 참으로 다재다능한 식 재료이다. 마늘과 양파는 반찬이나 메인 요리로 먹기에도 좋고 피자나 파스타, 혹은 스프나 샐러드에 첨가해 먹기에도 좋다. 브루스케타(바게트에 야채, 치즈 등을 얹은 것), 살사, 샐러드 드레싱과 소스를 첨가해 보아라. 빵이나 감자를 요리 할 때에 버터 대신 마늘이나 올리브 오일을 사용해 보는 것도 좋다.

+ + +

뇌를 활성화시키는 샐러드

얼음 양상추, 당근, 토마토만으로 샐러드를 만드는 시기는 지났다. 샐러드는 다양한 맛, 질감, 색을 혼합해서 만들 수 있다. 그런 변화는 많으면 많을수록 더 좋다. 여기 몇 가지의 아이디어가 있다.

+ 빨강, 하양, 파랑: 2컵의 아기 부추와, 4분의 1컵의 호두, 4분의 1컵의 블루베리, 4분의 1컵의 딸기, 그리고 1온스(약 28g)의 페타 치즈를 섞어 올리브 오일과 발사믹 식초를 드레싱 삼아 섭취해 보아라. 맛도 좋고, 건강에도 좋다.

+ 토마토, 양파, 아보카도: 체리 토마토 반 파인트와 아보카도 반 개, 그리고 빨간 양파 4분의 1조각을 섞어 소금과 후추를 첨가해 레몬 반개의 즙을 짜 넣어 섭취해라.

+ 뇌를 활성화시키는 근대 샐러드: 아기 시금치 한 컵과 아루굴라 한 컵, 근대 반 컵과 호두 4분의 1컵, 그리고 염소젖으로 만든 치즈 1온스를 함께 섞어 아보카도 오일과 셰리 와인 식초를 뿌린 다음 섭취해라.

야외로 나가라

무기력한 사람들은 태양 빛에 노출되어야 한다.

– 아레테우스, 2세기 정신과 의사 –

화창한 날씨에 밖에서 시간을 보내다 보면 절로 미소가 나오고 우리의 영혼을 따뜻하게 해주는 듯하다. 여기에는 다 이유가 있는데, 맑은 공기와 햇빛이 우리의 정신건강에 기적을 가져다주기 때문이다. 그럼에도 불구하고 미국인들은 평균적으로 그들의 시간 중 10퍼센트만을 야외 활동으로 보낸다.

야외에서 활동하는 것이 두뇌 건강을 위해 좋은 이유는 햇빛에 노출되는 시간이 많아지기 때문이다. 또한 햇빛에 노출되면 심신이 안정되는데, 극단적인 북쪽 지방 기후인 곳에 살지 않는 이상 실내보다는 실외에 빛이 더 많다. 햇빛은 특히 수면 패턴에 중요한 역할을 관장하는 생물학적 주기 리듬에 중요한 영향을 미친다. 햇빛이 시각을 자극하면 뇌에서는 세로토닌이라는 물질을 증가시키는데, 이는 행복감 증진과 더불어 낮 동안에 정신을 깨우는 호르몬이다. 이와 동시에, 햇빛에 노출되면 우리 신체 내부에서 멜라토닌이라는 물질을 감소시키는데 이는 수면을 도와주는 호르몬의 일종이기도 하다. 또한 우리의 피부가 햇빛을 흡수하게 되는 순간 비타민 D가 합성된다. 적절한 양의 비타민 D는 질병의 예방과(세로토닌을 포함한) 신경전달 물질의 생성에도 중요한 역할을 하며, 이는 뇌 기능과 발달에 영향을 미치기도 한다. 연구에 의하면 우울증이나 계절성우울증, 혹은 불면증 같은 증상은 비타민 D의 결핍에 의해서 나올 수도 있다는 결과가 나오기도 했다.

실외에서 시간을 보낸다는 것은 맑은 공기를 더 많이 들이 쉰다는 뜻이기도 하다. 실내 공기가 더 좋다고 생각하는 사람들도 있지만 그와 반대인 경우가 많다. 곰팡이, 먼지, 애완동물의 비듬, 벤젠, 라돈 가스, 포르말린, 클리너에서 나오는 독성 가스물질들과 건축 자재 등에서 비롯되는 공기는 실내 공기를 오염시킨다. 환경보호단체의 연구조사에 의하면 실내 공기오염 정도는 실외 공기오염 수준에 비해 2배에서 5배나 높다는 결과가 나왔으며 많게는 백 배 이상 차이가 났다고 한다. 게다가 추운 기후 지방에 사는 사람들인 경우는 집과 사무실이 밀폐되어 있어 더 나쁠 수 있다.

알아두기

2013년도에 실행된 연구에서는 49명의 주간 근무자들을 대상으로 햇빛이 수면의 질에 미치는 영향을 조사했는데, 그 중 27명은 창문이 없는 곳에서 일하는 자들이었고 22명은 창문이 있는 곳에서 일하는 자들이었다. 조사 결

과, 창문이 있는 곳에서 일하는 자들이 근무 중에 173퍼센트나 더 많은 양의
햇빛을 받았으며 매일 밤 46분이나 더 수면을 취할 수 있었다.

실외에 있는 동안에는 더 나아진 공기의 질과 더 많은 양의 산소를 공급
받을 수 있었다. 모두다 알고 있는 바와 같이 산소는 생명체에 있어서 중요
한 필수 요소이다. 음식 없이는 몇 주에서 몇 달까지도 살 수 있고 물 없이
도 하루를 버틸 수 있지만 공기 없이는 단 몇 분밖에 살지 못한다. 산소라
는 것은 뇌의 음식과도 같은 것이다. 뇌가 우리의 몸무게에서 차지하는 비
중은 2퍼센트밖에 되지 않지만 우리가 들이 쉬는 산소량의 20퍼센트를 사
용한다. 따라서 산소 공급량이 낮아지게 되면 사람들은 피곤함과 두통, 그
리고 우울감을 호소한다. 집중력 또한 떨어지게 되며 장기적으로는 기억력
이 손실되기도 한다.

✚ ✚ ✚

변화에 이르는 길
밖에서 더 많은 시간을 보내라.

이번 주의 변화는 두 마리 토끼를 잡는 효과를 가져 오게 된다. 야외 활
동 시간을 늘리면서 더 많은 공기와 햇빛을 몸이 공급받게 되기 때문이다.

목표를 정해라. 이미 언급했다시피 평균적으로 미국인들은 10퍼센트의 시간만을 밖에서 보낸다. 이를 시간으로 환산하자면 하루에 2.4시간이고, 일주일이면 대략 17시간이다. 각자 자신이 야외에서 보내는 시간이 얼마나 되는지를 계산해 본 후, 현실적으로 가능하다고 생각하는 목표의 시간으로 늘려 보아라. 물론 잠을 자거나 일을 하는 등 실내에서 행해야 할 활동들이 있기는 하지만 하루에 2.4시간보다는 많은 시간을 야외에서 보낼 수 있다.

생물학적 주기 리듬과 맞추어라. 하루 일과를 가벼운 산책으로 시작해라. 맑은 공기가 심신을 누그러뜨리고 마음을 일깨워 줄 것이며, 뇌에서도 세로토닌을 생성하라는 신호를 보낼 것이다. 밤에도 똑같은 방식으로 잠시 산책을 하며 밤을 맞이할 준비를 해라. 10분~15분 정도만 하더라도 맑은 공기를 마실 수 있는 시간이 될 수 있다.

야외에서 요리하고 식사해라. 유럽에서는 야외에서 식사하는 것이 일상적이어서 그런 레스토랑을 많이 발견할 수 있다. 아침 식사를 파티오(보통 집 뒤쪽에 만드는 테라스)나 현관, 혹은 테라스에서 즐겨라. 업무 사이의 점심시간에 밖에서 맑은 공기와 햇빛을 즐기며 점심을 먹어 보아라. 집에서는 가족들과 실외에서 바비큐를 구우며 식사를 즐기는 것도 좋겠다.

햇빛을 사랑해라. 세계적으로 약 10억 명 정도의 사람들이 비타민 D가 결핍된 상태라고 추정된다. 비타민 D의 80~90 퍼센트는 햇빛에 노출되는 것으로 인해 생성되는 것임을 기억하자. 햇빛에 너무 오랫동안 무방비 상태로 노출되는 것은 피부암이나 조기 노화 증상을 유발시킬 수 있으며 선크림을 바르고 나가게 되면 비타민 D 형성에는 방해를 주게 된다. 비타민 D 자문위원회에 의하면 "대다수의 비타민 D는 피부에서 만들어지는데, 이에 걸리는 시간은 살이 핑크 빛으로 바뀌어 살갗이 타 버리는 데 걸리는 시간에 반 정도밖에 안 된다."고 한다. 이는 곧, 피부색이 하얀 사람일수록 충분한 양의 비타민 D를 만들어 내는 데에 걸리는 시간이 적다는 것을 의미한다. 피부 타입에 따라 일주일에 태양에 노출되는 시간에 비해 소비되는 선크림의 양을 생각해 보아라.(예를 들어 피부가 하얀 사람은 10분에 한번 덧바르겠지만 어두운 색의 피부 빛을 지닌 자는 좀 더 시간이 지난 다음에야 덧바르게 될 것이다.) 만약 장시간 햇빛에 노출될 예정이라면 UVA와 UVB선을 차단하는 선크림을 광범위하게 덧발라 주어라.

야외 활동을 우선시해라. 가족이나 친구들과 함께 활동할 때에는 되도록이면 밖에서 할 수 있는 활동을 택해라. 밖에서 할 수 있는 것들에는 수많은 것들이 있는데, 동네를 산책하는 것도 일종의 활동이라 할 수 있다. 날씨가 추운 겨울에는 아이스스케이팅이나 스키, 혹은 보드를 타는 등의 활동을 하고 바닷가나 호숫가 근처에 거주하는 사람들은 카약이나 카누를 타는 활동을 추천한다. 더 많은 활동을 추천 받고 싶다면 공원이나, 레크리에이션 부서, 혹은 상공회의소 등으로 가서 알아보아라.

식물이 많은 곳으로 가라. 야외 활동을 즐길 시에는 식물이 많은 곳으로 가라. 이는 특히 공해가 많은 도시에 거주하는 사람들에게 있어서 매우 중요하다. 나무가 많을수록 공기가 더 깨끗하고 산소도 많다. 깨끗한 공기를 들이쉬면 더욱 건강하고 힘이 나는 것을 느낄 수 있을 것이다.

밖에서 운동해라. 어떤 종류의 운동도 좋겠지만 밖에서 운동하게 되면 더욱 좋을 것이다. 오스트레일리아에서 행해진 연구에 의하면, 밖에서 운동한 사람들의 엔도르핀 수치가 실내에서 운동한 사람들에 비해 더욱 높았으며 우울감이나 분노 수치가 낮았다고 전해진다. 가능한 밖에서 걷기, 달리기, 롤러스케이트 타기, 수영하기, 혹은 자전거 타기 등의 활동을 해보자. 다른 사람들과 같이 활동하는 것을 즐기는 사람이라면 배드민턴이나 배구, 혹은 테니스 등의 운동을 하는 것도 좋겠다. 만일 체력 증강을 위한 훈련을 원한다면 공원에 자신의 운동기구를 들고 가서 웨이트 트레이닝을 하는 것도 추천한다. 만일 헬스클럽의 강의를 듣고자 한다면 밖에서 하는 강의를 들어라. 집에서 운동할 만한 공간이 있다면 파티오나(보통 집 뒤쪽에 만드는 테라스) 갑판 등의 공간에 야외 헬스 공간을 만드는 것도 좋겠다.

차선으로 추천하는 방법. 밖에서 시간을 보내는 것이 물론 좋지만 아주 추운 곳이나 북극기후 지방에 사는 사람들, 혹은 밖으로 나가기엔 시간이 너무 제한적인 사람들에게는 다음과 같은 방법을 추천한다.

보조제. 북방 34도 위도에 거주한다면(미국으로 치자면 대략 LA, 캘리포니아 주에서 콜롬비아, 사우스캐롤라이나까지 의 지역이다.) 일 년 내내 비타민 D를 만들어 내기에 충분한 햇볕을 쬐지 못하기 마련이다. 비타민 D3나 콜레칼시페롤(Cholecalciferol, 비타민 D2가 아니다)이 포함되어 있는 보조제를 섭취하도록 해라.

의학연구원에서는 70세 연령대까지의 사람들에게는 하루에 600IU, 71세 이상의 연령대의 사람들에게는 하루 800IU 정도의 복용량을 권고하고 있다. 또한 임산부나 모유수유 중인 여성에게는 하루 600IU 이상의 복용량을 권고하고 있으니 참고해라. 더불어 1세 미만의 영아에게는 하루에 400IU 정도의 복용량을 복용하는 것을 권고하고 있다. 그럼에도 불구하고 많은 전문가들은 이 권고량이 부족하다고 보고 하루에 2000IU 정도의 양을 보조제로 복용하라고 권하고 있다.

자연적인 방법으로 공기를 청정시켜라. 집안 식물들은 유해한 휘발성유기산 물질을 제거함으로써 실내 공기를 청정하는 역할을 한다. NASA가 발행한 연구 결과에 의하면 100제곱미터의 공간에 필요한 식물의 개수는 1그루라고 한다.

+ + +

실내 식물 10가지

NASA에서는 1980년대 후반부에 공기청정에 제일 효과적인 식물을 알아내기 위해 다음과 같은 실험을 실행했다. 실내 공기오염의 주범인 3가지 물질인 벤젠, 포르말린, 그리고 트리클로로에틸렌을 제거하는 데에 있어서 효과적인 식물을 알아보기 위해 15가지 식물들을 관찰했는데, 다음과 같은 10가지 식물들이 제일 효과적인 것으로 나타났다.

+ 진달래: 시원하고 직사광선이 닿지 않는 곳에서 제 역할을 잘하고 포르말린을 제거한다.

+ 대나무 야자: 시원하고 직사광선이 닿지 않는 곳에서 제 역할을 잘하고 포르말린을 제거한다.

+ 흰 민들레: 직사광선이 닿지 않는 곳에 놓아라. 벤젠과 포르말린을 제거한다.

+ 영국 담쟁이덩굴: 습하고 시원한 곳에서 제 기능을 한다. 포르말린을 제거하며 독성이 있으니 애완동물이나 아이들이 닿지 않는 곳에 놓아라.

+ 데이지 꽃: 많은 양의 햇빛을 요구한다. 벤젠과 트리클로로에틸렌을 제거한다.

+ 황금 포토스: 집 어느 곳에 두어도 괜찮다. 포르말린을 제거한다.

+ 얼룩덜룩한 금줄 범꼬리: 많은 관리가 필요치 않다. 포르말린을 제거한다.

+ 백합: 그늘진 곳에 두어라. 벤젠과 트리클로로에틸렌을 제거한다. 독성이 있으니 애완동물이나 아이들이 닿지 않는 곳에 놓아라.

+ 빨간색 드라세나: 최소 24℃ 미만의 기후에 놓는 것이 적합하다. 벤젠과 트리클로로에틸렌을 제거한다.

+ 자주 달개비: 많은 관리를 필요로 하지 않으며 번식력이 강하다. 포르말린을 제거한다.

잡담을 멀리해라

위대한 마음을 지닌 사람들은 아이디어를 논하고 평범한 사람들은
사건을 논하며 별 볼일 없는 사람들은 남 이야기를 하죠.

— 엘리너 루즈벨트 —

사람은 본능적으로 다른 이들과 엮이고 싶어 하는데 우리는 이를 대화를 통해 이루어낸다. 즉 우리가 어떤 방식으로 대화하느냐에 따라 우리의 행복이 영향을 받는다고 볼 수 있다.

아리조나 대학교의 심리학자인 마티아스 멜 박사의 연구에 따르면 사소한 잡담(예를 들어 날씨에 대해 논하는 것)보다 깊은 대화를(예를 들어 아이디어나, 생각, 혹은 자신의 감정에 대해서) 나누는 사람이 더 행복하다는 결과가 나왔다. 더 구체적으로 말하자면 제일 행복한 사람들의 대화에 작은 일에 관한 대화가 차지한 비중은 10퍼센트에 불과했던 것에 비해, 행복하지 않은 자들의 대화에는 28.3퍼센트나 차지했다. 멜 박사는 사람들이 인생에서 무언가 의미를 부여하는 일을 추구할 때 이를 사람들과의 대화를 통해 일구

어내고자 한다고 한다. 더 깊고 중요한 대화를 할 때 사람들은 그들의 관계
나 인생에서 더 많은 의미를 창출해 낸다는 것이다. 또한 이 연구는 사람들
과의 끈끈하고 건전한 관계는 모든 이의 행복에 직접적인 영향을 미친다는
것을 의미하기도 한다.

+ + +

변화에 이르는 길
더 의미 있는 대화를 해라.

사소한 잡담 시간을 줄이고 큰 주제에 대해 논하는 시간을 늘리기 시작
한다면 자신의 행복감과 사람들과의 관계의 질에 차이가 나기 시작한다는
것을 느낄 수 있을 것이다. 잡담을 줄이고 다음과 같은 대화를 시도해 보
아라.

본질적인 주제를 골라라. 정치 얘기처럼 사람들과 대화를 나누기에 불
편한 주제들이 있기 마련이지만 최신의 헤어스타일이나 날씨 이야기와 같
은 사소한 이야기로 중점이 맞추어지는 대화 주제는 가급적 피하도록 해
라. 이런 주제들은 어쩌다가 한 번쯤 나누기에는 재미있을지도 모르나 이
주제 자체를 가지고 대화를 나누기에는 얄팍한 대화로 끝나기 마련이다.
예를 들어 환경 문제, 세계 평화, 혹은 외교 문제에 관심이 있을 수도 있고
예술이나 음악 혹은 철학이나 종교에 관한 이야기를 할 수도 있다. 혹은 친

구나 사랑하는 이들이 직면하고 있는 문제나 딜레마의 해결을 도와줄 수 있는 정신적인 대화로 교류를 해 나아갈 수도 있다.

깊은 대화를 추구하는 자들과의 시간을 우선시해라. 그 누구라도 아마 주변에 깊은 대화를 나누기 좋아하는 친구나 가족, 혹은 동료들이 있을 것이다. 이런 사람들은 대체적으로 자신의 생각이나 감정, 혹은 여러 주제와 관련된 자신의 관점을 공유하는 데에 있어 거리낌이 없다. 이런 사람들과 의미 있는 대화를 나누기 위한 시간을 매주 만들도록 해라.

작은 잡담에 들이는 시간의 한계를 정해 놓아라. 사소한 문제를 절대 논하지 않으며 살겠다는 것은 비현실적인 얘기다. 엘리베이터를 탄다든지 복도에서 동료들과 마주친다든지 혹은 처음 보는 사람과 대화를 나눈다는 등의 상황처럼 상황적으로 사소한 이야기를 할 수밖에 없는 경우가 생길 것이다. 이런 경우에는 시시콜콜한 이야기를 할 수밖에 없겠지만 이런 표면적인 이야기를 나누는 시간은 스스로 제한을 두는 것이 좋다. 대략 한 5분 정도면 되겠다. 그 한계선을 지났다면 대화를 끝내거나 다른 의미 있는 대화로 넘어가도록 해라.

많이 들어라. 다른 이가 하려고 하는 말에 진심으로 흥미를 가지고 귀 기울여라. 깊은 대화에는 듣는 것 또한 말하는 것 못지않게 중요한 일이다. 다른 이의 말이 끝나기도 전에 끼어든다거나 초조한 마음으로 말이 끝나기를 기다리는 등의 행동을 보여서는 안 된다. 상대가 무엇을, 어떻게, 그리고 왜 그런 말을 하는지 등을 고려하며 이야기를 들어라. 그들의 몸짓과 표정을 주시하며 듣는 것도 말로 표현하지 않은 의미들을 잡아내는데 중요하다. 상대가 느낌이나 생각을 전달하는 데에 있어서 어려움을 겪고 있다면 질문을 하거나 알맞은 단어, 혹은 아이디어들을 던져주어 그들이 반응을 할 수 있도록 도와주어라. 상대가 무엇을 말하려 하는지 명확하지 않을 경우에 질문을 던져라. 본인이 대화에 흥미를 느끼고 있다는 것을 보여줌과 동시에 명확하지 않던 부분까지 확실하게 할 수 있다.

대인관계의 범위를 늘려라. 자신이 흥미를 느끼는 주제를 다루는 집단에 속해라. 여기에는 본인이 흥미를 느끼는 주제를 다루는 책 읽기 동호회, 학원, 혹은 비영리기구 단체 등이 있으니 참고하도록 해라.

흥미로워 보이는 것보다, 흥미로운 것에 집중해라. 남에게 흥미 있어 보이게 하는 인상을 주는 것은 쉬운 일이다. 하지만 자신이 어떤 자세를 취할지에 대한 것에 신경을 쓰기 보다는 남이 실제로 무엇을 이야기하려 하는지에 대해 주목을 하는 것이 더 중요하다. 의미 있는 질문을 던지고 다른 이들이 더 깊은 내면을 보여줄 수 있도록 반응을 유도해라. 당신이 더 많은 흥미를 보일수록 상대방도 더 깊이 있고 의미 있는 행동을 내보일 것이다.

조금 나누고, 조금 받아라. 더 깊은 대화를 나누려면 서로 간에 편안함과 신뢰감이라는 것이 형성되어 있어야 한다. 남의 마음을 열게 만들려면 본인이 먼저 마음을 열어 보아라. 자신만의 감정이나 생각을 먼저 공유해라. 본인이 먼저 마음을 연다면 상대방에게 편안함과 신뢰감을 선사할 수 있을 것이며 그들 또한 무엇인가를 공유하러 들 것이다. 하지만, 지나치게 많은 말을 하거나 너무 많은 것을 내보이지 않도록 주의해라. 항상 남이 편안하게 느끼도록 하기 위해서는 적절한 양을 공유하는 것이 중요하다.

감사해라. 깊고 의미 있는 대화를 할 수 있는 사람을 만나게 되었을 시에는 그들에게도 그런 감정을 알려라. 단순히 "대화 정말로 즐거웠습니다."라든지 "당신과의 대화는 참으로 재미있었어요."라고 말하는 것만으로도 그들은 당신과 연결되어 있다고 느낄 테고 앞으로도 더 많은 대화를 나누게 될 여지를 마련하게 된다. 또한 감사를 표하면서 그들과의 솔직한 대화를 가치 있게 생각한다는 것을 상대에게도 알릴 수 있다.

지원을 아끼지 마라. 가끔 사람들은 불편함을 느끼거나 긴장을 하게 되면 유머로써 긴장감을 완화시키고자 하는데 이런 방법은 가끔 상대방에게 그들의 대화를 진지하게 받아들이지 않는다고 생각하게 만들 수 있다. 경우에 따라서 이 같은 행동은 사람들이 마음을 열고 다가가는 것을 저지하게 만들 수도 있으니 다른 사람이 무엇인가 의미 있는 대화를 나누고 싶어 할 때에는 농담으로 무마시키려는 행동은 삼가 해라. 대신에 상대방의 의견에 대해 공감과 지원을 아끼지 않도록 해라.

+ + +

도움을 청해라

도움을 청한다고 해서 그것이 우리가 약하거나
역량이 부족하다는 것을 의미하지 않는다.
그것은 높은 수준의 정직과 지혜일 때가 많다.

– 앤 윌슨 쉐프 –

많은 이들은 자라면서 도움을 요청하는 일이 나쁘다고 배웠을 것이다. 우리는 줄곧 '혼자 알아서 잘하는 사람'을 칭찬해왔다. 하지만 성공한 사람들 대부분을 보면 도움을 요청하는 방법을 잘 알고 있다.

자신이 도맡아 할 수 있는 것보다 훨씬 많고 어려운 문제들을 떠맡는 것은 건강에도 안 좋을 뿐만 아니라 스트레스 받는 일이기도 하다. 하지만 다른 사람들에게 의존하게 되면 고립감과 우울감, 스트레스 등이 완화될 수 있다. 도움을 받는 것은 자신의 약점을 드러내기보다는 자신의 강점에 집중할 수 있게 되는 것이며 더 생산적이고 효율적으로 일할 수 있게 되는 것이다. 또한 적합한 사람에게 도움을 요청 한다면 일을 제시간에 맞추어 끝낼 수 있어 일을 완성시키는 시간을 앞당길 수 있다.

도움을 요청하는 것은 일을 미루는 버릇을 고치는 데 중요한 역할을 한다. 대부분 우리들은 무엇을 해야 할지 모르거나 어찌 해야 할지 모를 때에는 일이나 결정을 뒤로 미루려고 한다. 도움을 청하는 용기가 생겼을 때에 비로소 일을 완성시키기 위한 한 걸음을 내딛었다고 할 수 있다. 또한 적합한 사람에게 일을 맡겼다는 가정하에 우리는 시간도 절약함과 동시에 더 많은 것을 배울 수 있게 된다.

도움을 요청함으로써 추가적인 통찰력과 새로운 해결 방안을 알게 될 수도 있다. 다른 이들에게 도움을 요청하는 경우, 그들은 그들만의 다양한 경험과 관점을 꺼내어 보여주면서 다른 방식으로 문제를 접근하는데, 이 경우 자신이 생각조차 못한 그들만의 해결방식이 더 효율적이거나 효과적일 수도 있다.

또한 사랑하는 사람이나 친구들 혹은 동료들에게 도움을 요청하면서 그들과의 관계가 돈독해지는 경우도 있다. 그들에게 의지할 정도로 그들을 신뢰하고 나만의 세계로 끌어들인다는 것을 의미하기 때문이다. 사람들은 자신을 필요로 하고 자신이 특별하다고 느끼고 싶어 하기 마련인데, 누군가가 도움을 요청하게 되면 자신이 그런 존재로 느끼게 된다. 또한 당신이 도움이 필요할 때 누군가에게 기댄다면 그들 또한 그들이 힘들 때 당신에게 좀 더 마음 편히 기댈 수 있게 되는 계기를 마련하게 되기도 한다. 특히나 연인관계에 있어서 양쪽이 서로 의지하는 사이가 되면 그들의 관계 또한 더 강해지기 마련이다.

+ + +

변화에 이르는 길
필요할 때에는 도움을 요청해라.

누군가에게 도움을 요청한다는 것 자체가 익숙하지 않은 사람들은 도움을 청한다는 것이 이상하게 느껴질 것이다. 여기 그런 사람들을 위해서 몇 가지 팁이 있다.

솔직해져라. 모두 우리 자신이 슈퍼인간이라고 믿고 싶겠지만 모든 것을 다 잘해낼 수 있는 사람이나 자기 스스로 모든 것을 해결할 수 있는 사람은 이 세상에 없다. 도움을 받기 위한 첫걸음은 우선 솔직해지는 것이다. 자신의 그릇이 얼마만한 크기인지, 무엇을 잘할 수 있고 무엇을 못 하는지, 그리고 혼자서 해낼 수 없는 것이 무엇인지 알아내는 것이 우선이다.

언제 물어 보는가. 언제 도움을 요청해야 하는지 잘 모를 때에는 다음과 같은 방법을 따라 해보아라.

시간이 부족한 경우. 만약에 기한이 정해져 있고 그 기한을 맞추기에 정신적이나 물리적으로 불가능함을 본인 스스로가 잘 알고 있을 때에 주변 사람들에게 도움을 요청해라. 그렇게 되면 기한을 놓치지 않고 제때에 맞추어 일을 마칠 수가 있으며 육체적·정신적 고통으로부터도 어느 정도 해방될 수 있다.

자신이 무엇을 하고 있는지 확실하지 않은 경우. 만일 무언가 새로운 것을 배우거나 알아내야 하지만 아주 많은 시간이 걸리거나 자신의 능력 밖에 있는 경우라면 해결 방법을 잘 알고 있는 다른 이에게 도움을 요청해라. 예를 들어 화장실 변기통이 막혔는데 이를 뚫는 방법을 모르는 경우에는 배관공을 부르거나 가까운 친구를 부르는 것이 본인이 스스로 변기를 뚫으려고 시도하는 것보다 훨씬 나을 것이다.

무언가가 불투명한 경우. 무언가 도움을 요청 받았거나 자신이 하고 있는 일이 잘 이해가 되지 않거나 혹은 어떻게 해야 할지 모르는 경우에는 명확하게 하기 위해서 도움을 요청해라. 올바른 방향으로 나아가기 위해서는 간단한 설명이면 충분할 것이다.

격한 감정에 휩싸여 있는 경우. 사람들은 모두 감정에 휩싸여 스스로 무능하게 느껴지거나 누군가에게 기대지 않고서는 배기지 못하는 경우가 있다. 이런 경우 자신이 믿을 만한 가까운 친구나 가족들에게 기대는 것도 하나의 방법이다.

도움을 청하는 방법. 도움을 요청하는 방법은 두려움을 극복하고 긍정적인 대답을 얻기 위해서 매우 중요한 일이다. 만일 부적절한 방법으로 도움을 요청한다면 오히려 역효과를 일으켜 비호감으로 낙인찍히게 될 수도 있다. 예를 들어 다른 이에게 죄책감을 들게 하거나 압력을 가한다면 상대방이 도움을 줄 수는 있지만 도움을 받는 쪽이나 주는 쪽 모두다 기분이 좋지는 않을 것이다. 어쩌면 상대방은 전력을 다해서 도와주지 않을 수도 있기 때문에 도움을 받은 쪽도 실망할 수도 있다. 엉뚱한 사람에게 도움을 요청하는 경우에는 필요한 도움을 못 받고 오히려 시간을 낭비하는 꼴이 되어 더 스트레스를 받을 수도 있다. 다음은 몇 가지 유념해야 할 점들이다.

직접 얼굴을 마주보고 말해라. 요즘에는 많은 사람들이 과학적 기술을 빌려 소통을 하는데 이는 편리할 수는 있지만 인간미 없게 느껴지게 하기도 한다. 도움을 요청할 때에는 직접 얼굴을 마주보고 이야기하는 것이 좋다. 만약에 멀리 있는 사람에게 도움을 요청해야 하는 경우에는 전화를 걸어 직접 대화하도록 해라. 직접적인 수단을 사용할수록 더 긍정적인 대답을 듣기 마련이다.

직접적으로 명확하게 말해라. 작업을 할 때 도움을 받고 싶다든지 혹은 누군가 들어 줄 상대가 필요하다든지 하는 경우 상대가 알아서 알아차려 주기를 바라지 마라. 당신이 무엇을 원하는지 명확하면서도 간결하게, 그리고 직접적으로 표방하는 것이 매우 중요하다.

마음을 열어라. 왜 도움이 필요한지에 대해서 설명해라. 그래야 상대가 당신의 환경적 요소를 이해하는데 더욱 용이하며 도움을 줄 확률 또한 높아지기 때문이다.

제대로 된 사람을 골라라. 누구에게 도움을 청하는지에 대해서 유념해라. 도움을 청할 때에는 자신이 처한 상황과 상반된 처지에 있는 자에게 도움을 청하고 싶지는 않을 것이다. 따라서 도움을 청할 때에는 본인이 능력이 있다 생각되고 믿을 만한 자에게 도움을 청하도록 해라. 빚진 느낌을 피하기 위해서 아무런 의무감 없이도 추후에 본인이 도움을 줄 수 있다고 생각되는 사람을 골라라. 만일 그 누군가가 추후에 당신으로부터 무언가 얻을 수 있다고 판단해 도움을 주는 사람이라면 그는 도움을 청하기에 적합한 자는 아니다.

너무 세세한 것까지 관리하려 들지 마라. 만일 믿을 만한 사람을 골라 도움을 요청했다면 세세한 것까지 관리하려 들지 말고 그들이 하는 대로 믿고 맡겨 두어야 한다. 만일 세세한 것까지 관리하려 든다면 추후에 다시 도움을 요청했을 때에 더 이상 도움을 받기 힘들 것이며 그 사람들과의 관계에도 부정적인 영향을 미칠 것이다.

두려움 없애기

도움을 청하지 않는 것은 종종 일종의 두려움에서 비롯된 것이라 할 수 있다. 여기 사람들이 필요할 때 도움을 청하지 않는 몇 가지 이유와 이런 두려움을 극복하는 방법을 적어 놓았다.

+ 약해 보이는 것: 많은 사람들이 도움을 청할 때, 혹시나 약해 보이지 않을까 두려워하지만 실제로는 도움을 청하는 일은 강하다는 것을 의미한다. 도움을 청한다는 것은 자신이 도움이 필요하다는 것을 인정할 용기와 자각심이 있고 스스로 무언가를 처리할 수 있는지 없는지 안다는 것을 의미하기 때문이다. 이는 타인이 생각하기에 당신을 더 믿음직스러운 사람으로 느껴지게 한다. 또한 도움을 청하게 되면 일을 완성시키지 못하거나 오류를 범하게 되어 수치심을 받게 되는 일도 피할 수 있게 된다.

+거절: 몇몇 사람들은 거절당하는 것을 두려워해 도움을 청하지 않는 경우가 있다. 대다수의 경우 사람들은 남들을 도와주면서 누군가가 자신을 필요로 하는 느낌을 받고 싶어 하기 마련이다. 하지만 만약 누군가가 부탁을 거절한다면 많은 이유가 있을 수 있지만 대부분의 경우 당신과의 사적인 문제가 아니라는 것을 명심해라.

+궁핍: 궁핍해 보이는 것은 도움을 요청하기 때문이 아니라 당신이 얼마나 자주 어떻게 도움을 요청하는가에 달려 있다. 도움을 계속 요청하고 도움을 받은 것에 대해 감사를 표현하지 않으며, 더 많은 것을 원하고 보답의 의미

로 도움을 주지 않기 때문인 경우에 궁핍한 사람으로 낙인찍히기 마련인 것이다. 사람의 시간을 존중해 주고 감사의 마음을 표한다면, 궁핍해 보이는 것은 더 이상 걱정할 문제가 아닌 것이다.

+빚: 몇몇 사람들은 도움을 받음으로 인해 빚진 느낌을 안고 살아가는 것을 두려워하는데 만일 제대로 된 사람에게 도움을 청한다면 그들은 아무런 대가를 바라지 않고서라도 기쁜 마음으로 도움을 줄 것이다. 그러니 도움을 주는 것에 관용을 베풀어라. 모든 일은 돌고 도는 것이다.

+통제력 상실: 다른 이들이 우리를 도와줄 때에는 그 문제에 관하여는 자기가 통제하려 들면 안 된다. 만일 지나치게 통제하려 든다면 그 사람이 일을 제대로 한다고 믿기는 힘들게 될 것이며 이로 인해 일이 난관에 봉착하게 될 것이다. 만일 진짜로 도움이 필요한 상황에서, 제대로 된 사람에게 도움을 요청한다는 전제하에, 다른 사람보다 자신이 일을 더 잘할 것이라는 가능성은 낮다고 볼 수 있다.

보답해라. 도움이 필요할 때, 편하게 도움을 요청하는 것이 중요한 만큼 상대가 도움이 필요할 때에도 편하게 도움을 줄 수 있는 자가 되는 것도 중요하다. 그렇다고 해서 도움이 필요한 이 세상 모든 사람들을 도와주어야 한다는 뜻은 아니지만 당신의 능력이 닿는 한 다른 사람들을 도와주려 노력해야 한다. 만일 도움을 받기만 하고 도움을 주려 하지 않는다면 자기중심적이고 모욕적인 사람으로 전락하고 말 것이다. 하지만 당신이 다른 이들에게 도움이 되는 사람이 된다면 그들과의 유대관계도 강해질 것이며 그들에게 감사하고 있다는 사실도 알게 할 수 있다.

감사해라. 도움을 받았을 때에는 항상 감사를 표해라. 상대방이 도움을 주었을 때에는 감사를 표하고 상대가 도움을 요청하였을 때에는 긍정적인 대답을 해라. 상대가 도움을 주었을 때에는 어떤 도움을 주었는지 더 구체적으로 말하는 것이 좋다.

✚ ✚ ✚

여행을 떠나라

여행이란 선입관, 편견, 혹은 근시안적인 마인드를
가진 자들에게 있어서는 치명적인 요소이다.
넓고, 전체적으로 보는 시야라는 것은 지구 한 구석에서
평생 동안 무위도식하면서는 결코 얻어낼 수 없는 것이다.

– 마크 트웨인 –

"휴가가 필요해."라고 느낄 때에는 뇌에서 무언가를 말하려 하고 있는 것일 수도 있다. 일상생활에서 벗어나 여행을 하면 휴식, 기력의 재충전 혹은 활력을 되찾을 수 있을 것이다. 따뜻한 열대 국가로 가도 좋고 새로운 도시로 떠나도 좋다. 떠난다는 사실 자체가 많은 이득을 안겨다 줄 것이다.

알아두기

2012년도의 연구에 의하면 93퍼센트의 미국인 여행자들이 방학 동안에 행

복하다고 대답했으며 77퍼센트의 응답자들은 방학이 지난 후에 건강해진 느낌을 받는다고 응답했다. 또한 대략 80퍼센트 정도의 응답자들은 방학 중에 즐겼던 활동들이 추후의 생산성이나 기운과 집중력 등에 영향을 미친다고 응답했다.

일상생활에서 벗어나 휴가를 떠난다는 사실이 스트레스를 많이 풀어 준다는 사실은 결단코 놀라운 사실이 아니다. 이런 효과를 보기 위해서 휴가 기간이 긴 것은 아니다. 2012년도에 익스피디아 연구 기관에서 행해진 연구에 의하면 88퍼센트의 참가자들이 업무를 제쳐두고 스트레스를 풀기 위해 필요했던 여행 기간은 이틀 혹은 그 이하의 날짜가 필요했다고 응답했다.

일상생활과 환경으로부터 벗어나 직면한 문제에서 한 발짝 물러나면 새로운 관점을 가지게 된다. 이 관점은 사물을 더욱 명확하고 객관적으로 볼 수 있도록 만들어 준다. 그리고 가끔 인생이 너무 지루하고 꽉 막힌 느낌이 든다거나 짜증이 난다거나 스트레스를 받는다면 잠시 휴식을 취해라. 그러면 더 맑은 마음으로 다시 시작할 동기와 열정이 되살아 날 것이다.

여행은 또한 항노화 작용에도 효과적이다. 콜레트 파므리골 박사가 1995년도에 실행한 연구에 의하면 여행을 포함해 정기적으로 휴식 활동을 즐기는 사람들이 치매의 발생 위험이 줄었다고 한다. 새로운 장소, 새로운 문화, 혹은 새로운 음식과 새로운 환경에 노출되면 우리의 뇌는 새로운 경험에 적응하기 위해 신경 기로를 새롭게 재정비하기 시작한다. 이 신경 접착제가 인지 기능을 향상시키고 뇌의 항노화 작용을 작용시켜 퇴화 작용을 물리치게 되는 것이다.

여행은, 특히 외국으로의 여행은 모든 감각을 동원하게 만든다. 새로운 맛, 새로운 소리, 새로운 풍경, 새로운 냄새, 심지어 새로운 촉감까지. 더 나아가 새로운 거리를 거닐고 환전 작업과 스케줄을 짜거나 언어를 통역하는 작업 등 두뇌의 다양한 부분을 동원해야 하는 수많은 도전에 직면하게 된다. 이런 새로운 경험들에 노출되게 되면 새로운 가능성에 대한 마음을 열게 만들기도 하는데 이는 창의성에 영감을 주게 되고 문제 해결 능력을 강화시켜 준다. 자신의 세계에서 벗어나 모험을 떠날수록 마음이 열리고 유유해지며 자신감과 참을성을 배우기도 한다.

행복에 있어서 가까운 대인관계를 유지하는 것도 중요하다. 다른 이들과 여행을 할 때 이런 공유된 경험은 서로 간의 유대를 더 끈끈하게 만들기도 하며 인생에 있어서 평생 공유할 수 있는 추억을 만들어 내는 것이기도 하다. 2012년 12월, 해리스 연구소에 의해 실행된 연구에 의하면 62% 성인들은 5세부터 10세 사이에 떠난 여행을 기억하고 있다고 응답했으며 이런 기억들이 학교 축제(34%)나 생일 기념일(31%)의 기억보다 더 생생하게 남아(49%) 있다고 대답했다.

변화에 이르는 길
여행을 우선시해라.

당신의 인생에 줄 수 있는 변화 중에 좋은 한 가지가 바로 여행이다. 여기 몇 가지 팁을 주겠다.

여행을 우선시해라. 우선 돈 버는 시간에서 벗어나 여행을 해라. 물론 즉흥적인 휴가를 내는 것도 긴장을 푸는 데에 있어서 도움이 되겠지만 '가만히 있고자' 하는 유혹에 휘말리지 않도록 유념해라. 여행에 자신의 시간을 어느 정도 할애하도록 노력하고 가급적으로 유급 휴가를 사용하도록 해라.

주말을 중요하게 여겨라. 여행을 가기 위해 꼭 긴 기간이 필요한 것은 아니다. 일주일 정도의 휴가도 아주 큰 가치를 선사할 수 있는 것이다. 한 달에 한 번쯤은 자신의 동네에서 벗어나 밖으로 탐방하도록 해라.

예산이 적어도 괜찮다. 여행에서 무언가를 얻기 위해 꼭 많은 돈이 필요한 것은 아니다. 자동차나 레저용 캠핑 차로 전국을 캠핑하며 돌아다니는 경험은 개인에게 있어서도 가족들에게 있어서도 값진 경험이 될 것이다. 당신이 얼마를 소비하느냐가 중요한 것이 아니고 여행 중에 어떤 경험을 하느냐가 중요한 것이다.

몰두해라. 현지 음식을 먹어 보고 현지인들과 대화를 나누면서 토착어를 배워보아라. 그리고 현지인들이 자주 가는 장소에도 가서 그 방문한 도시의 문화에 흠뻑 젖어 보아라. 더 많은 시도를 할수록 더 많은 자극을 뇌에 주게 될 것이며 이는 당신의 마음과 세계 또한 한층 더 넓어지게 될 것이다. 또한 이미 익숙한 환경에서 '안전하게 지내기'보다는 새로운 경험을 함으로써 참으로 많은 것을 얻게 될 것이다.

밖으로 나가라. 밖으로 나가 자연을 둘러보게 되면 창의성에도 영감을 주게 된다. 어려운 코스를 하이킹한다든지 캠핑하다가 갑자기 비가 쏟아진다는 등의 예상치 못한 일을 겪게 된다든지 혹은 외부 세계와의 소통을 차단시키며 지낸다는 등의 도전은 자존감과 자신감, 그리고 문제 해결 능력과 유연성 등을 쌓아 올리는 데 중요한 수단이다.

네비게이션은 잊어라. 여행을 다닐 때에는 GPS를 사용하지 않도록 해라. GPS는 간편하지만 현지인들과 소통을 하거나 지도를 보는 행동처럼 뇌를 활용화시키지는 않는다. 스스로 길을 찾아 나서게 되면 주변 환경을 더 이해할 수 있게 되며 뇌를 더 활용시키게 되어 중립 가소성을 형성하게 된다.

다양화 시켜라. 당신은 바다로 가는 것을 즐길 수도 있고 혹은 고대 유럽 도시를 탐방하는 것을 선호할 수도 있다. 여기서 한 가지 추천해 주겠다. 이곳저곳 섞어 여러 타입의 휴가를 보내 보아라. 그렇게 하면 매번 여행이 유일한 경험이 될 것이며 여행을 다닐 때마다 색다른 경험을 하게 될 것이다.

스트레스 없는 여행

몇몇 사람들은 여행 가는 일이 스트레스를 풀어 주기보다는 더 쌓이게 만든다고 말한다. 만일 당신이 바로 그들 중에 한 명이라면 다음과 같은 방법으로 스트레스가 일어날 만한 가능성을 배제시켜 버려라.

+ 리스트를 만들어라: 여행하기 2주전에는 여행 시 소지해야 할 물품들의 목록을 만들어라. 이런 습관은 중요한 사항을 잊어버리게 하는 것 때문에 생기는 스트레스를 최소화 시켜 줄 것이다.

+ 조사를 해보아라: 여행 계획을 짜기 전에는 그 지역에 대한 조사를 해라. 친구들이나 동료들 혹은 친척들에게 그들만의 경험담들과 추천을 받아 보아라. 가고자 하는 지역의 여행 동호회 사이트 등을 방문해 보아라.

+ 일기예보를 확인하라: 여행을 가기 최소 5일 전부터는 일기예보를 수시로 확인해라. 비행을 할 예정인데, 목적지에 태풍이나, 눈보라, 혹은 다른 날씨 관련 비상사태가 발생한다면 비행 웹 사이트를 방문하여 미리미리 대비책을 마련해 두는 것이 좋겠다. 미리 환불 규정을 확인하여 취소를 하거나 비행시간을 미리 앞당김으로써 편의를 보면 되겠다. 날씨로 인한 환불사항이란 것을 알리는 한 추가적 요금은 발생하지 않을 터이니 호텔과 렌터카 회사에도 날짜 변경을 요청할 것을 잊지 말아라.

+ 기차, 비행기, 자동차: 연결 시간을 최대한으로 줄여라. 대기 시간이 길어질수록, 교통수단을 놓칠 확률이 높아진다. 한 가지 이상의 교통수단을 사용하는 것은 가급적 피해라.

+ 여행 보험: 만일 여행사항을 변경하거나 취소시키는 것이 두렵다면 미리 사전에 여행 보험을 들어 놓아라. 그러면 변경 사항 발생 시에 돈을 아낄 수 있을 것이다.

+ 유도리 있게 다녀라. '흘러가는 대로' 여행을 다닐수록 여행에 대한 스트레스의 정도 또한 낮을 것이다. 만일 여행 도중 혼란이 생긴다면 스트레스를 받지 말고 여행 동반자들과 함께 더 많은 것을 보고 예상치 못한 무언가를 경험해 봄으로써 유대관계를 더 깊게 만드는 기회로 삼도록 해라.

혼자 가라. 혼자만의 여행은 깊은 성찰과 성장을 가져다주게 된다. 혼자 있도록 강요된 상황 속에서는 다른 사람들과 함께 있을 때에 생각하지 못한 것들을 떠올리게 된다. 혼자 여행을 하게 되면 스스로 자신만의 안식처를 찾아 나서게 되는데 이는 다른 사람들과 함께 있을 때에 다른 사람들과 맞추어 나가게 되는 상황과는 다르다. 이런 경험은 우리가 다른 이들과 여행 다닐 때와는 다른 방식으로 우리의 자신감을 형성시키며 우리의 뇌를 활성화시키기도 한다.

많을수록 좋다. 혼자 여행하는 것이 좋은 점이 많다 하지만 다른 이들과 여행하는 것 또한 여러 혜택을 안겨다 줄 수 있다. 예를 들어 사람들 간의 관계를 더 깊은 관계로 만들어 주게 된다. 가족들뿐 아니라, 가끔은 친구들이나 동료, 혹은 같은 반 사람들과 함께 여행을 떠나도록 해라. 예비고객이나, 회의에 참석하게 될 동료들에게 먼저 다가가서 그들의 의사를 물어 보아라. 그들과 함께 경치를 구경하며 여기저기 탐방해 보아라. 친구들의 고향보다는 함께 새로운 환경으로 여행길에 나서라.

✚ ✚ ✚

아로마 테라피를 즐겨라

냄새만큼 기억에 남는 것은 없다. 냄새는 예상치 못하게
일시적으로 혹 하고 다가와, 산에서 보낸 호숫가 근처에서의
어린 시절의 여름방학을 상기시키고는 한다.

– 다이앤 애커먼 –

냄새는 기억력을 생생히 상기시키는 힘이 있다. 예를 들어 막 초벌된 잔디 냄새는 어린 시절 공원에서 놀던 생각을 떠올리게 할 수도 있고 어느 한 여인의 향기가 할머니와 함께 보낸 시간을 상기시킬 수도 있다. 또한 애플 파이의 향기가 겨울방학 동안의 가족 모임의 시간을 기억나게 할 수도 있다. 이처럼 냄새라는 것은 참으로 강력한 힘을 지니고 있다. 때로는 냄새의 영향력이 너무나도 커 정서나 스트레스의 정도, 혹은 감정과 기억력에까지도 영향을 미칠 수 있다.

아로마 테라피는 냄새를 이용해 우리의 심신과 인지 기능, 그리고 스트레스의 정도와 전반적인 건강 상태를 변화시키는 과학적인 방법이다. 에센셜 오일은 꽃이나 잎사귀, 꽃줄기나 나무껍질 등의 식물성 물질에서 얻어진 물질이 오일이나 알코올, 혹은 로션 등의 전달성 물질과 함께 뒤섞여 콧속으로 흡입되거나 공기 중으로 뿌려지거나 혹은 피부에 흡수된다.

에센셜 오일은 중국인, 이집트인, 인도인과 로마인들, 그리고 그리스 문화에서도 수천 년 동안 사용되어 왔다. 1928년이 되어서야 프랑스 화학자인 레네 모리스 게트 포세에 의해 아로마 테라피라는 요법이 만들어졌다.

제2차 세계대전 때, 프랑스 수술의 진 벨넷이 게트 포세의 연구를 계속 진행했으며 에센셜 오일로 부상 입은 병사들을 고쳤다. 그는 에센셜 오일에 대해서 아주 광범위하게 써 내려갔으며 1964년도에는 『아로마테라피술』을 간행했다. 이 간행본은 마가렛 머리 여사의 또 다른 연구 발행본과 함께 현대 아로마 테라피의 모습을 형성하게 만들어 준 계기가 되었다. 미국에는 1980년도가 되어서야 아로마 테라피라는 것이 널리 알려지게 되었다.

알아두기

후각 신경은 뇌의 편도체와 해마 부근에 위치해 있는데 바로 이 세포가 냄새를 인지한다. 편도체는 감정을 상기시키는 것을 담당하는 기관이고 해마는 기억을 구체적으로 관장하는 기관이다. 이런 근접성으로 인해 기억 상실에 걸린 사람들 대부분은 후각적 기능도 상실해 버리고 만다. 또한 연구에 의하면 후각적 상실은 알츠하이머나 파킨슨병과 같은 신경성 장애의 첫 번째 신호일 수도 있다고 한다.

아로마 테라피는 정서적인 신경 기능에 매우 효과적인 작용을 한다고 알려져 있다. 이 기능은 스트레스의 정도와 투쟁 도주 반응(갑작스런 자극에 대하여 투쟁할 것인가 도주할 것인가의 본능적 반응)을 관장한다. 2002년도에 일본인들의 연구에 의하면 파촐리나 장미 오일의 향을 들이쉬면 긴장감을 40%나 감소시킬 수 있다고 한다. 장미 오일 또한 투쟁 도주 반응 관련 호르몬인 아드레날린을 30%나 감소시켰다는 결과가 나왔다. 이와는 반대로 후추 오일이나 에쓰트라공 오일, 또는 회향 오일이나 그레이프 후르츠 오일 등은 긴장감을 1.5배에서 2배 가까이 증가시켰다는 대조되는 결과를 보였다.

몇 가지 에센셜 오일들은 스트레스를 완화시키는 효과 이 외에도 광범위한 영향을 미친다. 예를 들어 라벤더 향은 신경적 효과에 여러 방면으로 좋다고 알려져 있다. 이를테면 심신 안정이나 분노를 누그러뜨리는 데에 효과가 있을 뿐만 아니라 코르티졸 수준 또한 낮추어 준다. 또한 연구들에 의하면 라벤더 향은 불면증이나 편두통에도 효과적이라고 한다.

아로마 테라피는 기억력 향상, 집중력 향상, 창조성 개발 등에도 도움을 준다. 2003년도의 연구에 의하면 로즈메리의 향을 맡은 대다수의 사람들이 기억력의 질이나 제2차 기억력 기관에도 영향을 받았다고 보고된다.

아로마 테라피를 즐겨 받게 되면 뇌 건강의 향상에 좋다. 덜 외과적인 방법이고 약을 쓰지 않고서 스트레스를 다루며 집중력을 향상시키고 숙면을 취할 수 있도록 도와주는 방법이다. 더군다나 아로마 테라피는 아무 데서나 언제든지 즐길 수 있다는 면에서 아주 편리한 방법이라 할 수 있다.

변화에 이르는 길
아로마 테라피를 하나의 일상으로 만들어라.

아로마 테라피를 즐기는 데에 많은 것이 필요한 것은 아니다. 안전하고 효과적인 방법으로 즐기려면 다음과 같은 방법을 고려해 보아라.

조심스레 행해라. 아로마 테라피 치료법을 행하기 전에는 항상 자신의 주치의와 상담을 해라. 아로마 테라피 오일 요법을 전반적으로 가려야 할 집단이 있는데 영유아, 임산부, 노약자 등이 이런 집단에 속한다. 심각한 알레르기 증상이나 천식이 있다면 주치의들의 의견을 물어 보아라. 복용하고 있는 약이 있다면 따로 금기 사항이 없는지 의사와 상담을 하도록 해라. 특정 오일은 감광성을 지니고 있다. 특히 오렌지, 레몬, 감귤이나 라임 등의 감귤류 종류의 오일은 태양을 쬐기 전에는 피하도록 해라.

전문가를 찾아라. 더 많은 효과를 보려면 아로마 테라피 전문가와 함께 해라. 개인적인 필요 사항이나 의료 기록을 고려해 알맞게 혼합하는 방법을 알려 줄 것이다. 만일 알레르기나 알레르기성 피부를 가지고 있다면 아로마 테라피 전문가와 함께 진행하는 것을 추천한다. 전문가 자격증은 나라마다 다른데, 전문적인 아로마 테라피 기구의 회원인 사람들을 찾는 것이 좋다.

아로마 테라피 마사지. 아로마 테라피 마사지를 함께 해 효과를 증대시

커라. 많은 아로마 테라티 전문가들은 마사지 하는 방법 또한 잘 알고 있는데 개개인에게 적합한 향기를 알맞게 골라 낼 수 있다.

진품을 골라라. 만일 혼자서 아로마 테라피 요법을 진행하고자 한다면 제품을 고르는 데에 있어서 주의를 기울여라. 아로마 테라피는 이제 많은 인기를 얻고 있어서 바디 로션이나 양초, 샴푸 그리고 화장품 등의 개인용 관리 제품에 '아로마 테라피'라는 용어가 많이 사용되고 있다. 아쉽게도 이런 제품에 포함되어 있는 것은 유사 향기를 첨가한 것뿐이어서 에센셜 오일과 같은 효과를 주지 않는다. 유사 향기는 화학적으로 아로마 향을 나게 해 개인용 제품에 넣은 것인데 효과에서 차이가 크니 아로마 테라피 제품을 구매할 때에는 진품인지 아닌지를 확인해라. 또한 가능한 한 냉압착유를 고르도록 해라.

실험해 보아라. 에센셜 오일은 종류에 따라 다른 효과를 가져다준다 할 수 있으며 개개인에 따라 선호하는 향의 종류도 다르다. 종류에 따른 에센셜 오일의 효능을 제대로 이해하고 자신에게 맞는 것을 사용 하는 것이 중요하다. 철저한 목록은 아니지만 아래와 같은 차트를 보면 인기 있는 오일과 그 효능들을 알아 볼 수 있으니 참고해라.

아로마테라피 오일들

관련 사항	적합한 오일
분노	재스민, 오렌지, 파촐리, 로마 카모마일, 장미, 일랑일랑
걱정	향나무, 유향, 제라늄, 라벤더, 만다린, 파촐리, 로마 카모마일, 장미, 백단유
우울감	유향, 제라늄, 재스민, 라벤더, 레몬, 만다린, 오렌지, 로마 카모마일, 장미, 백단유, 일랑일랑
피로감	바실, 검은 후추, 싸이프러스, 유향, 생강, 그레이프 후르츠, 재스민, 레몬, 파촐리, 페퍼민트, 로즈마리, 백단유
행복감	유향, 제라늄, 그레이프 후르츠, 레몬, 오렌지, 장미, 백단유, 일랑일랑
기억력과 집중력	바실, 검은 후추, 사이프러스, 레몬, 페퍼민트, 로즈마리
스트레스 완화	유향, 제라늄, 그레이프 후르츠, 재스민, 라벤더, 만다린, 파촐리, 로마 카모마일, 장미, 백단유, 일랑일랑

제대로 즐기는 방법. 에센셜 오일은 고농축 제품이기 때문에 피부에 직접 바르면 안 되고 물이나 씨앗 등에 포함되어 있는 식물성 유지에서 채취된 운반용 오일을 섞어 희석해서 사용해야 한다.

증기흡입 아로마 테라피. 증기 흡입은 아로마 테라피 요법 중에서 인기 있는 항목인데, 아로마 테라피 얼굴 스팀기를 구매하거나 증기가 나오는 냄비를 사용하면 된다. 끓고 있는 물에 3-5방울의 오일을 떨어뜨려 타월을 머리에 뒤집어쓰고 아로마를 여러 번 들이마셔라. 화상을 입지 않도록 얼굴을 몇 센티 정도 떨어뜨리도록 해라.

목욕. 목욕물에 입욕 전에 에센셜 오일을 몇 방울 떨어뜨려라.

압박. 따뜻한 물 한 그릇에 에센셜 오일 몇 방울을 떨어뜨려 잘 섞어주어라. 수건을 담가 놓은 후 물기를 짜낸 후, 이마에다 대고 압박을 시켜라. 통증이 있는 곳이 있는 경우에는 통증 완화제로 사용해도 좋다.

로션/크림. 무향 로션에는 에센셜 오일 몇 방울을 첨가하거나, 크림에는 식물성 버터를 첨가할 수 있다. 로션이나 크림에 사용되는 식물성 버터에는 코코아버터랑 셰어버터가 있다. 냉압착유를 사용하는 것을 잊지 않도록 해라.

마사지 오일. 아보카도나 아몬드, 조조바나 올리브 오일 등에 에센셜 오일 몇 방울을 떨어뜨려 자신만의 마사지 오일을 만들 수도 있다. 다시 한 번 강조하지만 냉압착유를 사용하도록 유념해라.

두려움을 직시해라

당신이 가기 두려워하는 동굴 속에
당신이 그토록 찾던 보물이 있을 것이다.

- 조셉 캠벨 -

많은 것들이 행복을 얻는 데에 있어서 방해물이 될 수 있지만 그중 두려움이라는 감정이 당신의 발목을 잡아 둘 수가 있다. 모두가 두려움이나 근심 걱정, 혹은 스트레스를 경험한 적이 있겠지만 이런 감정들을 더 많이 겪을수록 위험을 감수할 수 있게 되고 우리가 원하는 것을 추구하여 목표물로 다가갈 수 있게 만든다.

두려움이란 두 가지 형태로 나타나는 인간의 자연적 감정인데 하나는 건전한 형태이며 또 다른 하나는 불건전한 형태이다. 건전한 두려움은 우리를 부적절한 상황이나 위험한 것을 하지 않게 함으로써 보호하는 역할을 하는데 우리가 처한 상황을 호전시키는 행동을 취하도록 만든다.

흡연자가 폐암으로 죽는 것이 두려워 담배를 끊는다든지, 당뇨병 전증

환자라고 진단받은 여인이 식습관을 건강한 식단으로 바꾸는 등의 조치를
취하는 것을 생각해 보아라.

하지만 이와는 반대로 불건전한 두려움은 우리를 교착 상태에 빠뜨려
놓고는 하는데, 긍정적이고 행복한 상태를 유지하는 능력을 방해하고 우리
가 원하는 인생을 살아가도록 하는 데에 있어서 방해를 하며, 우리가 필요
할 때에 감당해야 할 위험을 감수하는 능력을 앗아가 버린다. 따라서 안전
한 방법으로만 살아가는 것에만 시간을 보내며 무언가를 경험할 기회를 빼
앗아가 버리는 것이다.

불건전한 두려움은 과거에 부정적인 경험이나 불편한 경험의 결과로 나
타나는 반응이라 할 수 있다. 그 감정은 진실한 것일지라도 현실성에 근거
한 것이 아닌 경우가 허다하다. 현실에 근거한 것보다는 아무런 근거 없이
우리가 상상한 것에서부터 기반을 둔다고 할 수 있는데 우리는 보통 최고
의 시나리오보다는 최악의 시나리오를 그리기 마련이고 이런 행동이 우리
를 근심 걱정의 심리 상태로 몰아넣는 것이다.

+ + +

변화에 이르는 길
두려움을 극복해라.

두려움 때문에 느껴지는 인생의 한계를 막기 위한 가장 좋은 방법은 스
스로 두려움을 알아차리고 그 두려움을 직시 하는 것이다.

다이어리를 적어라. 두려움에 대한 기록을 하여 세상에 내비치는 것도 두려움을 줄이는 한 가지 방법이다. 현재와 과거의 두려움을 제3부의 두려움에 관한 계획표에다가 적어라.

과거의 두려움. 과거의 두려움이 무엇이었는지를 적어내는 것이 현재의 두려움을 적어내는 것보다 용이할 것이다. 우리의 두려움은 시간과 함께 옅어지기 마련인데, 이와 동시에 우리는 더 명확하고 이성적인 관점을 가질 수 있게 된다. 과거의 두려움에 관해 적어내린 기록과 이를 어떻게 느꼈는지 그리고 이로 인하여 어떤 결과가 생겼는지를 적어라.

극복한 두려움. 두려움을 어떤 방법으로 극복했는지를 형광펜으로 칠한 뒤 현재의 두려움을 극복해 나갈 방법으로써의 예시로 사용해라.

현재의 두려움. 과거의 두려움을 돌이켜 봄으로써 아직 남아 있는 두려움과 새로 생긴 두려움을 생각해 보아라.

두려움을 환영해라. 두려움을 키우는 것이 추악한 일이라 느껴질 때에는 몸을 안정시키고 숨을 깊이 들이 마시어라. 당신을 놀라게 만드는 사소한 일들을 그대로 받아들이도록 노력해라. 작은 두려움들을 극복할수록 더 높은 단계의 두려움을 극복할 용기와 마음가짐이 생기게 될 것이다.

이야기를 다시 써라. 앞에 언급하였다시피 두려움은 우리 스스로가 만들어 내는, 때에 따라서는 최악의 시나리오인 환상 같은 것이다. 만일 부정적인 생각이 자꾸 맴돌아 극단적인 상황을 떠올리게 된다면 당장 멈추고 이야기를 다시 재구성 해보아라. 최고 좋은 결과를 생각하며 긍정적인 새로운 이야기를 생각해 보는 것은 어떠한가?

이야기를 행동으로 옮겨라. 한번 긍정적인 일이 생기면 그 역할에 자신을 끼워 넣도록 노력해 보아라. 두려움을 느끼는 것에 헛된 기력을 쏟지 마라. 대신에 두려움을 다루는 것에 전력을 쏟아라. 두려움을 극복하고 자신이 인생의 주인공이 됨으로써 얻게 되는 성공과 행복감, 그리고 그 짜릿함을 생각해 보아라. 방해물이 나타나면 자신이 책임지고 해결책을 찾도록 해라.

혼자가 아니라는 사실을 잊지 말아라. 엄청 무서워 보이는 일을 해낸 사람들도 대단한 일을 해낸 사람들도 모두가 두려움이라는 것을 경험하게 되는데, 당신이 롤 모델이라고 생각하는 사람이나 우상시하는 사람들 중에 자신만의 두려움을 극복하고 대단한 일을 성취해 낸 사람을 떠올려 보아라.

지지해 주는 인맥을 만들어라. 당신을 특히나 두려움에 떨게 만드는 상황에 처했을 때에는 그 두려움을 극복할 수 있도록 도와줄 수 있을 만한 다른 사람들에게 기대어라. 친구들이나, 가족들, 혹은 동료들 또한 도움을 줄 수 있을 것이다.

✦ ✦ ✦

3분기 체크 사항

주별 변화	실천
1주째. 감정을 글로 표현해라	☐
2주째. 음악을 틀어라	☐
3주째. 크게 입을 벌려 웃어라	☐
4주째. 목표를 설정해라	☐
5주째. 목록을 작성해라	☐
6주째. 한 번에 한 가지 일에 전념해라	☐
7주째. 남과 비교하지 마라	☐
8주째. 명상을 해라	☐
9주째. 선택을 두려워하지 마라	☐
10주째. 녹차를 마셔라	☐
11주째. 타인의 장점을 발견해라	☐
12주째. 책 읽는 즐거움을 만끽해라	☐
13주째. 휴식 시간을 가져라	☐
14주째. 내면의 비판적 목소리를 잠재워라	☐
15주째. 컴포트 존을 벗어나라	☐
16주째. 몸을 움직여라	☐
17주째. 감사의 기도를 해라	☐
18주째. 가치 있는 경험을 해라	☐
19주째. 고요함을 추구해라	☐
20주째. 의견을 말해라	☐
21주째. 시간제한을 두고 일을 해라	☐
22주째. 충분한 영양을 섭취해라	☐
23주째. 마음을 열어라	☐
24주째. 숙면을 취해라	☐

25주째. 타임아웃을 가져라 ☐

26주째. 평생 학습해라 ☐

27주째. 스크린 타임을 최소화해라 ☐

28주째. 자신에게 충분히 보상해라 ☐

29주째. 새로운 경험에 마음을 열어라 ☐

30주째. 마사지를 받아라 ☐

31주째. 자신에 대해 확신을 가져라 ☐

32주째. 창의적인 것을 즐겨라 ☐

33주째. 뇌를 활성화시키는 과일과 채소를 먹어라 ☐

34주째. 야외로 나가라 ☐

35주째. 잡담을 멀리해라 ☐

36주째. 도움을 청해라 ☐

37주째. 여행을 떠나라 ☐

38주째. 아로마 테라피를 즐겨라 ☐

39주째. 두려움을 직시해라 ☐

스트레스를 완화시켜 주는 방법을 연구해라

반복해서 실행한 것이 곧 우리 자신이 된다.

– 아리스토텔레스 –

모두가 알다시피 일은 아주 힘든 것이다. 일을 아주 좋아하는 사람이라 하더라도 몇 주 혹은 몇 달 동안 일이 밀리는 경우가 있기도 한다. 물론 일로 인한 스트레스가 만연하다 할지라도 때로는 통근 시간 자체가 스트레스 받는 일인 경우도 있다. 일을 시작하기 전이나 후에 스트레스를 푸는 작업을 한다면 일상적으로 받는 압박감으로부터 정신적인 휴식을 취할 수 있을 것이다.

알아두기

텔아비브 대학교의 연구원들은 인간들뿐 아니라 동물들도 반복적인 의식을 치른다는 사실을 밝혀냈는데, 이런 행위는 예상치 못한 일에 대해 스트레스를 잘 다루고 마음의 안정을 되찾기 위해 행해진다고 결론지어졌다.

일을 시작하기 전에 행하는 의식은 남은 날들에 대한 정서를 좌지우지하며 앞으로 올 일들에 대해 마음의 준비를 하도록 만든다. 밀린 이메일을 확인하기 전이나, 마감이 다가온 업무를 수행할 때, 혹은 다량의 전화를 응대하거나 지루하고 기나긴 회의를 수행하기 전에 자신만의 머리를 식히기 위한 방법으로 머리를 맑게 할 수 있다. 기를 재충전시킨 후 그 무엇이라도 맞이할 준비가 된 자세로 맞이하게끔 만드는 것이다. 이런 긍정적인 마인드는 작업의 생산성과 행복감, 그리고 일반적인 스트레스의 정도를 조정하는 데에 있어서 놀라운 기적을 이루어내고야 말 것이다.

반면에 일이 끝난 후 행하는 의식은 일에 대한 생각을 없애주고 심신을 안정시켜 줄 수 있는데, 뇌에 일이 끝났다는 신호를 보냄으로써 이제는 휴식을 취하고 가족들이나 개인적인 시간을 즐길 수 있다는 메시지를 보내는 것이다.

✦ ✦ ✦

변화에 이르는 길
일하기 전과 일이 끝나고 난 뒤의 의식을 구상해라.

이 의식의 장점은 당신 스스로가 이 의식을 구상하고 이를 행한다는 점인데, 여기 몇 가지 생각해 보아야 할 점들이 있다.

간편하고 보상을 주는 것으로 구상해라. 무엇이 되었든지 간에 너무 복잡해 흥미나 동기부여를 잃도록 만드는 일이 생겨서는 안 된다. 이 행위를 하는 것이 기다려져야지 두려워져서는 안 된다는 것인데, 모든 것을 최대한 심플하고 간편하게, 즐길 수 있는 것으로 만들어라. 자신의 기분이 좋아지도록 재미있고 마음 편안하게 만드는 것이어야 한다.

분리시켜라. 자신의 의식을 행함에 있어서 음악을 듣는 것은 포함시켜도 좋지만 인터넷이나 컴퓨터에 연결되어 있거나 TV를 켜놓거나 하는 등의 행위는 가급적 피하도록 해라. 우리 대부분은 평일 내내 그것들과 연결되어 있으며, 이는 더 많은 스트레스만 만들어 낼 뿐이다. 의식을 행하는 시간만큼은 자신을 이런 것으로부터 분리시켜야 한다.

여러 감각을 동원해라. 우리는 다섯 가지 감각을 통해 인생을 경험하지만 일을 할 때에는 시각과 청각에만 과도하게 의존하게 되는데, 다음과 같이 후각이나 미각, 혹은 촉각 등을 의식에 포함시킴으로써 감각기관 사용의 밸런스를 유지시켜라. 몇 가지 아이디어를 주자면 다음과 같다.

후각. 아침에는 민트나 유클립투스 향과 같이 기운을 북돋아 주는 향초를 피우고 저녁에는 심신을 안정시켜 주는 라벤더 향과 같은 향초를 피워라.

미각. 아침에는 커피나 녹차를 마시거나 혹은 기운을 북돋아 줄 만한 음료를 섭취해라. 일이 끝난 뒤에는 카모마일 차나 와인을 한잔 즐겨라.

촉각. 아침에는 차가운 물로 샤워를 하거나, 따뜻한 물로 샤워를 하면서 중간 중간에 찬물로 몸을 자극시켜 기운을 증진시켜라. 일이 끝난 뒤에는 따뜻한 물로 목욕을 하고 편안한 복장차림으로 갈아입어라.

집에서 일하는 것. 집에서 일하는 사람들의 개인적인 삶과 직업적인 삶은 그 경계가 모호하다. 당신의 작업실이나 집으로부터 나올 만한 계기를 만들어야 뇌가 오늘의 작업이 끝났다는 신호를 보내어 집으로 돌아갈 때쯤에는 일 생각이 없어져야 한다.

고려해 볼 만한 몇 가지 활동들. 당신이 원하는 것으로 의식을 행해도 좋지만 다음과 같은 사항들은 특히나 이득이 될 만한 것들이니 참조해 보아라.

일기 쓰기. 아침에 전날 밤 꾼 꿈에 대해서 적거나 당일 이루고 싶은 일을 적어라. 업무가 끝난 후에는 그날 있었던 일에 대해서 적어라.

스트레칭. 요가를 좋아하는 사람인지 그렇지 않은지 상관없이 스트레칭을 하게 되면 유연성과 혈액순환이 좋아진다. 아침에는 혈액순환을 좋게 하고 일이 끝난 후에는 긴장감을 풀어 주게 만든다.

명상하기. 아침, 저녁으로 5~10분 동안 명상을 하거나 숨을 깊이 들이쉬어라.

음악듣기. 작업하기 전에는 기운을 북돋아주도록 만드는 음악을 듣거나 열정적이고 동기부여를 해줄 만한 음악을 들어라. 반대로 작업이 끝난 후에는 심신을 안정시켜 주고 부드럽게 만들어 주는 음악을 들어라.

운동하기. 아침에 운동을 하면 잠을 깨고 몸에 기운이 나며, 혈액순환을 좋게 만들어 주게 되며 마음을 비워주게 만든다. 반대로 일이 끝난 후에 운동을 하면 하루 종일 긴장된 근육을 이완시켜 준다. 단순히 통근 시에 걷는 것만으로도 많은 도움이 될 수 있다.

정리정돈하기. 아침이나 업무가 끝난 뒤에 정리정돈을 하는 것 또한 스트레스를 줄이는 방법 중에 하나인데, 물건을 정리하거나 그릇을 닦고 침대보를 정리하는 이 모든 행동들이 무질서적인 인생 같은 우리의 삶을 정돈해 주는 역할을 한다.

✦ ✦ ✦

신체적 접촉을 자주 해라

무언가를 만진다는 것은 생명을 불어 넣는 것일 수도 있다.

– 미켈란젤로 –

태어나기 전부터 우리는 촉각에 의존해 세상을 파악하는데, 신생아가 자라서 생존하기 위해서는 끊임없이 만져줘야 한다. 이는 우리가 자라고 살아갈 때에도 고차원적인 대화나 더 끈끈한 대인관계, 혹은 스트레스를 줄이거나 더 많은 행복감을 느끼기 위해 끊임없이 필요하다. 이처럼 촉각은 우리가 늙으면서 제일 마지막 순간까지도 지니게 되는 감각이라는 사실은 그리 놀랍지도 않다.

알아두기

티파니 필드에 의한 연구를 보면, 조기 출산을 한 신생아들 중에서 5∼10일 동안 15분 간격으로 하루 세 번 어루만져준 아기들이 그렇지 않은 아기들에 비해서 21%∼47%의 체중 증가를 보였다고 한다.

신체적 접촉은 스트레스를 완화시키는 데에 아주 효과적인 방법인데, 신체적으로 접촉을 하게 되면 혈압이 낮아지고 스트레스 호르몬인 코르티졸이 낮아지게 된다. 버지니아 대학교의 연구에 의하면 참가자들을 fMRI 뇌 스캐너에 눕게 하고 미세한 자극을 받을 것이라고 알린 뒤 연구를 진행한 결과, 뇌를 스캔하는 동안 배우자가 손을 잡아주었던 참가자는 뇌의 활동에 변화가 없었던 반면에 혼자서 실험에 참가한 참여자들은 협박이나 스트레스에 관련된 신경 영역에 활동이 증가한 것으로 밝혀졌다.

톡톡 등을 두드린다거나 팔을 잠시 스친다거나 껴안아주기 등의 행동은 뇌의 중심 신경계에 보상을 주게 되는데 이로 하여금 행복감이나 즐거움, 혹은 사랑의 감정이 증진될 수 있다. 노스캐롤라이나 대학의 연구에 의하면 배우자와 짧은 20초 정도의 시간이나마 자주 포옹을 한 여성의 경우 사랑이나 유대감을 증진시켜 주는 역할을 관장하는 옥시토신 호르몬의 분비가 많았다고 한다.

별다른 대화가 없는 경우에도 단순히 접촉을 하는 것 자체만으로도 관계를 증진시키고 개인 간의 벽을 허물어 주는데, 이는 곧 강력한 대화의 도구라 할 수 있다. 단순히 손을 잡는 등의 행동만으로도 동정심이나 사랑, 혹은 설득이나 긍정적인 강제력과 용기, 또는 감사를 표시하는 데에 있어서 큰 도움이 될 수 있다. 또한 이는 신뢰감과 안정감을 주는 데에 있어서도 유용한 방법이라 할 수 있다.

변화에 이르는 길
다른 사람들과 신체적 접촉을 늘려라.

다른 사람들과의 접촉을 늘리면 유익한 점이 많은데, 다음과 같은 방법이 있다.

목록을 만들어라. 변화할 사항들을 많이 나열해 놓았지만, 현재 자신이 어떤 위치에 있는가를 쭉 나열해 보는 것을 추천한다. 당신은 다른 이들과 신체적 접촉을 하는 데에 있어서 거리낌 없는 타입인가? 아니면 '안전거리'를 유지하는 타입인가? 문화 또한 이런 신체적 접촉에 대한 사고방식에 대해 크게 영향을 미칠 수 있는데, 만일 당신이 영국인이거나 미국인 혹은 아시아인이라면 신체적 접촉을 꺼릴 것이다. 하지만 만일 당신이 지중해 지방이나 남미 국가에서 온 사람이라면 신체적 접촉이 아주 잦을 것이다. 개인적으로 편안함을 느끼는 정도의 신체적 접촉을 한번 생각해 본 뒤, 얼마나 잦은 신체적 접촉을 할지에 대해서 한번 생각해 보아라.

세계 각국에서의 접촉

연구 결과에 의하면 신체적 접촉은 지리와 밀접한 관계가 있다고 한다. 1960년대에 시드니 쥬랄드라는 사람이 동일한 시간 동안 국적이 다른 사람들의 대화방식을 관찰했다. 그 결과 영국에서는 두 친구들 사이에 신체적 접촉이 전혀 없었으며 미국에서는 1시간 동안 두 번 정도, 프랑스에서는 1시간에 110번 정도의 신체적 접촉이 있었으며 푸에르토리코에서는 동일한 시간

내에 무려 180번이나 신체적 접촉이 있었다고 한다.

작게 시작해라. 당신이 어느 위치에 서 있느냐에 따라서, 다른 이들과 신체적 접촉을 많이 하느냐 마느냐를 결정짓는다. 대인관계에 있어서 신체적 접촉을 전혀 하지 않는다면 누군가의 팔이나 손을 대화중에 자연스럽게 접촉하도록 해보아라. 이 간단한 몸짓은 적당히 사용하면 대인관계에 있어서 엄청난 혜택을 안겨다 줄 것이다. 만일 대화 도중에 신체적 접촉을 하는 것이 편안한 사람이라면 지속적으로 신체적 접촉을 시도하는 것도 괜찮다. 하지만 항상 상대방의 반응과 몸짓을 주시하여 공격적으로 보이지 않도록 해라.

손을 흔드는 것을 삼가라. 사람들과 인사를 할 때에는 손을 흔드는 대신에 포옹을 하거나 악수를 청해 보아라. 만일 직장 동료들이나 업무상 만나는 사람들과의 신체적 접촉이 업무상 부적절하다 싶을 때에는 그리 하지 않아도 되지만 만일 상황이 허락한다면 따뜻한 포옹을 나누어라.

손을 잡아라. 사귀는 사람이나 가족, 혹은 가까운 친구들과 함께 걸을 때에는 손을 잡거나 팔짱을 껴보거나, 혹은 어깨동무를 해보아라.

애완동물을 쓰다듬어 주어라. 모든 생명체는 접촉으로 인한 혜택을 받게 되는데, 당신이 먼저 다가가면 당신 또한 접촉으로 인한 혜택을 받게 되는 것이다. 만일 당신이 애완동물의 주인이라면 업무가 끝난 뒤 강아지나

고양이를 껴안거나 쓰다듬는 행동이 얼마나 안정감을 가져다주는지 아마 잘 알고 있을 것이다. 이런 기분이 드는 데에는 과학적 근거가 있는데, 자신의 애완견을 쓰다듬는 행위로 인해 혈압이 낮아지고 면역력을 향상시키며 고통을 완화시켜 준다고 한다.

어린이와 노인들. 아이들은 본래 껴안는 것을 좋아한다. 아이에게 이야기를 읽어 주거나 조용히 하루 일과를 공유하며 자연스레 침대에서 뒹굴어 보아라. 나이가 들수록 사람들 간의 신체적 접촉이 적어지기 마련이니 할머니, 할아버지, 혹은 나이 드신 부모님이 있는 경우에는 신체적 접촉을 많이 해드리도록 노력해 보아라. 신체적 접촉이 많을수록 자신 또한 혜택을 입는다는 사실을 잊지 말자!

기회를 만들어라. 배우자나 친구들과 함께 TV를 보거나 책을 읽을 때에는 서로 껴안고 보아라. 외식을 하러 갈 때에는 발이 맞닿도록 한다든지, 상 위에서 손을 잡는 등의 행동을 취하도록 해라. 다른 이들과 신체적 접촉을 하는 방법은 수없이 많다. 창의성을 발휘해라! 기회를 찾는다면, 기필코 찾게 될 것이다.

+ + +

직접 내 손으로 작업해라

손으로만 작업하는 자는 노동자이다.
손과 머리로 작업하는 자는 공예가이다.
손과 머리와 마음으로 작업하는 자는 예술가이다.

– 아시시의 성 프란체스코 –

예전만 하더라도 대부분의 사람들은 손으로 작업을 했다. 하지만 디지털 시대인 요즈음 손으로 직접 작업을 하는 것은 흔하지 않은 일이 되었는데, 디자이너나 예술가, 혹은 엔지니어조차도 컴퓨터에 의존하여 작업한다. 물론 기술의 진보가 시간을 많이 절약해 주는 것은 사실이지만 이로 인해 손으로 직접 작업함으로써 생기는 정신적인 혜택을 앗아가 버리기도 한다.

연구에 의하면 손으로 직접 작업을 하게 되면 행복감과 정신적 건강 또한 증진된다고 한다. 버지니아 주에 있는 란돌프 매콘 대학의 심리학과 교수이자 의장인 캘리 램버트 박사는 그녀의 연구에서 흔히 '노력에 의한 보상회로'라고 칭하는 이 부분을 지속적으로 관여시켜 놓으면 환경적 요인에 의해 자신에게 던져진 도전이나 감정적인 부분을 더 효율적이고 효과적으로 다룰 수 있도록 한다는 결과를 보여 주었다. 스카프를 짠다든지 요리를 한다든지 혹은 정원을 다듬는다든지 하는 활동처럼 손으로 직접 결과물을 보고 만질 수 있는 수작업을 하는 것은 보상회로를 만족시켜 이 부분이 제대로 작용할 수 있도록 만들어 준다.

이에 램버트 박사는 미국에 우울증 환자들이 많은 이유는 신체 활동이 감소된 것과 직접적인 연관성이 있다고 주장하는데, 실제로 수작업을 하게 되면 긍정적인 감정을 담당하는 신경물질인 도파민과 세로토닌의 분비가 증가된다고 한다. 또한 램버트 박사는 수작업을 함으로써 세상과의 유대감과 환경에 대한 자기 통제성을 가져다준다고 설명한다. 이 모든 활동이 스트레스를 완화시키고 걱정을 없애주는 데에 일조를 하며, 우울감을 형성하지 않도록 도와준다.

손을 사용하게 되면 우리의 노력의 결과물을 실제 만질 수 있게 되는데, 이는 우리로 하여금 일종의 성취감을 느끼게 하여 자존감을 형성시켜 주게 된다. 더 나아가 손을 사용하게 되면 잠재의식 또한 작업에 개입시키게 되는데, 이는 창의성과 기쁨에도 일조한다.

수작업을 하다 보면 때때로 천천히 진행해야 할 일이 생기기도 하고 작업의 과정의 전개를 스스로 전개시켜 나가야 하는 등 과정에 의해 수작업이 많이 좌지우지되기도 하는데, 이 과정을 이해할 수 있게 되었을 때에는 일종의 높은 경지의 평안과 만족감을 느낄 수 있게 된다.

변화에 이르는 길
손으로 작업을 해라.

만일 작업 중에 손으로 작업할 여건이 안 된다면 사생활에서 손으로 작업할 만한 무엇인가를 찾아라. 다음과 같이 수작업을 시작할 만한 여러 가지 방법들이 있다.

자신을 살찌워라. 외식하고, 포장 주문을 하여 집에 가지고 와 남은 음식을 다시 데우는 것은 이제 일상적인 문화가 되어 버렸다. 일주일에 하루 이틀 정도는 요리하는 시간을 내도록 해라. 통조림 스프나 병에 담겨 있는 토마토소스, 혹은 포장된 요리는 잊어라. 처음부터 요리를 시작해 조리법을 보고 재료를 고르며 맛을 내는 요리의 전 과정을 즐기도록 해라.

휴식공간을 만들어라. 집을 개조하는 것도 아주 만족스러운 일이며 열심히 일한 뒤에는 보상도 따른다는 장점이 있다. 집 전체를 개조시킬 필요는 없지만 스스로 한두 가지 정도의 집 개선 프로젝트를 만들어 보아라. 고차원적인 기술을 요하는 일이 아니라면 누군가를 고용하는 일은 가급적 삼가도록 해라. 다음과 같은 프로젝트들은 추천해 볼 만하니 한번 시도해 보아라.

목욕탕 벽 칠하기. 침실에 왕관의 조형 장식하기. 카펫으로 되어 있는 바닥을 목재나 타일로 바꾸기. 거실에 붙박이를 만들어 더 많은 보관소 만들기.

정원에 식물을 심어라. 많은 사람들은 정원을 가꾸는 일이 치유가 되고 보상도 따른다고 말하는데, 여기에는 그럴 만한 이유가 있다. 연구에 의하면 흙에서 발견되는 박테리아균의 일종인 마이코박테리엄 박카이가 심신을 향상시키는 신경 화학물질인 세로토닌을 생성하는 뉴런을 활성화시키는 역할을 한다고 한다. 무엇을 기를지에 대해서 고민한다면 야채와 과일, 허브나 향신료 등을 포함시키도록 해라.

구매하지 말고 스스로 만들어 보아라. 선물이나 필요한 무언가를 구매하게 되면 시간을 아낄 수는 있겠지만 이런 것들을 스스로 만들어 낸다면 돈을 아낄 수 있을 뿐만 아니라 자신을 더욱 행복하게 할 수 있을 것이다. 또한 자신이 만들어 낸 물건을 누군가에게 선물해 준다면 더욱더 의미 있는 것이 될 것이다. 다음에는 몇 가지 아이디어가 있다.

자신만의 휴일 카드를 만들어 보기. 사랑하는 이를 위해 케이크를 처음부터 만들어 보기. 아기용 선물로 모자나 신발 만들기. 친구들의 결혼식 사진을 끼워 넣은 액자 선물하기.

놀아라. 자식이 있는지 없는지를 불문하고 손을 이용해 노는 것도 좋다. 예를 들어 일광욕을 즐기는 대신에 모래성을 쌓아(추억으로 간직할 수 있도록 사진을 찍어라) 보아라. TV를 보며 시간을 보내기보다는 블록이나 레고를 구매하여 블록 쌓기를 해보아라. 비 오는 날에는 손가락페인팅을 하여 자신의 작품을 친구들에게 선물해 보아라.

+ + +

누군가의 멘토가 되어라

당신에게 지식이 있다면, 다른 사람들도 당신의 지식을 이용하여
각자의 촛불을 밝힐 수 있도록 해라.

- 마가렛 풀러 -

만약 당신 스스로가 '멘토'라는 단어는 자신에게는 적합하지 않다고 생각하고 있다면 다시 한 번 생각해 보아라. 개개인의 개별적인 모든 경험들이 현재의 자아를 형성해 준 것이다. 당신의 모든 실수들과 실패, 당신이 얻어낸 성과와 지식들이 당신을 더욱 현명하고 더 나은 사람으로 만들어 준 것이다. 그런 지혜들을 나누는 것이야말로 모두를 유익하게 하는 것이다.

연구 결과에 의하면 다른 이들을 도와주는 것은 멘토 자신에게도 행복감을 안겨다준다고 한다. 이는 아마도 누군가의 문제 사항들에 집중하는 일은 자기중심적인 감정에서 비롯된 걱정이나 우울감 등의 감정에 상반되는 것이기 때문일 것이다. 누군가의 도움을 필요로 하는 사람들을 도울 때 우리는 스스로의 장애물에서 벗어나 더욱 개방적이고 심사숙고 하는 태도로 임하게 되는데 이로 하여금 자신의 주변 환경들에 대해서도 새로운 관점으로 바라보게 될 것이다.

멘토로서의 당신은 영향력이 있는 사람이 될 것이다. 동기부여의 원천이자 열정의 원천, 그리고 다른 개개인들에게 힘을 실어 주는 바로 그런 사람 말이다. 물론 멘토링을 받는 사람들에게 있어서도 아주 이득이 되겠지만, 당신 또한 무엇인가 목적을 갖게 된다는 의미에서 이득을 본다 할 수 있다. 사람들은 스스로가 가치 있고 존경받는다고 생각될 때 더욱더 행복하고 자신감이 생긴다.

멘토링을 하면서 멘티들이 배우고 성장하는 것을 도와준다고 하지만 연구 결과에 의하면 멘토들 또한 무언가를 배운다고 한다. 그들은 멘토링을 통해 대인관계와 리더십 등을 배우며 다른 사람들과의 관계에 있어서 친밀도와 신뢰감도 형성하게 된다. 다른 배경을 가진 개개인들을 멘토링하다 보면 각자 다른 문화나 인생사들 또는 다양한 환경 등을 마주하며 당신의 마음은 열리게 될 것이다. 당신이 만약 개개인들의 어려운 문제 해결 과정이나 결정 과정을 돕게 된다면 당신의 분석력이나 문제 해결 능력을 훈련시키는 것이 되기도 하는 것이다. 또한 나이가 어린 개개인들에게 멘토링을 하다 보면 젊음을 유지 할 수 있게 될 것이다.

알아두기

일대일 멘토링은 더 행복하고 안정적인 사회를 만든다고 한다. 공적·사적 벤처기업들이 조사한 연구 결과에 의하면 빅 브라더 빅 시스터즈 프로그램에서 멘토링을 받은 아이들에 관하여 다음과 같은 연구 결과가 나왔다.

46%나 되는 아이들은 마약을 하지 않는 경향이 있었고

27%나 되는 아이들은 술을 마시지 않았으며

52%의 아이들은 학교를 무단결석하지 않았다.

37%의 아이들은 수업을 땡땡이치지 않았으며

33%의 아이들은 사람을 때리지도 않았다.

멘토링은 또한 사회적인 면에서도 이득을 안겨다 주는데, 이는 곧 사람들과의 관계에 있어서 밀접하고 의미 있는 관계를 형성하게 된다는 것이다. 다른 사람의 인생이나 경험에 연루되다 보면 그들과의 연결고리가 한층 더 깊어지게 되는데 종종 이런 관계는 쌍방적인 것이어서 멘토들 또한 자신만의 경험을 멘티들과 공유하는 것을 기쁨으로 여긴다고 한다.

마지막으로, 멘토링은 자기성장과 자기개발의 기회를 주기도 하는데, 예를 들어 혼자서는 절대 가질 수 없었던 기회와 도전, 혹은 보상 등을 멘토링을 하면서 얻게 될 수도 있다. 이러한 도전은 새로운 형태로 나타나기도 하고, 때로는 스스로 문제를 해결해 나갈 수밖에 없기에 세상물정에 더욱 밝아지고 이로 인해 개인적으로 성장하게 될 것이다.

변화에 이르는 길
멘토가 되는 것은 어렵지 않다.

멘토가 된다는 것은 그리 어려운 일은 아니다. 프로그램 같은 것을 통해 형식적인 형태로 접근할 수도 있고 비형식적인 형태로 접근할 수도 있다. 다음과 같은 것을 고려해 보아라.

제대로 된 마무리하기. 우선적으로 당신은 멘토로서 신뢰감이 있어야 한다. 당신이 멘토링하는 사람은 당신으로부터 지도와 지지, 그리고 당연한 것이지만 당신의 시간을 기대 할 것이다. 멘토링을 생각하고 있다면 당신이 얼마만큼의 시간을 할애할 수 있는지에 대해서 잘 생각해라. 약속을 하고 지키지 못하는 일이 생겨서는 안 된다. 자신의 멘티와 얼마만큼의 시간을 할애할 수 있는지에 대해서 솔직하게 이야기해라. 만일 일주일에 한 시간밖에 할애를 못 한다면 멘티에게 이런 사실을 명확히 해주어라. 만약 더 많은 시간을 할애할 수 있다면 그 시간은 항상 비워두도록 해라.

올바른 마음가짐 갖기. 제대로 된 마음가짐을 갖는다는 것은 멘토링하는 과정에 있어서 아주 중요한 것이다. 멘토링하는 사람 또한 여러 가지 이득을 얻는 것은 사실이지만 최우선적인 목표는 다른 사람이 최선의 힘을 발휘할 수 있도록 도와주는 것이라는 사실을 기억해라. 열심히 이야기를 들어 주고 동정심을 표해라. 문제를 해결하고 그들이 직면할 만한 도전 과제들에 대해 깊이 파고들어라. 그들의 인생이나 흥미, 그리고 성과 등에 진심으로 관심을 기울이고 당연한 이야기지만 그들이 실패하게 될 적에는 적극적으로 지지해 주어라. 용기를 주고 유연성 있게 대처하며 사람을 평가하는 듯한 태도를 취하지 않도록 해라. 당신이 롤 모델이기 때문에 제대로 된 행위를 하는 것은 중요한 일이다.

제대로 된 기회 모색하기. 멘토링을 즐거움으로 삼아야 한다. 만일 잘못된 방식으로 멘토링하게 되면 자칫 보람 없는 일이 되어버릴 수가 있는데, 예를 들어 아이들을 좋아하는 사람이라면 아이들을 멘토링한다는 것은 매우 보람 있는 일이 될 수가 있을 것이다. 하지만 만일 아이들과 함께 있으면 지치고 자신의 일과 관련된 것에만 열정이 넘치는 사람이라면 자신이 일하고 있는 직업의 업종 분야에 관심이 있는 동료들이나 대학생들을 멘토링하는 것이 더 나을 것이다. 멘토링을 하는 데에 있어서 다음과 같은 것을 고려해 보아라.

아이들. 아이들을 멘토링할 적에는 그 아이들의 마음가짐에 영향을 줄 수 있는 기회로 말미암아 아이들에게 긍정적인 영향을 줄 수 있다. 아이들을 멘토링할 수 있는 방법은 빅 브라더즈 빅 시스터즈나 청소년 단체들에서 시작하는 것도 좋은 방법이다. 또한 자신이 살고 있는 곳 근처의 공립학교들에서 행하는 멘토링 프로그램이 있는지도 알아보아라.

종교적인 단체. 종교적인 그룹이나 단체에 속하고 있다면 신앙 관련 멘토링 프로그램이 있는지 알아보아라. 만일 그런 프로그램이 없다면 자신이 조직을 만들어 보자. 신앙을 바탕으로 한 멘토링 프로그램은 정신적인 가치관과 도덕적인 가치관을 불어 넣는 것에 집중하기는 하지만 커리어나 인생을 살아감에 있어서의 기술이나 가족에 관한 멘토링도 연관시킬 수 있을 것이다.

직장. 동료들을 멘토링한다는 것은 자신이 속한 조직과 회사원들이 성공할 수 있도록 기회를 제공해 주는 아주 자연스러운 방법이다. 자신이 수년 동안 쌓아온 경험들과 지식들을 공유함으로써 신입이나 젊은 사원들은 많은 도움을 얻게 될 것이다.

친구들이나 가족들. 당신의 친구들이나 가족들 중에서 당신의 인생사 경험담으로 말미암아 지도받기를 원하는 사람이 있다면 두말할 것 없이 그들의 멘토가 되어 주어라. 두 사람 모두에게 있어서 매우 아름다운 일이 될 것이다.

대학생들. 전문대나 대학을 졸업한 자들은 대학생들이나 최근에 졸업한 졸업생들을 대상으로 멘토링하는 것도 고려해 보아라. 그들 중 당신의 회사에 입사하였거나 당신의 업계에 관심이 있는 학생들이 있는지 잘 알아보아라.

멘티가 되어라. 좋은 멘토가 되기 위해서는 멘티 입장에서 경험을 쌓는 것 또한 값진 경험이라 할 수 있다. 멘티로서의 경험은 멘토가 되는 데에 있어서 마음가짐을 준비할 수 있는 단계라 볼 수 있는데, 좋은 멘토는 인맥이 잘 형성되어 있고 자신 이 외에도 언제든지 타인에게 도움과 지도를 제공할 수 있는 사람이라는 것을 잊지 말아라. 다양한 자원들과 업종, 그리고 사람들과의 사이에서 지식과 경험을 쌓을 기회를 모색해라.

자료들. 만일 자신이 속한 기관이나 단체가 공식적인 멘토링 프로그램이 없는 곳이라면 본인이 온라인으로 그런 단체를 만들어 보아라. 도움이 될 만한 단체나 자원들은 수도 없이 많으니 말이다.

모든 가능성에 대하여 여지를 남겨 두어라. 멘티는 아무 때나 어디에서든지 그 누구나 될 수 있는 것이다. 당신의 도움을 필요로 하는 사람들이 있는지, 혹은 당신이 지니고 있는 지식, 경험과 지도가 도움이 될 것 같은 사람이 있는지를 항상 예의 주시해 살펴라. 진심으로 도움이 될 만한 무언가를 그 누군가에게 제공할 수 있다면 멘토가 될 기회는 얼마든지 있을 수 있다.

+ + +

잡동사니를 제거해라

매일 증가시키는 것이 아니라 매일 감소시켜라.
불필요한 것들을 줄여 나가라.

– 브루스 리 –

　다음과 같은 일들은 종종 일어나고는 한다. 집안 전체를 돌아다니며 20분 동안 키를 찾아 돌아다니다가 키를 찾을 무렵에는 이미 직장에 늦었다거나, 책상 앞에 앉아 하루 종일 이 생각 저 생각 하다 보면 어느새 한 시간이 훌쩍 지나 아무런 성과도 없이 보낸다거나, 혹은 마음이 다른 곳에 가 있어서 해야 하는 일을 잊어버린다든지 하는 일들 말이다. 물리적인 의미에서든지 정신적인 의미에서든지 어수선함은 우리에게 지대한 영향을 미치는데, 집중력을 유지시키고 생산성 있게 일을 완성시키는 과정에 있어서 방해하는 역할을 한다.

　연구 결과들에 의하면 어수선한 환경은 집중력을 방해하며 시각적으로 산만한 것은 그렇지 않을 때에 비해서 뇌가 정보를 처리하는 데에 어려움을 겪게 만든다고 한다. 주변 환경이 산만한 경우에는 우리의 시각적‧촉각적 감각 기관들이 주의를 필요로 하게 되는데, 이런 과정은 우리를 지치게 만들고 정신적으로 지치게 만드는 것이다. 반면에 정돈된 환경에서 있게 되면 짜증이 덜 나고 스트레스도 줄어들어 더욱 생산적이고 집중력 있게 정보들을 처리할 수 있게 되는 것이다.

물리적 어수선함과는 달리 정신적 어수선함은 직접 만질 수 없는 것이다. 이는 셀 수 없는 그 무언가로부터 도출된다. 우리의 생각은 셀 수 없이 많고, 해야 할 것들은 무한대이다. 전문적인 의미에서든지 개인적인 의미에서든지 도전이라는 것은 항상 우리의 마음을 한가득 채우고 있다. 너무 많은 정보들이 넘쳐나기에, 잡동사니 없는 마음을 가지고 산다는 것은 어찌 보면 불가능해 보이기도 한다. 그러나 그러기 위해 노력하는 것이 행복하고 건강한 인생을 살아가는 데에 있어서 필요한 것이라 할 수 있다.

잡생각은 뇌를 노화시키는 데에 일조를 한다고 한다. 실제로 콩코디아 대학교의 연구에 의하면, 필요 없는 정보를 비워내려고 노력한 사람들은 기억력이나 작업과 관련된 기억력이 향상되었다고 한다.

잡동사니를 제거한다면 우리의 시간과 에너지를 절약해 줄 것이며 짜증도 덜 나게 해줄 것이다. 그렇게 우리는 더 행복해지고 스트레스도 덜 받으며 생산적이고 집중할 수 있게 될 것이다.

변화에 이르는 길
공간과 마음을 정리해라.

정리정돈을 하게 되면 치유도 되고 그에 따른 보상도 있을 것이다. 더 쉽고 생산적으로 접근하기 위해 다음과 같은 팁을 참고해 보아라.

주변 환경 정리정돈하기. 사무실, 집, 차 상관없이 주변 환경을 정리정돈하면 생산성 향상과 집중력 향상에 엄청나게 긍정적인 영향을 주게 될 것이다. 기분 또한 한결 가볍게 느껴지게 될 것이다.

불필요한 것들 버리기. 더 이상 필요하지 않은 물건들, 예컨대 일상생활에서 필요하지 않은 것들이나 개인적인 관점에서 불필요한 물건들, 혹은 자신의 인생에 별다른 도움이 안 되는 것들은 치워 버려라.

사람들에게 주거나, 기부하거나, 아니면 버려라.(가능하다면 재활용시켜라.) 한 곳은 한 번에 치우도록 하고 다른 장소를 치우기 전에 치우던 곳의 뒷정리를 마무리 짓도록 해라.

자신이 갖고 있는 것들 정리하기. 불필요한 것들을 정리했다면 가지고 있는 것들을 정리해 보아라. 사무용품, 주방용품, 기념품들이나, 사진 등을 보관한 곳을 찾아라. 수납장이나, 서랍장, 혹은 옷장이나 캐비닛 등에 잘 사용하지 않는 물건들을 보관하도록 해라.

쓸모없는 물건들. 자신에게는 불필요한 것들이 없다고 자부하는 것은 실로 비현실적인 이야기이다. 서랍이나 캐비닛, 혹은 옷장 등에 자신이 필요 없다 여기는 물건들을 놓는 것은 얼마든지 있을 수 있는 일이다. 일상용품이 아니라 필요에 따라 특별한 용도로 쓸 만한 물건들이 놓여 있는 공간을 찾아보아라. 예를 들어 캐리어 가방에서 헐렁한 옷이나 단추들, 혹은 영수증 등을 찾을 수 있을 것이고, 사무실 서랍장에는 스테이플러나 우표, 혹은 쿠폰 등이 있는 것을 발견할 수 있을 것이다. 가끔은 불필요한 용품들을 지정하여 보관하는 곳들을 확인해 버릴 수 있는 것들이 있는지 없는지 살펴보아라.(예를 들어 자신이 다른 이에게 주어버린 옷의 단추나, 유효기한이 지나버린 쿠폰 같은 것들 말이다.)

풍경을 바꾸어 보아라. 만일 주변 환경이 어수선한 것 때문에 영향을 받는다고 생각된다면 산책을 가거나, 공원이나 드라이브를 가라. 만일 업무 중이라면 작업하는 장소를 회의실과 같이 더욱 엄숙하고 최소한의 공간을 차지하는 곳으로 옮겨라. 아주 어수선한 곳을 잠시 피해 다른 곳으로 옮겨 보는 것도 집중력을 향상시키고 새로운 '그림판'으로 쇄신시킨다는 의미에서 효과적일 수가 있다.

머릿속 정리하기. 『내 마음을 위한 작은 변화 52』에서는 자연스럽게 마음을 정리시켜 주는 방법을 포함하고 있다. 예를 들어 명상, 창의력 키우기, 단일 업무하기, 리스트 만들기, 일기 쓰기 등등 모두가 유익한 것들이다. 그러므로 다음과 같은 팁은 이 책에서 이제까지 다루지 않은 것들을 다루어 보도록 하겠다.

의식해라. 만일 어떤 생각이 든다면 그것은 분명 쓸데없는 생각이거나 쓸데 있는 생각이거나 둘 중 하나일 것이다. 불필요한 생각들은 단지 잡음에 불과하며 중요한 일들을 하는 데에 있어서 방해가 될 뿐이다. 어떤 생각이 들 때에는 이것이 유익한 것인지 아닌지를 생각해 보고 이 생각을 계속 붙들어 매고 있을지 말지를 결정해라. 다음과 같은 질문들을 스스로에게 자문해 보아라.

이것이 과연 지금 중요한 것인가? 미래에도 중요한 것일까? 유익한 생각인가?

만일 이런 질문들에 대한 대답이 '아니오.'라면 계속 이 생각을 붙들어 매고 있을 가치가 없다.

기피하는 사항들을 잘 다루어라. 관심을 기울여야 할 상황을 자꾸 피하기만 한다면 사람의 마음은 곧잘 불필요한 생각과 정보들로 넘치게 된다. 예를 들어 자꾸 일을 연기시키게 되면 그 연기된 프로젝트나 업무를 계속 생각하게 된다. 해결되지 못한 것들 또한 뇌의 한 공간을 차지한다. 자신이 불필요하게 피하고 있었거나, 연기시키고 있던 사항들을 잘 다루어 보아라.

비생산적인 생각들을 버려라. 이제까지 부정적인 생각이 감정적으로 어떤 영향을 주는지에 대해서 이야기해 왔다. 부정적인 생각들은 당신의 마음의 공간을 쓸데없이 차지하는데 우울한 생각들과 부정적인 생각들, 그리고 비판적인 생각들은 좀 진정시켜야 한다. 화, 분노, 죄책감, 후회, 근심 걱정, 그리고 질투심과 같이 일반적으로 불건전한 생각들은 마음에서 비워 버리도록 해라. 이런 비생산적인 생각들은 어찌 보면 더 생산적이고 유용한 생각을 하는 것을 방해하기도 한다.

생각들을 버려라. 불필요한 것들이 계속 쌓여만 가는 이유는 바로 이런 생각들을 머릿속에만 싸매어두고 밖으로 표출하려 들지 않기 때문이다. 어딘가에 적어 두거나 누군가에게 자신의 감정을 이야기하거나 한다든지 함으로써 자신의 생각을 다시금 새로 정립할 수 있게 될 것이다. 다른 사람들에게 힘든 상황에 대해 자신의 감정을 표출하거나 당신이 해야 할 일들을 적어 보아라. 이렇게 당신의 생각을 머릿속에서 끄집어냄으로써 이런 생각을 꽁꽁 싸매어두어야만 한다는 의무감으로부터 조금이나마 벗어날 수 있게 될 것이다.

뇌 청소. 만일 머릿속이 너무 복잡하다면 한꺼번에 처리해 버려라. 현재 생각하고 있는 것들을 5~10분 정도 사이에 적어내려 가다 보면 몇 가지의 필요한 것들과 불필요한 것들을 찾아낼 수 있을 것이다. 혹은 같은 생각을 몇 번이고 다른 형태로 되풀이하고 있을지도 모른다. 이런 형태의 일괄처리방식은 생각을 정리시킬 수 있는 유용한 방법 중에 하나다.

자동화시키고 정돈시켜라. 반복적인 작업들과 의무들을 자동화시킬 수 있는 방법을 모색해 보아라. 이 방법은 필요할 때에 업무가 제대로 처리되도록 하는 데에 있어서 유용할 뿐만 아니라, 업무와 관련된 사항들을 지속적으로 기억할 필요가 없어지게 해준다. 예를 들어 청구된 비용들을 온라인상으로 지불하거나 거래처의 자동 지불 옵션을 통해서 자동적으로 지불되도록 해라. 혹은 전자매체 달력에 자신이 알아야 할 지인들의 생일이나 기념일 등을 입력시켜 놓은 뒤, 일주일 전이 다가오면 알려주도록 설정을 해놓아라. 만일 이런 자동화 작업이 불가능하다면 미리미리 계획을 짜도록 해라. 일주일 동안의 식사나 복장, 그리고 해야 할 업무들을 사전에 계획해두는 것이다. 더 많은 계획을 짤수록, 무엇을 완성시켜야 할지에 대해 고민하는 것에 마음을 쏟지 않아도 될 것이다.

+ + +

진정한 친구를 가져라

우정은 돈과 같아서 버는 것보다 간직하는 것이 더 어렵다.

– 새뮤얼 버틀러 –

"만일 진정한 친구의 수를 한 손 안에 꼽을 수 있다면 당신은 행운아이다."라는 말이 있다. 이 속담은 여러 가지 형태로 전해지고 있는데, 전달하고자 하는 바는 결국 같은 것이다. 수십 명 혹은 수백 명의 '친구들'이 아주 대단하고 가치 있는 것이라 생각이 들겠지만 진정하고 가까운 몇 명의 친구들이 훨씬 더 값지다는 의미이다. 소셜미디어로 하여금 수백 명 혹은 수천 명의 친구가 생기는 것이 더 이상 어렵지 않게 된 세상에서 우정이라는 것은 완전히 새로운 의미를 갖게 되었지만 연구들은 계속하여 몇 명과의 가까운 대인관계를 유지하는 것이 우리에게 있어서 더욱 유익하고 건강과 행복을 가져다준다고 밝히고 있다.

2000년경 무렵에 아리스토텔레스는 그의 저서 니코마코스 윤리학이라는 책 제8장에서 우정에 관한 철학을 담아냈는데, 그는 우정을 3가지 부류로 나누었다.

바로 유익함을 이유로 성립하는 우정, 즐거움을 이유로 성립하는 우정, 그리고 선량함을 이유로 성립되는 우정이다. 유익함을 이유로 성립하는 우정이란 서로 간에 필요나 서비스에 의해 성립된 관계를 의미한다. 예를 들어 비즈니스 파트너십이나 같은 반 친구들, 혹은 같은 회사 동료들이 그에 속한다.

반면에 즐거움을 이유로 성립하는 우정이란 서로 웃음 코드가 같다거나 공통된 관심사가 있는 것처럼 서로 같이 즐거움을 발견하는 것을 계기로 성립되는 관계를 의미하는데 이런 관계에는 성관계도 포함되어 있다고 할 수 있다.

마지막으로 선량함을 이유로 성립되는 우정이란 서로 간의 도덕적 관념에 대한 동경심으로 비롯된 관계를 뜻하는데, 이는 시공간적 개념과 가상적인 개념을 넘어 더 끈끈한 유대감을 형성하게 만들어 준다고 할 수 있다.

처음 언급한 두 종류의 우정은 상황이 변하거나 우정의 형태도 바뀌게 되면 쉽게 깨지는 우정이라 할 수 있다. 이와는 반대로 선량함에 비롯된 우정은 시간이라는 시험을 견뎌낼 수 있는데, 그 이유는 바로 이 관계의 토대가 더욱더 탄탄하기 때문이다. 이런 우정이야말로 가장 가치 있고 보상 받는 관계라 할 수 있다.

깊고 가까운 우정은 스트레스를 감소시키는 것에 있어서 아주 유용한 방법이라 할 수 있다. 연구 결과들에 의하면 스트레스 받는 기간 동안 가까운 친구가 있는 경우, 스트레스 호르몬인 코르티졸을 억제시켜 준다고 한다. 가까운 친구들은 자신에 대해 잘 알고 자신의 안녕에 진정으로 관심을 기울이기 때문에 당신이 아프거나 고통스러울 때, 혹은 스트레스를 받는 상황에 처했을 경우에 당신의 심신을 안정시켜 주는 역할을 하는 것이다.

가까운 친구들과 시간을 보내는 것은 우리의 수명을 연장시키고 뇌 기능을 향상시키며 기억력 상실을 지연시키기도 한다고 한다. 2008년도에 발행된 하버드 대학교 연구 결과에 의하면 연구진들이 1만 6천여 명의 실험자를 대상으로 실험을 한 결과, 사회적 통합을 하는 것이 기억력 상실이나 기타 인지 능력 장애로부터 우리를 보호한다고 한다. 국제 신경심리 사회 저널에 발간된 또 다른 연구 결과에 의하면 사회성 있는 인생을 보낼수록 알츠하이머병에 걸릴 가능성을 70%나 줄일 수 있다고 했다.

알아두기

가까운 친구를 갖게 되면 당신의 생명을 구할 수도 있다는 사실이다. 2010년도의 연구에서 무려 308,000명의 개인 자료를 조사한 결과, 충분한 사회적 대인관계를 맺어온 사람들이 그렇지 않은 사람들과 비교하여 50%나 더 생존해 있다는 사실을 알게 되었다고 한다. 이런 발견들은 흡연과, 비만, 그리고 무기력함과 관련된 사망 위험률과도 필적하는 수치였다.

사람은 고립되면 우울증이 증가할 위험률이 높아지게 된다. 2009년도의 연구 결과에 의하면 사회적으로 고립되었던 사람들이 더욱 우울함과 걱정에 시달리고 있었다.

반면에 가까운 관계를 유지하는 것은 우리에게 즐거움을 가져다준다. 감정과 생각을 서로 공유하고 털어놓을 수 있는 친구들과 함께라면 안정감을 느낄 수 있기 때문이다. 기댈 수 있는 누군가가 있다는 사실을 아는 것만으로도 역경을 견뎌낼 수 있는 힘이 된다. 우리가 필요로 하는 지원도 받을 수 있고 가치 있는 감정을 마련해 주기도 한다. 이 모두가 우리의 행복에 있어서 중요한 사항인 것이다.

가까운 관계라는 것은 진실하게 자신의 생각과 감정들을 공유하고 공감하는 것을 기반으로 한다. 서로 간의 존중이 있고 관심과 지원이 있어야 한다. 누군가 한 명에게 좋은 일이 생기면 또 다른 이는 자신의 친구와 함께 질투심이나 부러움 없이 진정으로 행복해 주어야 하는 것이다. 진정한 친구들이란 진심으로 믿어 주고 또 진심으로 믿을 만한 사람이어야 한다. 그들은 용서와 열정을 보이며 아무런 기대 없이 헌신을 쏟아 보이기도 한다. 또한 좋은 일이 있을 때처럼 막상 일이 닥치면 함께 하기도 한다. 진정한 우정이란 좋은 상황에서뿐만 아니라 최악의 상황에서도 서로 사랑하며 우리 자신을 있는 그대로 받아들이는 것을 의미한다.

✦ ✦ ✦

변화에 이르는 길
의미 있는 관계에 집중해라.

가까운 대인관계는 아주 값진 것이다. 하지만 이런 관계를 만들어 내고 강화시키기 위해서는 많은 시간과 작업이 필요한데, 오래된 대인관계를 향상시키고 싶다거나 새로운 대인관계를 형성하는 데에 있어서 그 사람과 가까워지고 싶다면 다음과 같은 것을 고려해 보아라.

투자를 해라. 견고한 결혼 생활처럼 오래가는 우정 또한 노력과 작업과정이 필요하다. 만일 당신이 바쁘다면 그들과 의미 있는 시간을 보내기 위하여 달력에 날짜와 시간표를 체크해 두어라. 만일 만날 수가 없다면 전화나 비디오 채팅, 혹은 이메일 등의 다른 수단을 이용해 연락을 주고받아라. 만일 친구가 힘든 시기를 겪고 있다면 자신의 스케줄을 비우고 친구를 도와줄 준비를 해라. 가까운 친구들을 당연하게 받아들이지 마라. 약속은 꼭 지키고 서로 의지하며 말에는 진실성을 담아라. 그것은 곧 그들을 가치 있게 생각하고 존중한다는 것을 의미하고 그 진심을 느낀다면 그들 또한 당신을 존중하고 가치 있게 생각할 것이다.

오래된 관계를 감사해라. 오래된 대인관계를 소중히 여겨라. 그들에게 감사를 표하고 당신에게 아주 뜻 깊은 의미를 지닌 사람들과 유익한 시간을 보내도록 해라. 당신에게 있어서 그들이 얼마나 소중한 존재인지를 알려라. 멀리 떨어진 지인과의 관계도 무시하지 마라. 요즈음에는 가까운 친구들이 시차가 나는 지역에 멀리 떨어져 사는 것이 그리 드물지 않은 일이 되었다. 눈에서 멀어졌다고 해서 마음도 멀어질 필요는 없는 것이다. 주간 혹은 월간으로 전화를 하거나 계속 연락을 하고 되도록이면 자주 서로 왔다 갔다 하며 지내도록 해라.

새로운 사람들과 적극적으로 만나라. 대체적으로 가까운 친구들이라 함은 어린 시절이나 사춘기 때에 사귀게 된 친구들을 칭하는 경우가 많은데, 의미 있는 새로운 관계를 다시금 만들지 못할 이유 또한 없다. 몇 가지 유념해 두어야 할 것들이 있는데 다음과 같다.

양보다 질이라는 사실. 따라서 새로운 친구들을 사귈 때에는 현명하게 골라라. 당신이 최고가 되도록 동기부여를 해주고 진심으로 당신을 지지하고 아무런 조건 없이도 보살펴주는 사람을 골라라. 당신의 열정과 가치관을 지향하는 활동에 참여함으로써 당신과 공통적인 관심사와 도덕적 잣대를 지닌 사람들과 만나도록 해라. 예를 들어 당신이 열정적으로 지지하고 있는 분야와 관련 있는 현지 인류애적 조직기구 같은 것 말이다. 만일 당신이 신앙심이 깊다면 정기적으로 예배를 드리러 가도록 해라. 또한 당신이 좋아하는 것을 배우러 다니는 것도 좋을 것이다.

더러운 세탁물을 해결해라. 불편한 진실이지만 자신과 다르고 불편한 상황들을 해결하는 것이 긴밀한 관계를 쌓아가는 데에 있어서 중요한 부분을 차지한다. 다른 이들과 충돌이 일어난다면 이를 상호 간에 깊은 이해심을 키우는 기회로 삼아야 할 것이다. 당신은 동의하지 않는 문제 해결방식에도 상대방을 존중하는 태도와 사려 깊은 행동을 취함으로써 건설적인 방법을 써라. 당신이 느끼는 감정을 공유하되, 상대방이 말하는 것 또한 마음을 다하여 진심으로 귀 기울여 들어 주어라. 당신의 친구가 하고자 하는 말을 제대로 이해했는가를 확인하기 위해 질문들을 던져 보고 요점을 정리해 당신이 방금 들은 것들을 다시 한 번 정리해 주어라.

좋은 친구가 되는 교리

이 책에 나열된, 우리에게 이익이 되는 강하고 친밀한 관계란 건전한 행동이 필수 요소로 작용한다. 실행해야 할 몇 가지 기본적인 교리들이 있다.

+ 긍정적인 태도를 유지해라. 부정적인 생각, 경쟁적인 마인드나 질투심, 혹은 부러움과 같은 감정들은 중독적이다. 긍정적인 태도를 유지하고, 당신이 친구의 전적인 지도자가 되어라. 그들의 좋은 자질을 칭찬하고 그들의 어떤 부분들을 선망하는지를 그들로 하여금 알게 해라. 그들의 꿈을 격려하고, 조언이나 비판을 할 때에는 건설적으로 해라.

+ 귀 기울여 들어라. 좋은 친구란 적극적으로 잘 들어 주는 친구이다. 당신이 말하고 싶은 것보다는 친구들이 무엇을 말하고자 하는지에 관심을 기울여라. 질문을 하며 진심을 다하여 관심을 보여라.

+ 갖고 싶게 만드는 친구가 되어라. 존중하고, 친절하게 굴어라. 가까운 친구들을 대할 때에는 동정심 있게 행동하고 사람을 판단하려 들지 말도록 하며, 사려 깊게 행동해라. 당신이 대우받고 싶은 것처럼 상대에게 똑같이 행해라.

+ 충성심 있게 행동해라. 변덕스러운 친구가 되지는 말아라. 항상 언제든지 그들 곁에 당신이 있다는 것을 그들이 알게 하는 것도 중요하다. 만일 그들이 비밀을 공유한다면 비밀을 지키고 지원군이 되어 주어라.

+ 솔직하게 행동해라. 진실하게 말하는 것이 때로는 힘들지만 항상 솔직하게 행동하는 것이 중요하다. 명확하게, 그리고 신중하게 사용할 단어들을 골라내어 분노를 사게 하거나 상처를 받게 될 상황을 최소화시키도록 하고, 또한 그 무엇보다도 가장 중요한 것은 솔직함을 유지하는 것이다.

+ 인자하게 대해라. 아무런 기대 없이 베풀어라. 어떻게 해야 친구의 인생을 더 낫고 용이하게 만들 수 있을까? 어떻게 해야 더 많은 시간을 할애할 수 있을까? 보답으로 무엇을 얻을지에 관해서는 생각하지 말고 대신에 친구가 필요로 하는 것을 어떻게 줄 수 있는지에 대해 생각해 보도록 해라.

+ 독이 되는 행동을 멀리해라. 새로운 친구를 사귈 때에는 너무 많은 것을 요구하거나 부정적이고 비판적이거나, 혹은 경계선을 지키지 않는 등의 행동을 하는 부류의 사람들은 멀리해라. 자신의 에너지를 고갈시키는 사람들을 멀리하고 당신에게 에너지를 주는 사람들과 대인관계를 형성하는 데에 집중해라.

용서해라. 우리 모두가 살아가면서 실망하거나 너무 바쁜 순간들이 있기 마련인데, 가까운 친구들이 우리에게 내줄 시간이 조금밖에 없을 때 그들만의 공간을 지켜 주어라. 일 때문에 바쁘거나 개인적으로 힘든 시간을 보내고 있을지도 모른다. 비슷한 이유에서, 당신이 다른 이들과 거리를 두어야 하는 상황이 오면 소중한 사람들에게 그 사유를 밝혀라. 또한 사람들과의 관계에 있어서 비현실적인 기대를 하지 마라. 우리 모두가 인간이기에 중요한 기념일을 잊어버릴 수 있다. 고마움을 표현하는 것을 잊을 수도 있고 크리스마스카드를 쓰는 것도 잊을 수가 있다. 가끔은 제일 가까운 친구들이 상처를 줄 때도 있는데, 상황만 된다면 친구에게 어떻게 상처를 받았는지를 잘 풀어서 설명해 주고 친구가 사과를 한다면 기꺼이 받아 주어라. 그럼 일은 잘 해결될 것이다. 반대로 자신이 남에게 상처를 주었다거나 실수를 했다면 자신의 잘못을 인정하고 진심을 다해 사과해라. 과거의 잘못이나 실망감을 마음속에 계속 쥐고 있으면 우정을 해칠 뿐이다.

다름을 존중해라. 가까운 친구들과의 성격 차이나 의견 차이 혹은 자신과 다른 어떤 면이 존재할 수 있는데, 우정을 중요시한다면 있는 그대로의 친구의 모습을 존중하고 선택을 받아들이면서 단점을 살포시 언급해 주어라. 그리고 친구와는 사물을 보는 관점이 다르거나 자신과 다른 면이 있을 수 있다. 그래도 그 친구와의 우정을 가치 있다고 생각한다면 친구와의 우정을 끈끈하게 만들 공통점을 찾아라. 다르다는 것이 항상 '나쁜 것'만은 아니니 말이다.

공유해라. 공유하라는 말이 상식처럼 들리겠지만 가까운 대인관계란 대화를 통해 공유하는 것에서 비롯되는 것이다. 가까운 친구나 가족들과 대화를 나눌 때 미신 이야기나 혹은 같은 주제로 계속 이야기하는 것을 피하도록 하라.(예를 들어 연인관계의 문제점이나 일 문제와 같은 것들 말이다.) 대신에 자신의 인생에 있어서 의미 있는 것이나 다방면에 걸친 이야기를 나누도록 해라. 자신의 두려움이나 공포, 혹은 후회하는 것들을 공유하면서 자신을 드러내 보이도록 해라. 혹시 자신의 인생만의 철학이 있다면 그것을 공유해도 좋겠다. 정치나 종교, 혹은 세계정세에 대한 쟁점화 되어 있는 문제들을 이야기를 해보는 것도 고려해 보아라. 다른 이들과 많은 것을 공유할수록 상대방 또한 당신에게 마음을 열고 다가 올 것이다. 상대방이 마음을 열고 다가온다면 상대방의 이야기를 성의껏 들어 주어라. 더 깊은 주제를 다룰수록 상대와 더 가까워질 것이며 더 많은 것을 배우고 성장하게 될 것이니 말이다.

선함을 쌓아라. 가까운 대인관계를 쌓는 데에 있어서 힘든 시간을 함께 보내는 것이 중요한 것은 사실이지만 그 못지않게 중요한 사실은 즐거운 시간을 함께 보내는 것이다. 긍정적인 경험을 공유하는 것은 서로를 가깝게 끌어당기고 후에 기억하게 될 추억을 쌓는 좋은 기회이다. 함께 새로운 것을 시도해 보고 탐색하며 관계를 개선해 나가라. 또한 상대방과 중요한 순간들을 함께 기념해라. 승진에서부터 생일까지, 인생에 있어서 큰 사건들은 기념해 주어야 한다.

+ + +

해야 할 것들에 대한 시간표를 짜라

계획을 세우지 않는 것은 실패하기를 계획하는 것과 같다.

– 윈스턴 처칠 –

가끔 시간이 너무 빨리 흘러버려 "시간이 언제 이렇게 흘러버렸지?"라는 생각이 드는 경우가 있다. 인생이라는 것이 아주 바쁠 수도 있는데, 가끔은 너무 바빠 시간을 사전에 계획하지 않고 제대로 관리하지 못하면 해야 할 일들을 빠뜨려버리는 경우가 생기기 마련이다. 시간표를 미리 짜면 이와 같은 스트레스도 줄이고 생산성을 높여, 자신이 하고픈 일을 더 효율성 있게 성취하는 데에 있어서 도움이 된다.

헬스장에 일주일에 3번 간다든지, 프로젝트를 끝마치거나 심부름을 해야 한다든지 등의 일들을 계획표 등에 적어 놓으면 그 일들을 빠뜨리지 않고 할 확률 또한 높아진다. 또한 시간표를 미리 짜놓으면 하루를 어찌 보내야 할지 그림이 그려지며, 꼭 해야 할 일들을 빠뜨릴 수도 있다는 쓸데없는 고민 또한 하지 않아도 된다. 그리고 우리가 사전에 해야 할 일들을 시간

구역별로 배분시켜 놓기 때문에 시간이 없어서 못 하게 되었다는 등의 일이 생길 가능성 또한 낮아진다고 할 수 있다.

계획표를 가지고 있으면 시간이나 에너지를 낭비하지 않고, 비슷한 업무들이나 같은 장소에서 한꺼번에 처리해야 할 일들을 한곳에 모아 처리할 수 있게 만들어 준다.

이렇게 일을 처리하다 보면 이동 시간 등을 아낄 수 있게 되어 낭비하는 시간을 줄일 수 있게 된다. 또한 미리 계획을 짜놓으면 큰 그림을 그릴 수 있게 되어 예상치 못한 상황이 닥쳤을 때 자신에게 어떤 영향을 미칠지에 대해 예측할 수 있으며 그 문제들을 적절하게 잘 대처할 수 있게 될 것이다.

하루 동안의 일상을 계획대로 잘 이행시킨다면 생산성을 극대화시킬 수 있을 것이다. 한 시간 간격으로 계획을 짜놓으면 불필요한 일에 시간을 쓰는 등의 샛길로 빠져 나가는 일을 피할 수 있으며 한 일에 너무 오랜 시간 동안 쏟아 붓는 일 또한 줄일 수 있게 될 것이다. 예를 들어 회의가 길어지는 일은 지나친 시간낭비 중에 하나인데, 회의를 일정대로 끝내면 그로 인한 시간낭비 또한 줄일 수 있게 되는 것이다. 또한 시간표를 짜면 일을 연장시키는 일 또한 줄일 수 있는데, 시간표를 미리 짜놓으면 시각적인 효과로 인해 그 일의 중요성이 부각되어 책임감을 증진시켜 주기도 한다. 또한 다음에 무엇을 해야 할지에 대한 생각을 하는 시간을 줄여줌으로써 시간낭비를 줄일 수 있기도 하다.

알아두기 ────────────────────────────

Salary.com이라는 사이트에서의 투표에 의하면 오피스에서 근무하는 사람들은 회의가 제일 시간을 낭비하는 요소라고 응답했다. 또한 경제&비즈니스 연구센터라는 또 다른 기관에 의한 투표결과에서는 오피스에서 근무하는 자들이 평균적으로 일주일에 4시간을 회의하며 그 시간 중 절반가량을 낭비하는 시간이라고 응답했다.

마지막으로, 계획표를 미리 짜놓으면 두세 번 스케줄을 확인해야 하는 번거로움을 없앨 수가 있다. 계획표에 자신이 해야 할 임무가 효율적으로 적혀 있으면 자신의 비는 시간을 명확하게 알 수 있으며 더 자신 있게 다른 무언가를 행함에 있어서도 더 자신 있게 임할 수 있을 것이다.

얼마 지나지 않아 전반적으로 더욱 의지할 수 있고 믿을 수 있는 사람이 될 것이다.

+ + +

변화에 이르는 길
자신의 모든 활동을 계획표에 적어라.

스케줄을 지키면서 생산성을 높이고 시간을 아껴라. 계획표를 효율적이게 할 몇 가지의 팁을 들자면 다음과 같은 것이 있다.

수단. 보관하기 쉬운 스케줄 계획표를 골라라. 달력을 포함해 두꺼운 수

첩이나 디지털 소프트웨어나 여러 제품들이 있으니, 종이 재질로 만들어진 계획수첩이 필요하다면 사용하기 좋다고 생각되는 것을 구매하도록 해라. 자신이 느끼기에 이해하기 쉬운 것이라 생각되고 손쉽게 자신이 원하는 정보를 얻을 수 있을 법한 것을 구해라.

포함시켜야 할 것. 만일 자신이 "헬스장에 갈 시간이 없었어요."라고 다른 이들에게 변명하고 있다면, 당장 달력에 적어 놓아라. 특정 활동을 할 시간을 하루 일과에 표해 놓으면 그 활동을 할 확률이 높아진다. 자신이 중요하다고 생각되는 모든 활동을 스케줄러에 표시해 놓아라. 이런 활동들에는 사람들과 만나는 일이나 방해받고 싶지 않은 업무 시간, 혹은 전화 통화할 시간, 점심이나 저녁 데이트나 콘서트 참석, 혹은 헬스에 가거나 반찬 쇼핑, 혹은 한가한 시간, 아니면 그 특정 날에 꼭 해야 할 일 등이 있다. 덧붙여 말하자면 시간표를 짤 때에는 먼 미래까지도 바라보아라. 중요한 마감일자나 사건들, 생일이나 기념일 등과 같이 꼭 기억해야 하거나 축하해야 할 일들을 적어 놓아라.

구체적으로 적어라. 해야 할 일들은 철저하게 적도록 해라. 해야 할 일과 만나야 하는 사람들, 장소와 해야 하는 일, 그리고 전화번호나 필요한 정보들 등을 포함해 가능한 많은 정보를 포함시키도록 해라. 구체적으로 기입하면 일을 하는 데에 있어 막힘없이 처리할 수 있을 것이다.

일하지 않는 시간을 포함시켜라. 여행 혹은 수송과 관련된 일들은 그 이전이나 이후에 준비가 필요할 수도 있다. 예를 들어 마을 건너편에서 점심

데이트가 있다면 15분의 시간이 왔다 갔다 하는데 필요할 것이다. 또한 헬스장에 간다면 헬스장에 가는 왕복 시간과 옷 갈아입는 시간, 그리고 샤워하고 옷 갈아입는 시간과 더불어 헬스하는 시간이 필요할 것이다. 그러니 스케줄을 짤 때에는 이런 시간들까지 다 포함시키는 것을 명심해라.

스케줄을 너무 타이트하게 짜지 마라. 예상치 못한 시간의 연장, 회의, 전화 통화, 혹은 그 밖의 당신의 스케줄을 방해하는 요인이 생기기 마련이다. 중요한 일들이나 활동을 놓치는 것을 방지하기 위해 너무 빡빡하게 일정을 짜지는 말아라. 30분 정도의 여유 시간을 중간 중간에 끼워 넣음으로써 놓치는 일이 없도록 해라. 이렇게 하면 필요에 따라 스케줄을 다시 짜는 것도 용이해질 것이다.

일관적으로 해라. 해야 할 일이나 활동이 생긴 것을 알게 되었을 때에는 계획표에 기입하도록 해라. 이렇게 하면 나중에 까먹는 것을 사전에 방지할 수 있을 것이다. 한 주가 시작될 때에는 일주일 동안의 스케줄 표를 확인해 그 주에 무엇을 해야 하는지를 미리 파악해 두어라. 그리고 매일 아침 그날 해야 할 스케줄을 다시 체크한 다음, 매일 저녁에는 그 스케줄들을 다 소화해 냈는지, 다음 날은 무엇이 기다리고 있는지를 확인해라. 스케줄을 지속적으로 확인하면 해야 할 일을 잊어버리거나 너무 많은 스케줄을 한 곳에 몰아 놓거나 회의나 사전 준비가 필요한 다른 활동들을 준비하지 못하는 경우를 피할 수 있게 될 것이다.

+ + +

놀이 시간은 매일 넣도록 해라

사람을 대하는 데 있어 한 시간의 경험이 1년간의 대화보다
그 사람에 대해 더 많은 것을 발견하게 해준다.

– 플라톤 –

해야 할 일들이나, 책임져야 할 것들이 많이 쌓여 있을 때에는 중간 중간에 인생의 즐거움을 잊고 살기 마련이다. 일에서나 인생에 있어서 즐거움을 느낄 만한 일들을 끼워 넣는다는 것은 행복감을 느끼는 데에 있어서 필수적인 요소이며, 이는 곧 스트레스를 다루고 대인관계를 증진시키며 창의력과 생산성을 향상시키는 힘을 지니고 있다.

노는 것은 성공의 지름길이다

연극국립기구의 설립자인 스튜어트 브라운 박사는 살인자들에 대한 연구를 하던 중 살인자들이 공통적으로 지니고 있는 특성을 발견했는데, 그것은 바로 어린 시절 충분히 놀 시간이 없었다는 것이었다. 그 이후로 브라운 박사는 수천 명의 개개인들의 '어린 시절에 놀던 기억들'을 인터뷰하며 다녔는데, 이들 중에는 예술가, 비즈니스맨, 여성, 노벨상 수상자, 수감자들이 포함되어 있었다. 흥미롭게도 그는 노는 것과 성공과의 상관관계가 깊다는 것을 발견했다.

그의 저서 『노는 것이 뇌를 어떻게 형성시키며, 상상력을 자극시키고, 영혼의 활기를 북돋우는가』에 대해 노는 것이 얼마나 우리 인생에 영향을 미치는지에 대하여 논하고 있다. 우리가 좋아하는 일을 할 때면 행복하다는 것은 분명하다. 우리가 노는 동안에 부정적인 생각이나 감정들을 긍정적이고 건설적이며 낙천적인 사고를 지닐 수 있도록 변환해 준다. 스트레스의 요인이나 딜레마, 혹은 도전과 같은 과제들은 우리가 무언가를 즐기는 동안에는 부수적인 것이 되는 것이다. 마음이 안정되고 휴식을 취하고 나서야 문제로 다시 돌아왔을 때 새로운 관점과 충전된 기운으로 문제를 직시할 수 있는 것이다.

작업을 하는 데에 있어서도 브라운 박사는 종업원들을 장난 같은 것을 하게 시키면 생산성을 향상시키고, 동기부여를 시켜주어 집중력을 높여주고 인내심을 키워준다고 주장한다. 그가 주장하는 바에 의하면 노는 동안에 뇌에 새로운 신경세포가 형성되어, 창의력을 향상시켜 준다고 한다. 또한 재미있는 일에 가담하게 되는 순간 억제력의 일부를 잃고 생각을 하기를 멈추는데, 이러한 발견은 구글과 같은 선진적 사고를 하는 기업들로 하여금 노는 것을 작업실에 연동시키게 하였다.

변화에 이르는 길
인생의 모든 방면에 놀이를 연계시켜라.

가족들이나 친구들과 시간을 보내든지 직장 동료들과 일하는 중이든지 놀이 시간은 매일 넣도록 해라. 잠시 동안의 놀이는 멀리 갈 수 있도록 만들어 준다.

평가를 해보아라. 대부분의 어른들에게 있어서 노는 경험이란 어린 시절에 경험한 것이기 마련이다. 아이들은 즉흥적이고, 억제되지 않고, 매우 상상력이 풍부하다. 만일 어른인 당신이 놀 만한 것을 찾기가 힘들다면, 어린 시절을 돌이켜 보는 것도 도움이 될 수가 있다. 더 어릴 적에 무엇이 재미있는 일이었는지, 혹은 쉬는 시간에 무엇을 했는지를 생각해 보아라. 먼저 제3부에 있는 놀이 평가서인 도구와 자료들을 체크해 보아라.

노는 방법

노는 데에는 그리 많은 것이 필요한 것은 아니다. 프리스비 던지기(던지기를 하고 놀 때 쓰는 플라스틱 원반: 옮긴이), 킥 볼 게임, 혹은 아이들과 숨바꼭질을 30분 정도를 하는 등의 간단한 활동들은 평범한 일상에 기쁨을 안겨다 줄 수 있을 것이다. 주말 저녁에는 밖으로 나가기보다는 식구들이나 친구들과 실내에서 단어를 보고 그림을 그려서 어떤 단어인지 맞추는 게임이나 제스처 놀이를 해보아라. 농담을 하며 시간을 보내는 것도 하루 동안에 약간의 재미를 가하는 일이 될 수가 있다.

균형을 맞추어라. 굳이 주말에만 놀겠다고 놀이를 아껴 두지는 말아라. 놀이가 인생의 모든 방면에서 이득이 된다는 것을 명심해라. 심부름을 갈 때, 요리를 하거나 청소를 할 때, 혹은 운전을 할 때(다만 길에서 눈을 떼지 않고 안전하게 운전할 수 있는 활동을 골라라. 노래를 부르거나 라디오를 듣는 등의 것들 말이다.)에 더 재미를 느낄 수 있는 방법이나 놀이를 할 수 있을 법한 방법들을 모색해 보아라. 스스로가 즉흥적으로 놀 수 있는 기회를 찾아 느슨해질 수 있는 자유를 준다면 더 이득이 될 것이다.

발목을 잡고 있는 것은 잊어라. 즐길 거리를 찾아보면 수도 없이 많지만 많은 사람들은 굳이 그렇게 해야 할 만할 이유를 찾지 못하는 듯하다. 자신의 발목을 잡고 있는 것들은 잊도록 하고 다음과 같은 규칙들도 잊어버려라.(자신이 안정권에 있고, 아무에게도 손해를 입히지 않으며, 위법적인 것이 아닌 이상.)

당신이 해야 할 일들과 바빠져야 할 이유도 잊어라. 사람들이 당신에 대해 뭐라 생각하는지에 대해서도 잊고 제대로 된 일이나 모두가 기대할 만한 일을 해야 한다는 것도 잊어라. 마지막으로 두려움을 잊어라. 그저 스스로를 행복하게 만들고 재미있는 일을 하면 되는 것이다.

심플하게 시작해라. 바보스럽게 지내거나 장난치는 일은 재미있는 일들 중에 하나라 할 수 있는데, 예를 들어 농담을 해보아라. 당신이 아는 사람의 재미있는 표정을 지어 보이든지(물론 좋은 의도로 말이다.), 바보 같은 춤도 추어 보아라. 당신이 미소 짓는 일들을 해보라는 말이다. 단 몇 분밖에

안 되는 일이더라도 기운을 돋우고 창의력을 자극하거나 생산성을 향상시키는 데에 있어서는 큰 변화를 불러일으킬 것이다.

재미를 촉매제로써 이용해라. 브라운 박사의 책 놀기에서는 놀이를 생산성을 향상시키고 행복감을 증진시키는 촉매제로서 사용하도록 권하고 있다. 만일 그럴 만한 동기부여가 없다거나 아직 결정을 못 내리고 있다거나 혹은 일을 끝마치는 데에 있어서 어려움을 겪고 있다면 당신이 필요한 휴식을 취하면서 문제를 풀기 위한 새로운 생각이나 아이디어를 생각해도 좋다.

다른 이들과 장난을 쳐보아라. 다른 사람들과 놀이를 즐기다 보면 그 사람들과 더욱 가까워지기 마련인데, 친구들이나 가족들과 노는 것은 추억을 쌓거나 유대감을 돈독하게 하기 위한 좋은 방법들 중에 하나라 할 수 있다. 동료들과 즐길 수 있을 만한 것을 찾아보도록 해보아라. 직장 사람들과 재미있는 일을 함께 할수록 함께 일하는 일 또한 제대로 돌아가게 될 것이다. 물론 가능한 재미있고 장난을 즐기는 사람들과의 시간들을 즐기도록 해라.(여기에는 아이들과 애완동물들도 포함되어 있다.) 장난치는 것이 어렵다 하는 사람들에게 그들의 에너지가 전염되어 당신의 마음을 좀 풀어 주게 될 것이다.

현실로 만들어라. 즐기는 일에 있어서는 "이루어내는 날까지 척이라도 해라."라는 말은 여기서는 적용되지 않는다. 진짜 즐기는 것과 그러는 척을 하는 것에는 차이가 있기 마련이다. 자신에게 진심으로 즐거운 일은 그 일을 하기 전이나 하고 있는 중에, 그리고 그 일을 하고 난 이후에도 좋은 기분이 유지되며, 그 활동에 참가한 사람들까지도 기분 좋게 만들어 줄 것이다. 진심으로 즐기는 일들은 더욱 그 일을 하고 싶게 만들었으면 만들었지 덜 하고 싶게 만들지는 않을 것이다. 만일 그 활동을 함에 있어서 이런 감정이 들지 않는다면, 가짜 즐거움에 빠져 있다고 생각하면 될 것이다.

+ + +

목적을 설정해 놓아라

의도가 곧 우리들의 현실을 만들어 내는 것이다.

- 웨인 다이어 -

목적을 설정해 놓으면 우리들만의 가치관이나 열정, 혹은 우리들의 성격이나 믿음과 연결 지어지기 마련인데, 이런 것은 우리들로 하여금 더 크나큰 행복감과 평온함을 느낄 수 있도록 해줄 것이다. 예를 들어 당신의 목적이 자비롭고 다른 이들에게 도움이 되는 진실한 사람이 되고 싶다거나 잘 들어 주는 사람이 되고 싶다면, 그런 목적들이 당신의 정신에서부터 시작해 당신의 중심을 이루게 해줄 것이다.

우리 모두가 발전하며 살아가고 있고 우리의 인생 또한 발전하고 있다. 변화하는 환경에 적응하면서 우리는 항상 인생을 형성하고 조정해 가고 있는 것이다. 우리가 도전에 직면하게 되면 큰 그림을 그리기가 어려워지기 마련이다. 하지만 목적을 설정하게 되면 좋을 때나 나쁠 때나, 혹은 호황기나 불황기에 한 발 물러서서 스스로가 제일 중요시 여기는 것들이나 우리가 되고 싶은 인간상을 그릴 수 있는 공간을 만들어 주게 된다. 우리 자신을 형성하는 이런 깊은 내면적 자질에 연결되어 있을수록 우리는 더욱 행복해질 수 있을 것이다.

뇌의 연결선을 바꿀 목적들

하버드 의학부의 신경 과학자 알베로 파스컬 레온의 연구에 의하면, 사람들이 무언가에 대해 생각하고 있을 때 물리적인 구조와 두뇌의 기능을 뒤바꿀 수 있다고 한다.

두 그룹의 참가자들 중에서 한 그룹은 다섯 손가락으로 피아노를 치는 작업을 매일 2시간씩 5일 동안 연습하라고 했으며, 두 번째 그룹은 피아노 연습을 하는 생각만 하도록 했다. 두 그룹의 집단을 비교한 결과, 두 그룹 집단 모두의 운동 피질이 변화한 것을 발견할 수가 있었다. 이런 연구 결과는 무언가를 하려 하는 목적이 두뇌의 연결고리를 실제로 그리 하는 것처럼 바꾸어 놓을 수 있다는 것을 의미한다.

목적을 설정하면 우리의 결정이나 생각과 행동을 좌지우지 하게 된다. 우리는 결과에 상관없이 자신의 행동이 자신만의 믿음이나 가치관에 일치되게 행동한다는 것에 자신감을 느끼게 되는 것이다.

변화에 이르는 길
매일 목적을 설정하는 관습.

목적을 설정하는 일은 인생의 대부분의 모든 방면에 유용할 수 있을 것이다. 다음과 같은 것을 고려해 보아라.

하루를 올바르게 시작해라. 일어났을 때 생각하거나 선택하는 것들이 그 하루 동안의 일상을 좌지우지한다. 예를 들어 체중을 줄이려 할 생각이라면 아침에 건강식 식단을 섭취하고 헬스장에 가서 운동을 할 것이며 그 다음에 하는 선택들도 건강한 선택을 하게 될 것이다. 반면에 헬스장에 가지 않고 건강하지 않은 식품으로 아침 끼니를 때운다거나 아예 아침을 거르게 된다면 전반적으로 보았을 때 하루 동안의 선택 사항 또한 흐지부지하게 되어버릴 것이다. 하루를 긍정적인 생각으로 시작한다면 그 파급효과는 하루 종일 갈 것이다. 목적은 아무 때나 정할 수 있는 것이지만 하루를 시작하며 목적을 정한다면 앞으로 다가올 한 시간 한 시간의 흐름을 결정지을 것이다.

성공의 7가지 정신적 규칙 ————————————————

디팩 초프라의 저서 성공의 7가지 정신적 규칙에 의하면 목적을 설정하는 힘을 이용하는 방법의 5가지 단계를 설정하는데 이는 다음과 같다.

- 틈새'에서 시작해라. – 명상 중에 종종 발견되는 깨끗한 의식의 상태.
- 목적을 설정하면 그 목적을 밝혀라.(생각만 하는 것은 당장에 멈추어라.)

- 다른 이들의 의심이나 비평에 영향받지 않도록 중심에 서라.
- 결과나 성과에 대한 집착은 떨쳐내고 불확실성을 기쁘게 받아드려라.
- 세세한 사항들은 자연의 흐름에 믿고 맡겨 두어라.

행복과 마음의 평온을 유지하기. 의도가 무엇이든지 간에, 더 높은 경지의 자신을 지향해야 한다. 물질적인 것이나 구체적인 결과에 연연해하지 말고, 당신을 더 행복한 경지에 이르도록 하는 특징들을 사례로 목적을 만들어라. 그 목적이란 당신이 진심으로 중심으로 삼고 싶은 것을 반영시켜 만들어야 하는 것이다.

현재에 머무르기. 목표와는 달리, 목적은 지금의 현재 상태를 나타내야 하니 너무 먼 미래를 생각하지는 말아라. 현재의 희망에 초점을 맞추어라. 예를 들어 누군가 아픈 친지를 방문하려 한다면 당신의 목적은 그들을 지지하고 돌봐 주는 것이 될 것이다. 혹은, 누군가의 지도가 필요한 친구를 만나게 될 것이라면 당신의 목적은 아무런 색안경을 끼지 않고 그저 이야기를 들어 주는 것이 될 것이다. 만일 당신이 한 아이의 부모로써 자신의 아이와 시간을 보내려 한다면 당신의 목적은 아이처럼 행동하며 아이와 즐겁게 시간을 보내는 것일 테다.

진실하게 하기. 목표를 설정할 때에는 스스로에게 솔직해져야 한다. 당신이 누구인지, 진심으로 원하는 것이 무엇인지, 어떤 사람이 되고 싶은지 등에 대해서 생각해 보아라. 다른 이들이 당신에게로부터 원하는 것이나 바라는 것에 귀 기울이지 마라.

일기 쓰기. 목적을 설정할 때마다 일기를 써라. 직접 써 놓는 것이 생각만 하는 것보다 더욱 현실감 있게 다가오기 마련이다. 하루를 마치고 나면 그 목적을 성공적으로 달성했든지 안 했든지 상관없이 매일 기록을 해라. 만일 성공적으로 이루어내지 못했다면, 이 목적을 달성하기 위해 다른 방식으로 했을 수 있었을 법한 방법을 써 보아라. 때때로는 자신의 과거의 목적을 다시 읽어가며 더 발전시킬 수 있을 법한 곳이 있는지를 살펴보아라.

책임감. 자신의 목적을 다른 이들과 공유하면 더욱더 책임감을 부여하게 될 것이다. 이를 공유할 수 있는 대상으로서는 친구들이나, 가족들, 혹은 온라인상이 될 수도 있다. 제일 추천할 만한 곳은 intent.com이라는 사이트인데, 디팩 초프라의 딸 말리카 초프라에 의해 개설된 곳이다. 그녀는 이 사이트를 개설함으로써 회원들이 자신의 목적을 공유하고 지지도 받고 책임감 있게 이행할 수 있도록 하는 것이 목적이었다고 한다. 자신의 목적을 매일, 혹은 매주, 아니면 매달이라도 좋으니 열정과 응원을 받기 위해서라도 공유하도록 해라.

✦ ✦ ✦

부정적인 과거를 떨쳐버려라

자신의 상처를 지혜로 만들어라.

– 오프라 윈프리 –

우리는 모두 과거에 긍정적인 경험과 부정적인 경험 모두 경험했다. 이두 가지 경험 모두가 인생에 있어서 지극히 자연적인 부분이라 하지만, 과거에 저질렀던 실수나 건전하지 못한 연인관계로 인해 상처받거나 실망했던 경험들을 포함한 부정적인 경험을 잘 극복해 내지 못한다면 그것들은 개인적인 '악마'로 돌변하여, 매년 들러붙어 자신을 괴롭히며 쫓아다닐 것이다. 이런 악귀들은 앞으로 다가올 인생을 즐기는 데에 있어서 제한을 주게 되고 발목을 잡게 될 것이다. 따라서 이런 문제들을 다루는 것은 행복을 찾거나 스트레스를 줄이고 꿈을 갖고 앞으로 나가는 데에 있어서 아주 중요하다고 할 수 있다.

우리가 전형적으로 싸우게 되는 악귀는 바로 과거의 실수를 후회하며 놓지 않고 살아가는 것인데, 과거의 부정적인 측면을 놓아버리지 않고 계속 지니고 있게 되면 과거의 실수가 오늘날의 자신을 결정지어 버리게 된다. 이런 경험들에 집착하게 되면 우리들의 미래나 가능성을 제한해 버리는 것과 마찬가지인 것이다.

또 다른 전형적인 악귀는 대인관계에서 비롯된 것이다. 부모님이나 형제자매들, 혹은 친구들이나 학교 동창들, 그리고 인생의 후반부에서는 직장 동료들이나 다른 중요한 사람들을 포함한 모든 대인관계는 우리가 어떻게 행동하는지, 다른 이들과 자신 사이의 관계를 어떻게 연관 짓는지에 있어서 아주 중요한 영향을 미친다.

그 어느 대인관계가 완만하지 않았다거나 모욕적이었다거나, 혹은 제대로 이루어지지 않았다거나 등의 경험들은 상처와 실망으로 돌아와 우리가 인생을 어떻게 바라보아야 하는지, 스스로를 어떻게 생각하는지, 그리고 다른 이들과 어떻게 교류해야 하는지에 대해 생각하는 것이 힘들어졌을 수도 있을 것이다.

과거의 실수나 건전하지 못했던 연인관계를 받아들이고 신경 쓰지 않는다면 또 같은 실수를 번복하지 않거나, 추후 더 크나큰 실수를 저지르지 않도록 하게 되는 값진 교육을 받게 되는 것이다. 과거의 부정적인 경험을 극복하고 회복만 한다면 과거의 상처를 잘 다룰 수 있었다는 것을 잘 알기에 스트레스나 역경에 대한 저항력이 강해질 것이다. 다시 말하자면 자신들의 악귀가 더욱 나은 자신으로 변화시키고, 좀 더 새롭고 다른 방법으로 사고할 수 있게 만들어 줌으로써 더욱 긍정적으로 작용할 수 있는 것이다.

변화에 이르는 길
과거의 경험으로부터의 부정적인 사고를 떨쳐버려라.

마음을 괴롭히는 그 문제들을 어떻게 다루느냐에 따라 우리의 행복, 자신만의 최선의 모습, 그리고 인생 그 자체가 좌지우지된다 할 수 있는데, 여기 도움이 될 만한 몇 가지 팁이 있다.

자각하고 확인해라. 자신의 마음을 괴롭히는 문제들을 다루기 전에, 우선 자신의 마음을 괴롭히는 것이 있다는 것을 스스로 깨달아야 한다. 우리 대다수가 이러한 문제점을 지니고 살지만 이러한 문제들을 그냥 무시해 버리거나 마치 문제점이 존재하지 않는 마냥 행동하고 다닌다면, 이러한 것들을 받아들이지 못하는 심리 상태가 되어 더 큰 문제를 일으킬 수도 있다. 과거에 부정적인 영향을 미친 경험을 떠올려 보고 그러한 경험들이 어떠한 방식으로 지금의 자신을 만들어 냈는지에 대해 생각해 보아라. 제3부에 있는 마음을 괴롭히는 것들과 관련된 계획표에 나와 있는 '나를 괴롭히는 것들'이라는 칸에 적혀 있는 질문들을 사용해 보아라.

자신의 마음을 괴롭히는 것들로부터 배워라. 과거의 일부를 떼어버리는 것이 때로는 힘든 이유는 그러한 경험들이 자신에게 어떠한 교훈을 주었는지에 대해 잘 생각하지 않기 때문이다. 과거의 부정적인 경험들로부터 자신이 무엇을 배웠는지를, 마음을 괴롭히는 것들의 계획표 "내가 배운 것들"

이라는 칸에다가 적어 보아라. 화가 나거나 과거의 경험에 대해 부정적으로 여겨지는 경우에는 자신이 배운 것들을 돌이켜보며 귀중한 경험의 일부로 받아들여라.

놓아버려라. 과거는 과거일 뿐이다. 한때 일어난 것은 일어난 것뿐이고, 다음과 같은 방식으로 과거를 놓아버려라.

제대로 느껴라. 자신의 실망감이나 상처, 혹은 아픔을 실컷 느껴보아라. 주저하지 말고, 울고 싶으면 울고, 화내고 싶으면 화를 내라. 감정을 느끼는 것이 감정을 놓아버리기 위한 첫 번째 단계인 것이다.

객관적으로 바라보아라. 자신의 감정을 제대로 느껴 보았다면, 객관적인 장소로 옮겨 이성적으로 스스로에게 자신의 감정을 해소시키는 방법을 자문해 보아라.

용서해라. 용서하는 상대가 자기 자신이든지 다른 사람이든지 상관없이, 용서해야 할 상황이 있다면 용서해라.

미래를 내다보아라. 실패든지, 상처, 혹은 실망감이나 다른 부정적인 경험들 모두 인생의 일부인 것임을 명심해라. 이러한 것을 잘 알고 있다면 과거가 자신의 발목을 잡지 않게 할 힘이 생기는 것이다. 더 생산적인 일에 생각을 기울이고, 앞으로 다가올 미래를 자신의 현실 세계를 다시금 만들어낼 새로운 장으로 보고, 어떠한 인생을 바라는지에 집중을 해라. 이렇게 하면 긍정적인 결과를 그려 볼 수 있게 될 것이며, 그것이 현실로 다가오도록 하는 원동력이 될 것이다.

새로운 에너지를 만들어라. 과거에 연연해하다 보면 우리는 제한적이고, 정체된 상태에 놓이게 되는데, 다음과 같이 하면 대부분의 경우 과거의 많은 부분을 넘기고 앞으로 나아갈 수 있으니 시도해 보아라. 마음을 괴롭히는 것들의 계획표 "새로운 에너지 창조" 칸을 활용하여 부정적인 감정들을 어떻게 해소시키고 새로운 긍정적인 에너지를 만들지에 대해 생각해 보아라. 이러한 행동들은 분노의 감정으로부터 벗어나 긍정적인 마인드의 틀을 갖추게 하여 진취적이고 이성적인 생각을 하도록 하게 만들어 준다.

과거의 한계를 없애버려라. 부정적인 결과가 나올 가능성을 안고 가는 것을 자신의 인생, 혹은 성장의 일부로 보아야 할 것이다. 우리는 과거에 얽매여 있을 때, (1) 과거의 실수를 번복하는 것이나 새로운 실수를 저지르는 것이 두려워, 위험을 부담하려 하거나 새로운 것을 시도하려 하지 않거나 (2) 과거에 우리가 할 수 있었던 것들이나 할 수 없었던 것들로 하여금 자신을 결정짓게 함으로써 우리를 제한시켜 버린다 할 수 있다.

우리는 스스로 "난 할 수 없어."라든지, "난 그리 하면 안 돼." 혹은 "잘 안 될 거야."라고 생각하고는 한다. 대신에 "난 할 수 있어.", "해야지.", 혹은 "꼭 그리 되게 해야지."라고 생각하는 쪽이 더 생산적이고 긍정적인 방법이다. 과거가 자신을 결정짓도록 하지 마라. 대신에 자신이 어떠한 사람으로 규정지어지고 싶은지에 대해 생각해 보고, 그것을 실현시키는 것에 집중해라.

역사의 반복을 피해라. 번뇌는 때때로 우리로 하여금 오래되고 익숙한 습관들을 다시금 꺼내게 만드는 상황이나 사람들에 둘러싸이게 하기 마련인데, 우리는 비슷한 역사를 가지고 있거나 비슷한 가방을 가지고 있는 사람들에게 더욱 매력을 느끼기 마련이다. 안타깝게도 이러한 경향이 우리를 정지된 상태로 부정적인 장소에 머무르게 만들어, 판에 박힌 생활에 틀어박혀 좋지 않은 행동을 하거나 독이 되는 관계에서 빠져나오지 못하게 만들어버리는 것이다. 자신이 처한 상황을 제대로 파악하고, 오래되고 좋지 않은 습관들이 다시금 수면 위로 나타나게 만드는 상황에 처하지 않도록 해라. 좋은 습관을 유지할 수 있는 대인관계를 찾아 나서고 그렇지 않은 대인관계는 피하도록 해라.

뇌를 훈련시켜라

뇌는 음악과도 같다. 뇌를 가동시킬 때 우리는 기분이 좋아진다.
이해한다는 것은 즐거운 일이다.

— 칼 세이건 —

육체적 훈련이 몸에 유익하듯이 정신적 훈련 또한 뇌에 좋은 작용을 한다. 최근 시행된 연구 결과에 의하면 뇌 트레이닝, 혹은 인지 훈련이라고도 잘 알려져 있는 이 운동은 두뇌 기능에 아주 긍정적인 영향을 미친다. 인지 훈련은 훈련 받는 자를 새롭고 도전적인 경험에 놓이게 함으로써, 신경가소성이나 생각을 활용하게 하여 인지 기능이 유지되거나 향상시키게 하는 것이다. 바꾸어 말하면, 뇌를 훈련시키면 두뇌 기능을 향상시킬 수 있는 것이다.

뇌 활성화 훈련은 기억력 향상(언어 이해력과 학습, 그리고 근거 제시에 있어서 중요하다)과 집중력 향상, 그리고 빠른 사고력과 유연한 사고를 유지하는 데에 있어서 도움이 된다.

또한 이전에 습득한 지식에 상관없이 문제를 해결하는 능력을 칭하는 '유동성 지능'이라는 것도 향상시킬 수 있다고 한다. 정기적으로 두뇌를 훈련시켜 주면 기억력을 보존하고 나이와 관련된 인지 능력 저하를 칭하는 알츠하이머병이나 다른 형태의 치매와 같은 질병을 예방하는 데에 있어서도 도움이 된다. 그리고 이런 훈련을 더 젊은 시절에 일찍이 시작하면 할수록 더 좋다. 어린 시절부터 성인이 될 때까지 의식적으로 어려운 활동에 참가한 사람들의 두뇌는 50년이나 젊은 사람들 것과 견줄만하다는 연구 결과가 있었으며 알츠하이머병과 연관 있는 뇌의 플라크도 생길 확률이 적다고 밝혀졌다.

어린이들 또한 두뇌 훈련으로 인해 이득을 볼 수 있는데, 연구 결과에 의하면 인지 능력 훈련을 함으로써 어린이들의 기억력 향상을 도모하며, 학업 성취도에도 긍정적으로 영향을 끼친다고 하였다. 더 나아가, 인지 능력 훈련 집중력 향상과 정리정돈을 하는 데에 있어서도 긍정적인 영향을 미치며, ADHD나 다른 작업과정과 관련된 문제와 같은 것에 있어서도 문제를 감소시킨다고 하였다.

변화에 이르는 길
인지 능력 훈련을 하루에 20분씩 해라.

하루에 20분씩 인지 능력 훈련을 하면 아주 좋은 효과를 거두게 될 것이다. 제일 좋은 점은, 인지 능력 훈련이 재미있을 것이라는 사실이다. 물론 매일 낱말 맞추기 게임 등과 같은 것을 하는 것도 재미는 있겠지만, 이러한 종류의 게임은 인지 능력 훈련과는 다른 것이다. 그 게임에 한해서는 실력이 향상될 수는 있지만, 전반적인 인지 능력 기능에 있어서는 실질적인 향상은 없을 것이다. 그렇게 하는 대신, 새롭고 적응 가능하며 흡수되는 방식으로 뇌를 가동시켜 보아라. 그렇게 하는 방법은 다음과 같다.

다른 종류의 항목들을 겨냥해라. 인지 능력 훈련은 두뇌의 각각 다른 4곳의 부위를 훈련시켜 주어야 하는데 다음과 같다.

기억력과 기억력 소환 능력. 체스, 카드게임, 낱말 맞추기

집중력과 집중하기. 독해, 패턴 익히기, 인식하기

인지 능력과 문제 해결 능력. 수학과 산수: 단어 문제

스피드와 정신적 인식 능력. 비디오 게임, 테트리스, 조각 퍼즐, 미로, 길 찾기나 오리엔티어링(지도와 나침반만 가지고 정해진 길을 걸어서 찾아가는

스포츠.)

크로스 트레이닝(각기 다른 종목의 운동을 섞어서 하는 것). 달리기처럼 매일 같은 종류의 운동을 하는 것보다 여러 종목의 운동을 섞어서 하면 건강에 훨씬 더 큰 도움이 된다. 특히 여러 운동을 하는 것은 당신의 몸에 기운을 북돋아줄 수 있다. 이런 원리를 우리 마음에도 적용할 수 있다. 우리는 뇌에 좋은 작용을 하는 여러 가지 방법을 통해 정신적으로 도전과 자극을 받을 필요가 있다. 그와 같은 인지훈련을 위해서는 우선 우리의 뇌를 자극시킬 수 있는 서로 다른 방법의 범주들을 순환하며 경험하면 된다.

시간에 위배되지 않도록 해라. 두뇌 파워 게임 계획: 4주 만에 당신의 기억력을 다지고, 집중력을 향상시킨다. 노화를 막는 방법이라는 저서의 저자 신시아 그린 박사는, 시간에 위배되지 않도록 시간을 재면서 작업을 하는 것은 두뇌를 자각시키기에 아주 좋은 방법이라고 한다.

새로운 게임을 배워라. 새로운 게임을 항상 모색하고, 시도해 보는 것을 두려워 말아라. 온라인으로 두뇌를 훈련시킬 책이나 다른 인지 능력 훈련 프로그램을 찾아보아라. 혹은 가족이나 친구들과 새로운 카드 게임이나 보드 게임을 해보아라. 새로운 규칙이나 새로운 형식의 게임을 배우면 기분을 전환시켜 줄 것이다.

프로그램을 골라라. 스스로만의 인지 능력 훈련 프로그램을 개발하는 것도 이상적으로 들리지만, 제일 좋은 방법은 잘 알려져 있는 웹사이트에

접속하여 훈련하는 것이다. 개인적으로 저자는 lumosity(www.lumosity.com)
이라는 사이트를 좋아하는데, 이것 외에도 다른 종류의 두뇌 훈련 프로그
램은 수도 없이 많다. 웹에 기반을 둔 프로그램을 고를 때에는 어느 정도의
기준에 도달해야 하는 만큼, 사전에 체크해야 할 항목들을 아래와 같이 나
열해 보겠다.

그 프로그램이 과학적인 기반에 근거한 것인가? 이상적인 것은, 신
경과학자나 신경심리학자와 같이 뇌 구조와 뇌 기능에 대한 이해도
가 높은 사람들이 트레이닝 프로그램을 만들고, 이를 뒷받침해 줄
만한 연구 결과가 있는 것인데, 잘 알려져 있다시피 각 기업들은 자
신들만의 연구를 시행하여 그럴 듯하게 포장을 하지만, 그 연구 결
과를 보충해 주고 다시 검토해 보면 그리 건전한 상태라고는 볼 수
가 없다. 따라서 제대로 연구되었고 동업자들의 비평이 있는 프로
그램을 찾아라. 몇 가지 프로그램들은 대학이나 의학 연구소와 합
작하여 연구하는 경우도 있으니 말이다.

진짜 이득이 있는가? 뇌를 훈련시키는 데에 있어서 중요한 것은 실
생활에서 사용할 수 있는 것이어야 한다는 사실이다. 자신이 고른
인지 능력 훈련 프로그램은 훈련과는 상관 없이 기본적인 평가와
훈련이 끝난 다음의 평가를 제공하여 얼마만큼 발전하고 있는지에
대해 알려줄 수 있는 것이어야 한다. 더 나아가, 프로그램에서 제공
하는 각 연습 문제가 문제를 푸는 사람의 두뇌 기능 중 어떤 부분을
훈련시키는지에 대해 제시되어 있어야 한다.

게임과 연습 문제들이 다음과 같은 기준에 미치는가?

⋯ **새로운 것이다:** 반복적으로 같은 게임을 하게 되면 그 게임에 있어서는 실력이 늘겠지만, 꼭 인지 능력까지 향상시키는 것은 아니다. 어떤 프로그램이 되었든지 간에 다양한 게임을 해보는 것이 중요하며 이는 훈련하고자 하는 각 부위(예를 들어 기억력이나 유연성, 혹은 문제 해결 능력 등과 같은 것들)마다 적용된다.

⋯ **정해진 시간이 있다:** 신시아 그린 박사가 언급했다시피, 제시간 안에 인지 기능 훈련을 하도록 하는 것이 중요하다. 이리 한다면, 당신이 일을 빨리 하고, 집중력을 향상시키고, 더 유연성 있게 일을 대처하도록 해줄 것이다.

⋯ **난이도가 높아진다:** 다양한 게임이나 연습 문제를 빠르게 잘 풀 수 있어지면 더 어려운 단계로 나아가 계속 시도해 보아야 한다.

친목적인 것으로 만들어라. 다른 이들과 게임을 하게 되면 뇌 훈련이 더 재미있어지게 될 것이며, 사회적으로도 혜택을 받게 될 것이다. 포커와 같은 카드게임을 좋아한다면 그룹을 지어 일주일에 한 번씩 포커 게임을 즐겨라. 아니면 스크래블(철자가 적힌 플라스틱 조각들로 글자 만들기를 하는 보드 게임의 하나)과 같은 게임을 친구들과 해보는 것도 좋겠다. 만일 사람들과 게임을 할 여건이 안 된다면, 일주일에 한 번씩 크로스 퍼즐을 완성시키는 것을 시도해 보아라.

계산기를 멀리해라. 계산기를 사용하게 되면 제일 간편한 수학 문제들을 푸는 데에 있어서도 뇌를 사용하지 않게 되기 마련이다. 하지만 쉬운 산수 문제도 풀다 보면 뇌 기능을 젊게 유지시켜 줄 것이기에, 레스토랑에서 팁을 계산하거나 세일하는 물품의 가격을 알고 싶다면 머릿속으로 계산해 보도록 해라.

하루에 한 번은 노래나 시를 외워라. 설사 시를 읽는 다거나 밴드를 지어 노래를 부르는 일에 관심이 없다 할지라도, 노래나 시를 외우게 되면 뇌의 암기부분을 지속적으로 활성화시키는 것과 같은 효과를 불러온다. 일주일에 한 개씩은 외워보도록 하자.

자신의 어휘력을 늘려라. 매일 새로운 단어를 배워보도록 하자. 어휘력뿐만 아니라 기억력 또한 늘려주게 될 것이다.

+ + +

뇌를 해치는 음식을 피해라

쓰레기를 넣으면 쓰레기가 나온다.

― 조지 퓨젤 ―

뇌 건강을 위해 좋은 음식도 많지만 그 못지않게 뇌 건강을 해치는 음식들도 많다. 이번 주 과제는 뇌의 인지 기능이나, 기분변화 혹은 기를 빼앗아가 스트레스를 더하는 등의 부정적인 영향을 주는 음식을 피하는 것이다.

제일 우선적으로 피해야 할 뇌에 치명적인 음식은 바로 첨가된 설탕이다. 설탕을 많이 섭취하게 되면 심리변화에 부정적으로 영향을 미칠 수 있으며 곧바로 무기력해질 수도 있다. 또한 너무 많은 양의 설탕을 섭취하게 되면 학습 능력 또한 저하될 수 있다. UCLA에서 행한 연구 결과에 의하면 장기간 동안 과당을 너무 많이 섭취하게 되면 두뇌의 학습 능력과 정보를 기억하는 기능이 저하된다고 한다.

만약 단 것이 자신의 입에 맞지 않는다면 염분이 많은 음식 또한 뇌에 부정적인 영향을 미친다는 것을 명심해라. 연구 결과들에 의하면 염분이

다량 함유된 음식을 섭취하게 되면 사고할 수 있는 능력을 현저히 저하시켜 치매에 걸릴 수 있다고 한다. 2011년도에는 67세부터 84세까지의 연령대에 해당하는 1,262명의 참가자들을 대상으로 종단적 연구를 시행했는데 염분을 제일 많이 섭취한 사람들은 그렇지 않은 사람들에 비해 인지 기능 시험 점수가 3년 동안 지속적으로 하락하는 경향을 보였다고 한다.

뇌를 해치는 또 다른 음식은 바로 트랜스 지방이다. 이는 튀김이나 패스트푸드 혹은 정크 푸드 등에서 종종 찾아볼 수 있다. 트랜스 지방은 기억력이나 집중력, 혹은 언어 능력과 일의 진행 속도에 영향을 주게 되며 실제로 뇌의 부피를 축소시킬 수도 있다. 이는 알츠하이머를 진단하는 기준이 되기도 한다. 오리건 건강 과학 대학교의 연구 결과에 의하면 104명의 4학년 학생들을 대상으로 피 검사와 MRI 스캔 검사를 해본 결과, 혈액에 트랜스 지방률이 높은 사람들의 뇌는 그렇지 않은 사람들보다 작았다고 한다.

또한 인공 재료를 포함한 가공 음식들(여기에는 인공 감미료나, 첨가물, 혹은 화학물질이나 인공 색상 혹은 보존제도 포함되어 있다.) 또한 피해야 한다. 이런 성분들이 행동이나 인지 기능에 얼마나 부정적인 영향을 미치고 알츠하이머를 포함한 노화와 관련된 병을 유발할 수 있는지에 대해 수많은 연구 결과들이 보고되고 있다.

✦ ✦ ✦

변화에 이르는 길
뇌 건강을 해치는 음식들을 멀리해라.

만일 이 음식들을 끊어버리는 것이 어려운 과제라면 식단에서 작은 변화부터 시작해라. 또한 이러한 음식들을 덜 먹을수록 앞으로 이 음식을 가려 먹는 것이 더 쉬워질 것이다. 섭취를 줄일수록 덜 중독적인 현상이 나타나게 되는 것이다.

가공된 음식을 피해라. 가공된 음식이란 자연의 상태에서는 존재하지 않고 일정한 타입의 공장 과정을 거쳐 만들어진 것이다. 빵에서 냉동음식, 그리고 통조림 음식에 이르기까지의 이 모든 것들이 가공 음식이라고 할 수 있다. 앞서 언급했다시피, 가공된 음식은 인공 재료를 포함하기 마련인데, 첨가 설탕, 소금, 혹은 염분, 그리고 트랜스 지방과 같은 '피해야 할 음식 군'에 있는 것들이 바로 그런 것들이다. 따라서 뇌를 해치는 음식을 피하는 가장 좋은 방법은 가공된 음식을 멀리하는 것이라고 할 수 있다. 가능한 한 신선하고 천연 식품을 골라라.

설탕이 든 음식을 알고 있어라. 당이 높은 음식에는 사탕, 청량음료, 에너지 드링크, 시럽, 젤리, 단백질 바, 영양 바, 쿠키, 그리고 그 외에도 기타 구운 요리 등이 있다. 첨가당은 여러 형태로 나타난다고 볼 수 있는데, 잘 알려진 몇 가지만 나열해 보자면 브라운 슈거, 브라운 시럽, 사탕 수수당, 콘 시럽, 덱스트로오스, 과당, 고과당 콘 시럽, 꿀, 당밀, 그리고 자당이 있다.

제대로 된 당을 섭취해라. 천연 과일과 같은 자연 식품에서 당을 섭취하도록 해라. 설탕을 대신하여 과일을 첨가할 수도 있는데, 예를 들어 스무디를 만들 때에도 주스나 꿀, 혹은 설탕을 대신하여 과일을 넣어 보아라. 그렇게 하면 단맛을 낼 수 있을 뿐만 아니라, 혈당을 안정시키고 에너지 공급원도 안정적으로 공급받을 수 있게 하는 식이섬유 또한 섭취할 수 있게 될 것이다. 인공 감미료가 칼로리는 적을 수 있지만, 설탕만큼이나 건강이나 뇌에 해로울 수가 있다. 무슨 수를 써서라도 위에 언급한 당들을 피하도록 해라.

수분을 충분이 공급해 주어라. 체내에 수분이 부족하게 되면 가짜 배고픔을 느끼게 되어 당을 갈망하게 된다. 만일 단 것이 땅긴다면, 물을 한 잔 마셔보도록 해라. 그러고 나면 단 것을 갈망하던 욕구가 싹 사라지는 경우도 생길 수도 있을 터이니 말이다.

굽기. 설탕은 구운 음식의 많은 부분을 차지한다. 설사 25%~33%의 설탕을 사용한다 하더라도 대부분의 요리는 맛이 변함이 없을 것이다. 만일 조리법에 설탕 한 컵을 사용하라고 적혀 있다면, 2/3컵을 사용한 다음 맛을 보아라. 또한 계피나 생강, 혹은 육두구와 같은 단맛을 내는 향신료를 사용하여 단 맛을 내보아라.

염분이 많이 들어간 음식을 알고 있어라. 염분은 많은 음식에서 발견된다고 할 수 있다. 염분이 많은 음식 중에는 통조림 음식이나, 포장되어 있는 음식, 그리고 소스나 통조림, 조미료, 스프, 과자, 절인 고기, 편육, 그리고 냉동 음식과 같은 가공 음식들이 있다. 염분은 여러 형태로 첨가되는데,

여기에는 MSG, 베이킹소다, 베이킹파우더, 인산나트륨, 알긴산나트륨, 그리고 질산나트륨 등이 있다.

15% 혹은 그보다 낮은 양의 염분. 고염분 음식은 앞서 말했다시피 가급적 줄이도록 하고 저염이라고 적혀 있거나, 자신의 하루 전체 섭취량의 15%에 해당하는 정도의 염분이 포함되어 있는 음식을 고르도록 해라. 또한 소스나 냉동 피자, 냉동 음식과도 같은 미리 준비되어 있는 음식들을 시도해 보도록 해라. 이와 같은 음식은 염분이 많이 들어 있기 마련이다.

소금을 덜 사용하여 요리하는 법. 스스로 요리를 하면 포함시킬 재료를 조절할 수 있기 마련이다. 소금보다는 향신료를 시도해 보아라. 마늘, 후추, 카레, 파프리카, 양파, 오레가노, 파슬리, 쿠민, 백리향, 로즈마리 외에도 기타 등등의 향신료는 맛을 가미시켜 줄 것이다. 요리를 할수록 소금이 희석되어 맛이 옅어지기 마련이니 소금은 요리 맨 마지막 단계에 첨가하도록 해라. 그럼 소금 사용량을 많이 줄일 수 있을 것이다.

트랜스 지방 피하기. 다시 말해, 트랜스 지방을 피할 수 있는 가장 좋은 방법은 패스트푸드와 튀김 요리를 피하는 것이다. 가공된 음식이나 미리 포장되어 있는 음식들 또한 트랜스 지방이 포함되어 있기 마련인데, 건강하지 않은 음식에 대한 인식의 증가와 더불어 많은 회사들이 자신들의 제품에서 트랜스 지방을 제거하도록 하고 있다. 다시 한 번 말하지만, 제일 좋은 방법은 가능한 한 신선한 천연 음식을 택하는 방법이다.

✚ ✚ ✚

관용을 베풀어라

우리 자신만을 위해 한 일은 우리와 함께 사라지지만,
다른 사람들과 세상을 위해 한 일은 영원히 남는다.

– 앨버트 파이크 –

관용을 베푸는 정신은 아름다운 자질이자 육체적, 정신적 건강에도 아주 좋은 것이다. 자신의 시간과 에너지, 혹은 돈을 나누는 행위는 행복감을 증진시키고 우울증이나 스트레스를 감소시키며 대인관계를 강화시키는 역할을 한다.

이런 관용을 베푸는 정신을 갖게 되면 우리는 생물학적으로 더 행복감을 느낄 수 있다고 한다. 무언가를 나누게 될 때, 이타주의적인 행동으로 말미암아 기쁨이나 사회적 유대감, 혹은 신뢰와 관련된 뇌의 부분이 활성화되는 것이다. 관용을 베푸는 행위 또한 뇌에서 엔도르핀(행복을 담당하는 호르몬)을 발생시키는 것과 연계되어 있다고 한다. 이러한 생물학적 반응들은 곧이어 마음의 진정과 행복감과 관련되어 있는 "헬퍼스 하이"라는 것을 생산한다고 한다.

우리가 친절을 베풀 때의 행동은 스트레스의 감소에도 영향을 준다고 하는데, 다른 이들에게 나누고자 할 때 그들이 필요한 것에 집중하게 됨으로써 자신의 문제나 스트레스에 덜 집중하게 된다는 것이다. 또한 친절을 베풀게 되면 혈압을 낮추고 스트레스 호르몬에 해당하는 코르티졸의 양 또한 줄어든다고 한다. 사회적 지지자들에 해당하는 자일수록 자기 효율성이나 자존감이 높고 우울감 또한 낮다고 한다.

다른 이들에게 베푸는 선행은 우리로 하여금 스스로에 대해 부정적으로 생각하지 않도록 하며, 스스로에 대해서도 더욱 신경을 쓰게 된다. 예를 들어 내면적 비판을 죽이고 스스로의 자신감을 증진시키는 등의 행동과 같은 것들 말이다. 문제가 있는 친구들의 말에 귀 기울인다든지, 동료들에게 조언을 해준다든지 혹은 봉사활동을 하는 등의 행동들은 자신만의 목적과 가치를 인식하게 하며, 더욱 마음이 충만해지는 것을 느낄 수 있게 될 것이다.

베풀면 행복한 결혼 생활을 할 수 있게 된다

2011년도 국가 결혼 프로젝트라는 연구의 보고서에 의하면 베푸는 것은 행복한 결혼 생활을 하기 위한 주요 요소 중에 하나라고 한다. 배우자가 "좋은 것들을 맘껏 베풀어" 준다면(이는 아침커피를 타준다는 등의 행위로 말미암아 애정을 보여준다든지 용서를 해주든지 등과 같은 행위를 말한다,), 진심으로 의미 있는 무언가로 상대에게 다가온다는 것이다. 베푸는 것에 있어서 높은 점수를 받은 부부일수록 그들의 결혼 생활에 있어서 "아주 행복하다."고 대답한 커플이 최소 32%나 더 높았으며 이혼율 또한 낮았다고 한다.

남에게 열린 마음으로 다가가면 다른 이들의 마음을 더 쉽게 끌 수 있다. 더 중요한 사실은, 이로 말미암아 더 *끈끈하고* 보상받은 관계를 만들 수 있다는 것이다. 남들에게 베풀면 그들 또한 보답을 하기 마련이고, 이러한 교환은 신뢰도와 협력, 존경심 그리고 그 외에 다른 긍정적인 감정들이 작용하기 마련이다. 베푸는 사람에 대한 관점을 긍정적이 되기 마련이며, 이는 곧 긍정적인 사이클을 만들어 내고는 한다. 소냐 류보머스키의 책 행복해지는 방법이라는 책에서 그녀는 "남에게 친절하고 베풀면 다른 이들이 당신을 바라보는 관점이 더욱 긍정적이고 사랑스러워 보이게 될 것이며, 사회 공동체에 있어서 상호의존성과 협력을 강화시켜 줄 것이다."라고 적어 놓았다.

✚ ✚ ✚

변화에 이르는 길
더욱 관용을 베풀어라.

관용을 베푸는 정신이라는 것은 연민의 감정이자, 도움을 주고 사랑을 나누는 감정이다. 관용이라 함은 마음으로부터 나오는 것이지만 행동을 통해서만이 잘 알 수 있게 되는 것이기도 하다. 다음과 같은 아이디어를 참조하여 관용을 베푸는 정신을 키워보도록 하자.

언제인지 기억하자. 과거에 자신이 관용을 베풀었던 시절을 떠올리는 것 자체만으로도 현재 관용을 베푸는 데에 있어서도 동기부여가 된다고 한다. 과거에 관대했던 시절을 떠올려보고 제3부의 관용 계획표에서 당신이 무엇을 하였는지, 어떻게 다른 이들을 도왔는지, 그리고 이 경험으로 말미암아 어떤 기분이 들었는지를 적어라.

집에서부터 시작해라. 많은 사람들이 살아감에 있어서 따뜻함과 연민, 그리고 관용을 베풀며 살 수 있는 능력을 가지고 있다. 자신과 가까운 사람들에게 관심을 기울이고 도움을 줄 수 있는 기회를 엿보아라. 예를 들어 가족 중에 나이가 연로하신 분이 있다면 집안 수리를 도울 수도 있고, 사촌이나 조카의 과학 수행과제를 도울 수도 있다. 혹은 이웃이 수술을 하여 당신이 장을 보거나 기타 심부름 등을 해줄 수도 있지 않은가. 관용을 베풀고자 하는 기회를 엿보기 시작하면 당신의 관심과 도움을 매일 보여줄 수 있는 방법을 찾을 수 있게 될 것이다.

능동적으로 행동해라. 사랑과 관용을 보여줄 수 있는 가장 좋은 방법은 바로 행동을 통해서이다. 물론 상대방을 지지하고 사랑하거나 혹은 곁에 있어 주겠다는 등의 말을 하는 것도 중요한 첫 단계라 할 수 있겠지만 그 말이 진심이라는 것을 보여줄 방법을 찾아보도록 해라. 만일 누군가가 당신의 도움을 필요로 한다고 생각되지만 너무 자존심이 높거나, 수줍음을 탄다거나 혹은 도움을 청하기 어려워한다면, 도움이 될 만한 일을 먼저 자청하고 나서라.

사람들로 주의를 채워라. 특정 부류의 사람들과 더 많은 시간을 보낼수록 그들과 비슷해지기 마련이다. 관용을 베푸는 일은 그 특성상 전염되기 마련인데, 관대하고 사랑을 베푸는 사람들과 함께 한다면 그들의 따뜻함이 당신에게 아주 깊은 영향을 미치게 될 것이다.

열정을 가지고 봉사활동을 행해라. 시간이 있다면 봉사활동을 할 방법을 찾아보아라. 현지 무료 급식소에서의 봉사활동이 되었든지, 봉사 여행을 떠난다든지, 혹은 현지 빅 브라더스 빅 시스터즈 프로그램의 멘토가 되기로 한다든지 아무것이나 좋으니 당신이 열정을 가지고 활동할 만한 것을 골라 봉사활동을 해보아라. 당신이 진심으로 관심을 기울이는 활동에 시간을 할애하게 되면 무언가를 나눈다는 사실에 기분이 좋아질 뿐만 아니라 당신에게 있어서 중요한 가치에 기여를 한다는 사실에 좋은 느낌이 들게 될 것이다.

친절함을 받아들여라. 많은 사람들이 주는 것에는 거리낌이 없지만, 받는 것에는 익숙하지 않기 마련인데, 다른 이들의 친절함을 받아들이는 것 또한 중요하다고 할 수 있다. 만일 다른 이들의 친절함이나 도움을 받아들이는 것에 대해 거부감이 든다면, 다른 이들을 도와주었을 때의 자신이 느끼는 감정을 떠올리고 다른 사람들 또한 당신을 도와주었을 때 이러한 감정이 들게 될 것이라는 사실을 기억하자! 다른 이들의 관용에도 마음을 열고, 당신이 도움이 필요할 때에는 그들의 도움을 받아들이도록 하자.

✦ ✦ ✦

4분기 체크 사항

주별 변화	실천
1주째. 감정을 글로 표현해라	☐
2주째. 음악을 틀어라	☐
3주째. 크게 입을 벌려 웃어라	☐
4주째. 목표를 설정해라	☐
5주째. 목록을 작성해라	☐
6주째. 한 번에 한 가지 일에 전념해라	☐
7주째. 남과 비교하지 마라	☐
8주째. 명상을 해라	☐
9주째. 선택을 두려워하지 마라	☐
10주째. 녹차를 마셔라	☐
11주째. 타인의 장점을 발견해라	☐
12주째. 책 읽는 즐거움을 만끽해라	☐
13주째. 휴식 시간을 가져라	☐
14주째. 내면의 비판적 목소리를 잠재워라	☐
15주째. 컴포트 존을 벗어나라	☐
16주째. 몸을 움직여라	☐
17주째. 감사의 기도를 해라	☐
18주째. 가치 있는 경험을 해라	☐
19주째. 고요함을 추구해라	☐
20주째. 의견을 말해라	☐
21주째. 시간제한을 두고 일을 해라	☐
22주째. 충분한 영양을 섭취해라	☐
23주째. 마음을 열어라	☐
24주째. 숙면을 취해라	☐

25주째. 타임아웃을 가져라 □

26주째. 평생 학습해라 □

27주째. 스크린 타임을 최소화해라 □

28주째. 자신에게 충분히 보상해라 □

29주째. 새로운 경험에 마음을 열어라 □

30주째. 마사지를 받아라 □

31주째. 자신에 대해 확신을 가져라 □

32주째. 창의적인 것을 즐겨라 □

33주째. 뇌를 활성화시키는 과일과 채소를 먹어라 □

34주째. 야외로 나가라 □

35주째. 잡담을 멀리해라 □

36주째. 도움을 청해라 □

37주째. 여행을 떠나라 □

38주째. 아로마 테라피를 즐겨라 □

39주째. 두려움을 직시해라 □

40주째. 스트레스를 완화시켜 주는 방법을 연구해라 □

41주째. 신체적 접촉을 자주 해라 □

42주째. 직접 내 손으로 작업해라 □

43주째. 누군가의 멘토가 되어라 □

44주째. 잡동사니를 제거해라 □

45주째. 진정한 친구를 가져라 □

46주째. 해야 할 것들에 대한 시간표를 짜라 □

47주째. 놀이 시간은 매일 넣도록 해라 □

48주째. 목적을 설정해 놓아라 □

49주째. 부정적인 과거를 떨쳐버려라 □

50주째. 뇌를 훈련시켜라 □

51주째. 뇌를 해치는 음식을 피해라 □

52주째. 관용을 베풀어라 □

제3부

도구와
자료들

책에서 나열한 작은 변화들을 실행할 때,

다음과 같은 도구와 자료들을 사용해 보아라.

복사하여 붙여넣기를 한 다음,

자신의 일기에 붙여 사용하거나 직접 기록해라.

아니면 자신만의 평가서나

작업 종이를 만드는 데에 참조해도 좋다.

주저하지 말고 자신만의 것으로 만들어 사용해라.

음악 및 감정 평가서

어떤 타입의 음악을 즐겨 듣는가?

____

어떤 타입의 음악을 싫어하는가?

____

____

주어진 표에 자신이 좋아하는 음악의 타입을 적어라. 적고 싶지 않은 칸이 있다면 공백으로 남겨 두어라.

음악이 불러일으키는 감정이나 정서	음악 타입
기쁨	
에너지	
안전과 안정감	
침착함과 릴렉스	
집중력	
영감	
동기부여	
창의력	
생산성	
즐거움	
슬픔/우울	
자신이 나열한 음악을 기반으로 자신의 정서에 맞는 재생 리스트를 만들어 보아라.	

SMARTE 목표 계획표

다음과 같은 질문에 응답하여 자신의 목표가 SMARTE에 부합하는지 점검해
보아라.

구체적인가?

- 무엇을 이루고자 하는가?

- 왜 이 목표가 중요한가?

- 당신 이 외에 누가 이 목표를 이루어야 하는가?

- 이 목표를 어디서 이루어낼 것인가?

- 목표를 이루기 위해서는 어떤 단계를 거쳐야 하는가?

- 측정 가능한 것인가? 결과를 어떻게 측정할 것인가?

행동을 취할 수 있는 것인가?

- 이 목표를 달성시키기 위한 행동을 취할 수 있는가?

- 이 목표를 이룰 수 있는 역량이 있는가?

관련성이 있는 것인가?

- 설정한 목표가 당신에게 있어서 의미가 있는 것인가?

- 설정한 목표가 당신의 필요와 가치관에 부합하는가?

기한이 정해져 있는 것인가?

- 언제까지 설정한 목표를 이루고자 하는가?

- 며칠, 몇 주, 몇 달, 몇 년 사이에 무엇을 이룰 수 있게 되겠는가?

정서적으로 주도되고 있는가?

- 이 목표를 이루는 것에 대해 신이 나 있는가?

- 설정한 목표를 이루는 것에 대해 만반의 준비가 되어 있는가?

- 자신의 동기부여 정도를 초심 그대로 완성할 때까지 유지시킬 수 있겠는가?

부정적 자기대화 평가서

자기 자신에 대해 어떤 부정적인 생각을 지니고 있는가?

정말로 자신의 이런 생각들이 사실이라고 생각하는가?

이런 생각들이 당신에게 어떤 기분이 들게 하는가? 이런 생각들이 당장 자신의 인생에 어떤 영향을 미치고 있다고 생각하는가?

이런 생각들은 어디서부터 비롯되는 것인가? 비판적인 부모님, 혹은 자존감이 낮은 부모님 때문인가? 아니면 자신의 학창 시절 때문인가? 그것도 아니라면 자신의 친구 때문인가?

이런 생각들을 어떻게 해야 긍정적인 생각으로 바꿀 수 있을 것 같은가?

아래 사항에 관하여 5가지 예시를 들어라.

- 자기 자신에 대해서 사랑하는 점

- 당신만의 장점

- 당신이 성취해 낸 것

컴포트 존(COMFORT ZONE) 평가서

1~10단계로 나누어 다음과 같은 영역에 있어서 자신이 활기 있게 느끼고 있는지에 관하여 점수를 매겨 보아라. 1이 제일 낮은 정도, 10이 제일 높은 정도로 설정해 놓겠다.

일/커리어	1	2	3	4	5	6	7	8	9	10
우정관계	1	2	3	4	5	6	7	8	9	10
가족관계	1	2	3	4	5	6	7	8	9	10
배우자/중요한사람들	1	2	3	4	5	6	7	8	9	10
취미	1	2	3	4	5	6	7	8	9	10
운동/건강	1	2	3	4	5	6	7	8	9	10
다른관심사	1	2	3	4	5	6	7	8	9	10

다음과 같은 차트를 이용해 컴포트 존 평가서에서 6 이하를 기록한 영역을 어떻게 해야 향상시킬 수 있을 것인지에 대해 목표 기한과 함께 적어라.

고려해 봐야 할 도전 과제

인생의 영역	추구해야 할 도전과제	목표 날짜
		/ /
		/ /
		/ /
		/ /
		/ /
		/ /

감사 일기 견본

오늘은 누구에게/무엇에 대해 감사하다고 느끼는가?

당신은 이번 일이 놀라웠는가? 무슨 일이 발생했는가? 이번 일로 말미암아 어떤 감정을 느꼈는가? 이야기를 함께 공유해 보자.

당신이 감사하다고 느끼고 있는 이 사람, 이 경험, 이 물건이 없었더라면 인생이 어떻게 달라졌을까?

소음 목록 계획표

다음과 같은 차트를 이용해 당신 주변 환경에서 소음의 정도가 언제 최고조에 이르는지를 적고, 소음이 너무 큰 영역이 있다면 이 사항을 어떻게 개선시킬 수 있는지에 대해 생각해 보아라.

시간	5 a.m. — 8 a.m.
주변 환경 소음 정도	
이 소음이 어떤 기분이 들게 하는가?	
이 소음 정도를 긍정적인 것으로 변화시키기 위해 무엇을 할 수 있는가?	

시간	8 a.m. — 정오
주변 환경 소음 정도	
이 소음이 어떤 기분이 들게 하는가?	
이 소음 정도를 긍정적인 것으로 변화시키기 위해 무엇을 할 수 있는가?	

시간	정오 — 3 p.m.
주변 환경 소음 정도	
이 소음이 어떤 기분이 들게 하는가?	
이 소음 정도를 긍정적인 것으로 변화시키기 위해 무엇을 할 수 있는가?	

<table>
<tr><td>시간</td><td>3 p.m.— 6 p.m.</td></tr>
</table>

주변 환경 소음 정도
이 소음이 어떤 기분이 들게 하는가?
이 소음 정도를 긍정적인 것으로 변화시키기 위해 무엇을 할 수 있는가?

<table>
<tr><td>시간</td><td>6 p.m.— 10 p.m.</td></tr>
</table>

주변 환경 소음 정도
이 소음이 어떤 기분이 들게 하는가?
이 소음 정도를 긍정적인 것으로 변화시키기 위해 무엇을 할 수 있는가?

<table>
<tr><td>시간</td><td>10 p.m. — 그 이후 시간</td></tr>
</table>

주변 환경 소음 정도
이 소음이 어떤 기분이 들게 하는가?
이 소음 정도를 긍정적인 것으로 변화시키기 위해 무엇을 할 수 있는가?

의견 말하기 평가서

언제 속마음을 얘기할 때가 가장 편안한가?

언제 속마음을 말하기가 어려운가?

자신의 감정이나 생각, 혹은 의견을 말하는 것이 본인에게 이익이 됨에도 불구하고 말하기 어려운 이유는 무엇이라고 생각하는가?

자신을 표현함에 있어서 최상의 시나리오는 무엇인가?

자신을 표현함에 있어서 최악의 시나리오는 무엇인가?

나쁜 시나리오의 상황이 연출되었을 때 상황을 개선할 수 있는 방법은 무엇인가?

열린 마음 평가서

어떤 것에 강한 주장을 펼치기 십상인가?

자신이 지니고 있는 선입견이나 편견에는 어떤 것이 있는가?

이런 생각들은 어디서 비롯된 것인가? 과거의 경험인가, 아니면 성장기인가, 아니면 자신이 어딘가에서 읽거나 들은 것에서 비롯된 것인가?

자신의 이런 판단이 100% 확실하고 사실이라고 믿고 있는가?

미디어 품목 계획표

리스트에 적힌 각 물품 목록에 해당되는 항목에 얼마나 많은 시간을 소비하는지를 일지에 기록해라. 첫째 칸에는 구체적인 일 용도로 쓰인 항목을 적고, 두 번째 칸에는 개인적인 용도로 쓰인 항목을 적어라. 각 기기에 사용된 시간의 합계를 적은 다음, 하루 이 매체에 사용되는 시간의 총 합계를 내보아라. 이후, 일주일 동안 줄이고자 하는 목표 사용 시간을 정한 뒤 이 시간에 해당되는 숫자들을 오른쪽 '목표'라는 칸에 기입해라.

기술 타입	일 관련 사용 시간	개인적 사용 시간	총합	목표
TV/영화				
비디오게임				
TV스크린 총합:				
인터넷				
이메일				
채팅				
소프트웨어 종류/기기				
컴퓨터 비디오				
컴퓨터 스크린 총합:				
스마트폰				
문자/메신저				
모바일 영상				
GPS 네비				
테블릿				
E-READER				
모바일 스크린 총합:				
영화				
기타				
기타 총합:				
전체 총합:				

업적 치하와 보상 계획표

당신이 자랑스럽게 여기는 5가지 업적을 적어라.

이것들을 이루어내기 위해 무엇을 했는가?

이것들을 이루어낸 것에 대한 자신의 느낌을 3가지 단어로 표현한다면?

자신감 계획표

당신의 장점은?

• 별다른 노력 없이도 자신이 잘할 수 있는 것은?

____

• 다른 사람들보다 당신이 잘하는 것은 무엇인가?

____

• 당신이 생산성과, 업적, 성공, 행복 이 모든 것을 다 갖고 있다고 느낄 때는 언제인가?

____

____

당신의 업적은 무엇인가?

• 당신이 자랑스럽게 여기는 업적은 무엇이며 왜 그것을 자랑스럽다고 여기는가?

____

• 이 과정에서 어떤 장애물을 견뎌냈는가?

____

____

- 당신을 특별한 사람으로 만드는 것은 무엇인가?

- 사람들은 당신에 대해 무엇을 알고 있으며 당신에게 무엇을 기대할 수 있는가?

- 당신의 친구들이나 동료들, 그리고 가족들은 당신에 대해 어떻게 생각하고 있는가?

두려움 계획표

과거의 두려움

- 과거에 어떤 두려움에 직면했는가?

- 그 두려움은 당신으로 하여금 어떤 기분이 들게 했는가? 무엇이 가장 두려 웠는가?

- 현실에서 비롯된 두려움이었는가? 무엇이 그런 두려움을 만들어 낸 것 인가?

- 당신은 어떤 행동을 취했으며 그로 인한 결과는 어땠는가?

- 아무런 조치를 취하지 않았더라면, 그 두려움이 어떻게 방해를 했는가? 조 치를 취했다면 그로 인해 어떤 이득을 보았는가?

- 아직도 직면하고 있는 두려움은 무엇인가?

- 어떤 두려움이 새로 생겼는가?

- 이런 두려움들은 현실에서 비롯된 것인가? 두려움의 원인은 무엇인가?

- 이런 상황들에 대해 당신의 통제력은 어느 정도이며, 당신이 할 수 있는 것은 무엇인가?

놀이 평가서

어린 시절 가장 좋아했던 활동은 무엇인가? 쉬지 않고 할 수 있는 것은 무엇인가?

이런 활동들을 하면 어떤 기분이 들었는가?

이런 감정들을 되살리기 위해 오늘날에 무엇을 하면 되겠는가?

혼자 즐기는 활동들은 무엇인가?

시간이 가는 것도 잊어버릴 정도로 만드는 활동은 무엇인가?

다른 이들과 함께 즐기는 활동들은 무엇인가?

연구의 주

다음과 같은 차트를 사용하여 한 주 동안 해온 활동들을 적고 그것들이 얼마나 즐거웠는지를 기입해라. 오른쪽 빈칸에는 이 활동을 더 하고 싶은지 아니면 덜 하고 싶은지를 기입해라.

활동	재미 정도										더 하고픈지
	1	2	3	4	5	6	7	8	9	10	
	1	2	3	4	5	6	7	8	9	10	
	1	2	3	4	5	6	7	8	9	10	
	1	2	3	4	5	6	7	8	9	10	
	1	2	3	4	5	6	7	8	9	10	
	1	2	3	4	5	6	7	8	9	10	
	1	2	3	4	5	6	7	8	9	10	
	1	2	3	4	5	6	7	8	9	10	
	1	2	3	4	5	6	7	8	9	10	
	1	2	3	4	5	6	7	8	9	10	
	1	2	3	4	5	6	7	8	9	10	

목적 일지 견본

오늘의 목적:

오늘의 목적에 대한 회고:

- 성공적이었는가?

- 좀 다르게 하기 위해서 무엇을 할 수 있었는가?

마음을 괴롭히는 것들과 관련된 계획표

당신의 마음을 괴롭히는 것들

• 과거에 일으킨 실수 중에서 아직도 마음에 걸리는 것은 무엇인가?

• 당신의 마음을 아직도 아프게 하는 과거의 대인관계는 무엇인가?

• 무엇에 대해 실망하고 있는가?

• 어떤 후회가 남아 있는가?

배우게 된 것

• 이런 경험이 당신에게 어떤 것들을 배우게 했는가?

• 과거의 부정적인 경험이 당신의 어떤 긍정적인 부분을 잃게 할 것 같은가?

• 과거의 경험을 통해 배운 것을 앞으로 다가올 미래에 긍정적인 에너지로 만들기 위해서 그것들을 어떻게 적용시킬 수 있을 것인가?

• 인생에 있어서 잘 풀렸던 일은 무엇이며, 이 경험을 앞으로 다가올 미래에 어떻게 적용시킬 수 있을 것인가?

관용 계획표

당신이 관대했다고 여기는 시절을 적어라.

무엇을 했는가?

다른 이들을 어떻게 도와주었는가?

어떤 기분이 들었는가?

내 마음을 위한
작은 변화 52

1판 1쇄 발행 ‖ 2015년 11월 20일

지은이 ‖ 브렛 블루멘탈
옮긴이 ‖ 이승아
펴낸이 ‖ 김규현
펴낸곳 ‖ 경성라인
주 소 ‖ 경기도 고양시 일산동구 백석2동 1456-5
전 화 ‖ 031) 907-9702   FAX ‖ 031) 907-9703
E-mail ‖ kyungsungline@hanmail.net
등 록 ‖ 1994년 1월 15일(제311-1994-000002호)

ISBN ‖ 978-89-5564-167-7 (03840)